中国公路建设纪实系列丛书

THE GREEN SHIYAN-TIANSHUI ROAD RUNS ACROSS SHAANXI TO SICHUAN

绿色十天路

十天高速公路汉中西项目工程建设纪实

李俊兰　佟小鲲　于文岗　等　编著

人民交通出版社
China Communications Press

O 开篇语
OPENING WORDS

大道之行也，天下为公。选贤与能，讲信修睦。

——《礼记·礼运》

这是一条值得仔细品读的大道。

因为这条路，不断变换青春容颜的中国地图，势必会添加一条蜿蜒的横斜线。

因为这条路，未来的中国交通史，自当书写一页新章节，记录万千筑路人的奋斗与艰辛。

以著名的“汽车城”湖北省十堰市为起点，方向不是中国富庶的东南，而是一部新版“西行漫记”，在山高林密的秦巴山水间穿行，珍珠般串接起旬阳、安康、石泉、汉中等陕南要地，一路西进至山城略阳掉头北上，沿嘉陵江畔的深山峡谷，到达陕甘界大石碑，终点为甘肃省天水市。

这便是全长 750 公里的十天高速公路，它在陕西境内 480 公里，其中“汉中西”项目工程 151 公里。

如果说，穿越大秦岭的西汉高速公路是一条纵贯线，那么这条十天高速公路便是一条横切线，一竖加一横，显示了中国及陕西省的高速路网建设向西部腹地纵深发展的力度。

在峰峦叠嶂的陕南，在狭长的汉中盆地，十天高速公路气势如虹，穿山裂谷，一根根粗壮的桥桩、一座座孔武有力的墩柱，犹如一只只巨手，在沟沟壑壑中托举起一马平川。

这是一条民生路，它势必拉动区域经济的发展，陕南“金三角”的矿产、中药材，城固的十万亩橘园有了新的运输线。而在“5·12”汶川地震重灾县略阳，县城的八万民众由此获得了新的生命通道，略阳县也于此结束了没有高速公路的历史。

这条路，不知不觉间就引领你走进历史的大课堂。

两汉、三国的历史遗迹，尽可在汉中一览。汉中是汉家发祥地，著名的古汉台便是汉王刘邦开创汉业的“行署”。公元前206年，刘邦筑拜将坛，拜韩信为大将，明修栈道，暗度陈仓，才有了后来平定三秦、统一天下、奠定汉室四百多年的宏基大业。

定军山下汉柏越千年，那是“大汉第一人”诸葛亮的最后归宿地。武侯墓、武侯祠、诸葛亮读书台、刘备设坛封王处……历史明珠“串烧”在岁月风尘中。古阳平关，正是当年诸葛亮屯兵处；汉江北岸、黄沙河畔，一座同治五年字迹已模糊的石碑，纪念着诸葛亮“制木牛流马处”。

著名的褒河石门栈道，是中国交通史的活教材。这汉中，真是个读史的好去处。

在这条路上读人，可以读出人的喜怒哀乐，人的责任、道义与良知。

躺着的是路，站着的是筑路的人。

汉中西工程建设者，面对地质结构复杂、常年多雨、膨胀土滑坡以及资金告急等一个个困难，攻克了一道道难关，奉献出陕西高速人的热血忠诚，为国家筑造出一条山区高速的样板路。

目录 Contents

第六章 决战“十天”

第一章
The First Chapter

走近汉中西项目
CLOSE LOOK AT THE ROAD FROM HANZHONG TO LUEYANG

秦岭和巴山之间，自汉中大致沿汉江北上，过勉县、达略阳、至陕甘界，是谓十天高速公路汉中西段。当年李白《蜀道难》吟唱的“青泥何盘盘，百步九折萦岩峦”的青泥岭，就在这条线上；郦道元《水经注》描写的“……羊肠蟠道三十六迴” 的仇池山，也在这条线上；还有，古代川陕交通中有一条相当于今日之“国道”的正驿官道、名曰“故道”的交通要道，也交会在这条线上。

2009 年 7 月 23 日上午，十天线汉中西段举行开工典礼，标志着本段高速公路开始从设计转向施工、由图纸变为现实。那么，这是一条怎样的路？谁来修这条路？怎样修这条路？欲知答案，就让我们一起走近汉中西项目——

秦巴山水间

国家高速公路网十堰至天水联络线(G70

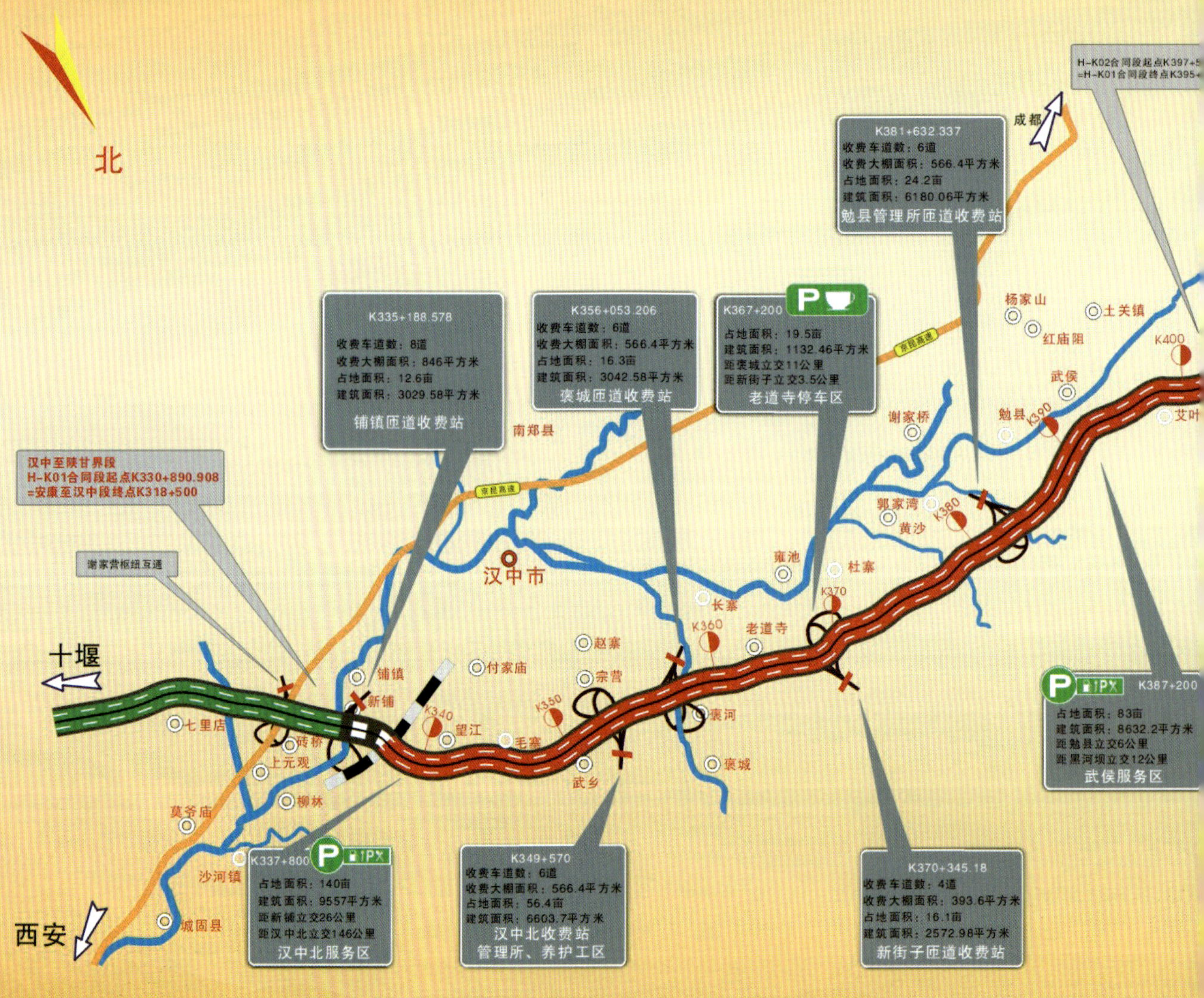

建设山区示范路　生态环保路　争创国优精品工程

陕西境汉中至陕甘界高速公路路线示意图

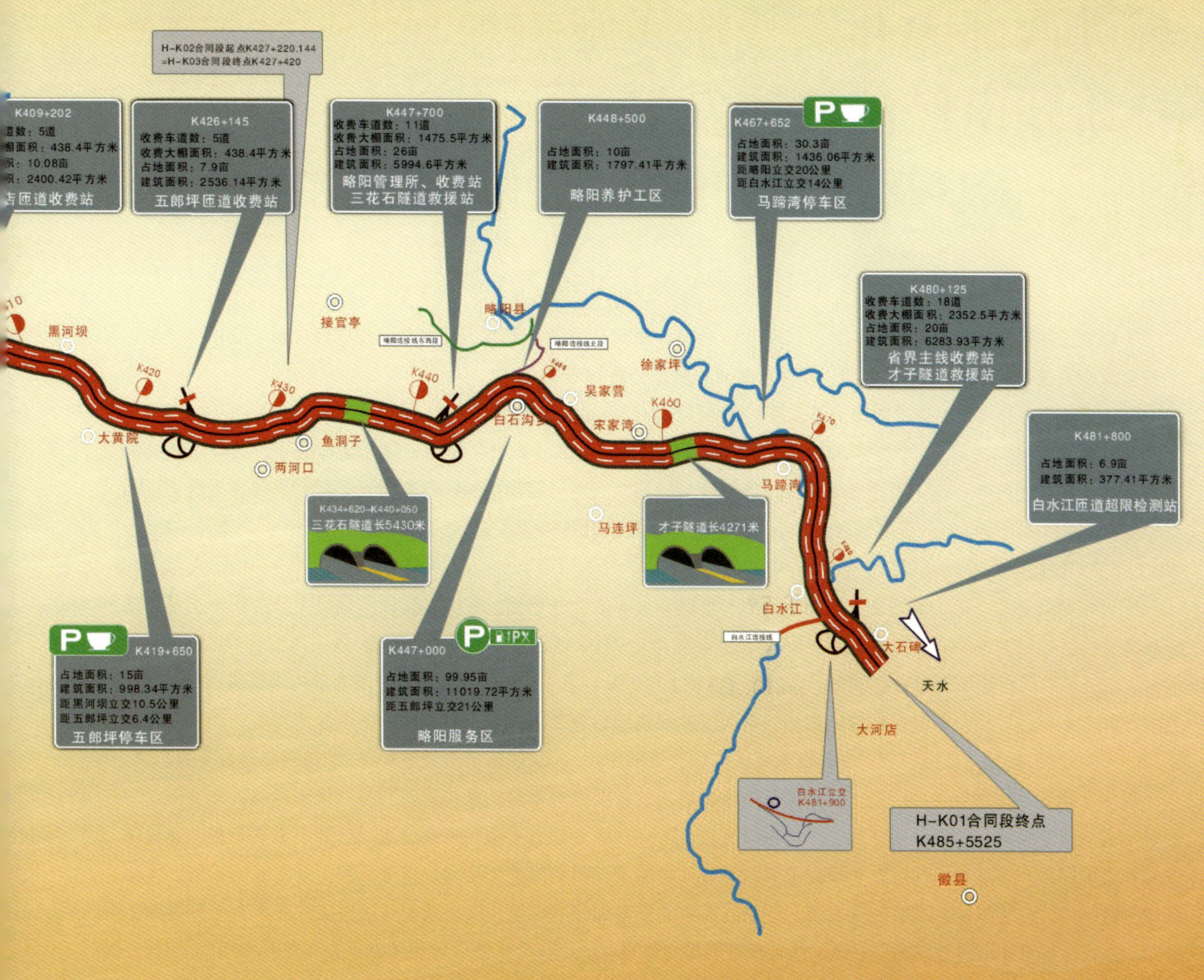

建设山区示范路　生态环保路　争创国优精品工程

项目概况

推进西部大开发战略实施
拉动陕南经济快速发展
——十堰至天水联络线陕西境汉中至略阳（陕甘界）

■作者　王小明

十堰至天水高速公路陕西省境内规划里程480公里，概算总投资386亿元。其中，汉中境内全长249.7公里，安康至汉中高速公路汉中段98.7公里，汉中至陕甘界高速公路150.98公里。

“十天线”自陕鄂两省交界的白河县入陕，横穿陕西南部腹地，经白河、旬阳、汉滨、汉阴、石泉、西乡、洋县、城固、汉台、勉县和略阳11个县区，至陕西省略阳县的大石碑进入甘肃境，陕西省境内里程约480公里。该公路连接了陕西南部的安康、汉中两个重要城市，属陕西省规划的高速公路网中的一条东西横向线，是陕南地区里程最长、联系城镇最多的重要经济干线和全省生产力布局与经济建设的主轴线之一。该工程试验段已于2007年开工建设，2011年陕西境内全线建成通车。

十天线地处秦岭、巴山环抱之间，由于历史和地理环境等方面的原因，区内基础设施建设十分落后，交通不畅一直是制约区域经济发展的主要因素。“十天线”横穿陕南腹地，沿汉江经济走廊连通了安康、汉中两市及10个县（区），同时，与区域内现有的3条国道（G108、G210、G316）和5条省道干线公路相连接，并与在建的国家高速公路“包茂线”和“京昆线”相交汇。它的建设对加快陕南区域经济结构调整，促进安康、汉中两市经济发展，加快汉江经济带的开发建设，发挥汉江经济带对整个陕南地区的辐射带动作用，实现陕南经济突破发展，均具有非常重要的意义。

汉中至略阳（陕甘界）公路是十天高速公路陕西境内的重要组成部分，是构建陕西省“承东启西、连接南北、覆盖全省、通达四邻”的重要组成部分，也是陕西省“两环三纵六辐射七横”高速公路网规划中纵贯东西、连接鄂陕甘的重要路段。该项目的建设，对于完善国家高速公路网及陕西省高速公路网，推进西部大开发战略实施，优化区域交通环境，促进陕南旅游业快速发展，改善当地交通条件和投资环境，实现陕南经济突破发展具有十分重要的意义。路线途经汶川地震重灾区，对于加快地震灾区重建进程，拉动陕南西部区域经济发展具有重要作用。

汉中至略阳（陕甘界）公路起于城固县谢家营枢纽互通，与十天线安康至汉中段公路终点相接，路线经城固县、南郑县、汉台区、勉县、略阳县 5 个区县，止于陕甘交界大石碑。主线全长 150.98 公里，概算投资约 133.93 亿元，采用双向四车道高速公路标准，设计车速 80 ~ 100 公里 / 小时。

项目主要工程量：K318+500 ~ K485+400 段路路基土石方 3015 万立方米，防护排水 152 万立方米，特大、大桥 59510.16 米 /161 座、中桥 1478 米 /23 座、涵洞 187 道，隧道 38 座，互通式立交 9 处，分离式立交 20 处，通道 101 道，天桥 43 座，服务区 3 处，停车区 3 处，占地 13085.85 亩（872.39 公顷）。

十天线汉中至略阳（陕甘界）段于 2009 年 7 月 23 日开工，计划工期两年半，汉中至略阳段 2011 年建成通车。

项目特点：

1. 地形复杂，地质不良段多，断裂、破碎带大都平行于线路走向，严重威胁施工质量和安全。

2. 工期紧、目标任务艰巨，两年半要完成 134 亿元投资任务。

3. 汉江平原段水网复杂，湿软地基多，路基填方量大；全线桥隧比例为 57.6%，其中略阳段桥隧比例达到 89.2%；受环境制约，施工场地狭小，施工组织困难。

4. 项目主线总长约 150.98 公里，其间包括特长隧道、特大桥梁，软基处理，高边坡开挖等复杂施工技术难题，技术难度高。

5. 地处山区，便道长、标准低，运输困难。

项目重点：

软基和膨胀土处理；高边坡防护工程；特长隧道；沿嘉陵江的纵向桥以及刚构桥施工。

国家高速公路十堰至天水联络线（G7011）陕西境汉中至陕甘界路线位置示意图

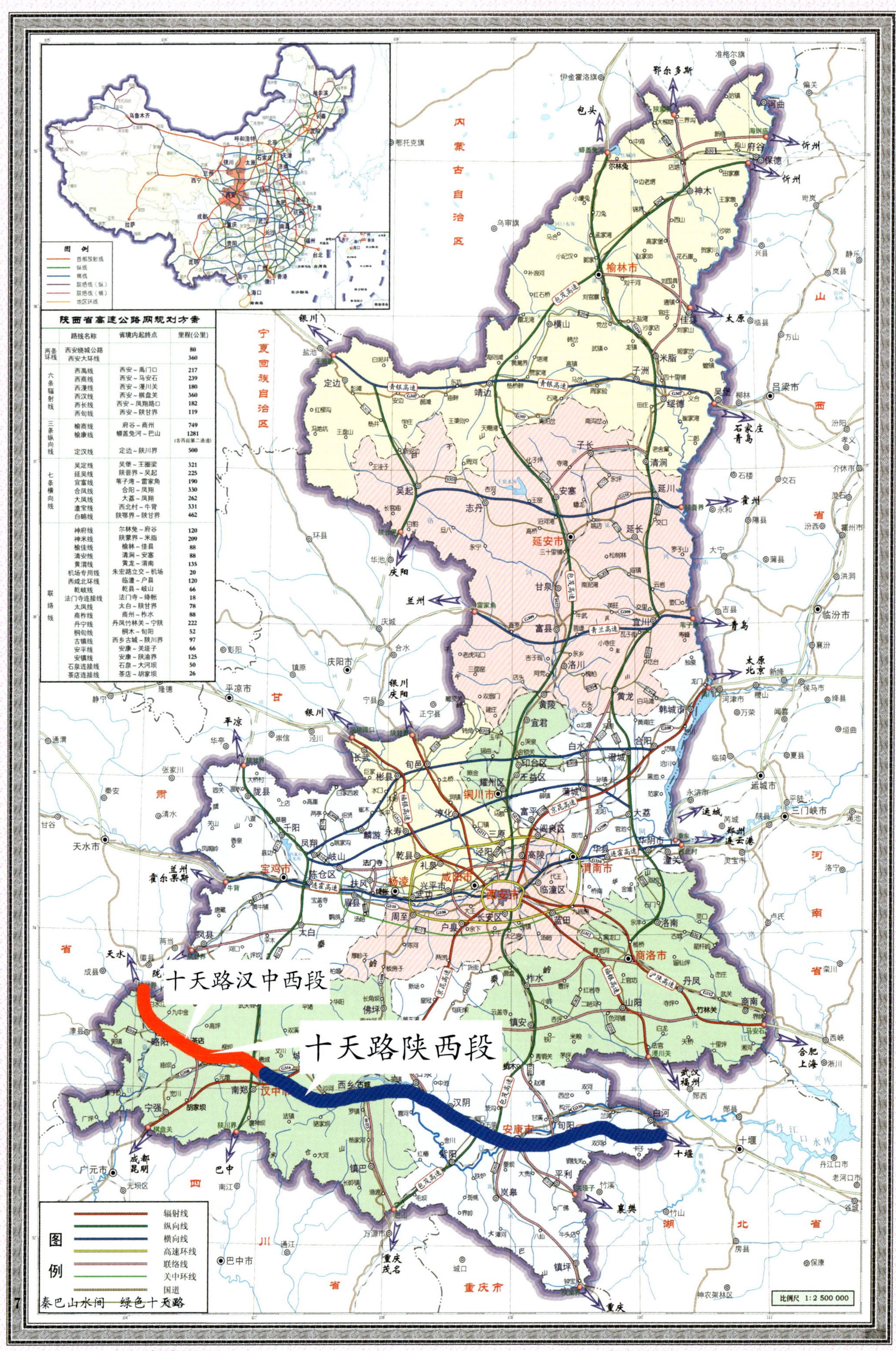

陕西省高速公路网规划方案

	路线名称	省境内起终点	里程(公里)
两条环线	西安绕城公路		80
	西安大环线		360
六条辐射线	西禹线	西安～禹门口	217
	西商线	西安～马安石	239
	西漫线	西安～漫川关	180
	西汉线	西安～棋盘关	360
	西长线	西安～凤翔路口	182
	西旬线	西安～陕甘界	119
三条纵向线	榆商线	府谷～商州	749
	榆康线	蟒盖兔河～巴山	1281（含西延第二通道）
	定汉线	定边～陕川界	500
七条横向线	吴定线	吴堡～王圈梁	321
	延吴线	陕晋界～吴起	225
	宜富线	苇子湾～雷家角	190
	合凤线	合阳～凤翔	330
	大凤线	大荔～凤翔	262
	潼宝线	西北村～牛背	331
	白略线	陕鄂界～陕甘界	462
联络线	神府线	尔林兔～府谷	120
	神米线	陕蒙界～米脂	209
	榆佳线	榆林～佳县	88
	清安线	清涧～安塞	88
	黄渭线	黄龙～渭南	135
	机场专用线	朱宏路立交～机场	20
	西咸北环线	临潼～户县	120
	乾岐线	乾县～岐山	66
	法门寺连接线	法门寺～绛帐	18
	太凤线	太白～陕甘界	78
	商柞线	商州～柞水	88
	丹宁线	丹凤竹林关～宁陕	222
	桐旬线	桐木～旬阳	52
	古镇线	西乡古城～陕川界	97
	安平线	安康～关垭子	66
	安镇线	安康～陕渝界	125
	石泉连接线	石泉～大河坝	50
	茶店连接线	茶店～胡家坝	26

主编：陕西省交通厅　　陕西省公路勘察设计院制图　　2008年11月

十天高速公路汉中至略阳（陕甘界）项目参建单位名录

设计单位（3个）

中交第二公路勘察设计研究院有限公司
中交第一公路勘察设计研究院有限公司
陕西省公路勘察设计院

路基施工单位（25个）

H-C19 中铁十七局三公司
H-C20 中交二航局
H-C21 陕西路桥集团
H-C22 中铁三局二公司
H-C23 中铁一局
H-C24 东盟营造公司
H-C25 中铁五局四公司
H-C26 中铁十一局二公司
H-C27 中铁十五局五公司
H-C28 中交二公局三公司
H-C29 中铁十七局四公司
H-C30 中铁一局五公司
H-C31 西安萌兴公司
H-C32 中铁隧道股份有限公司
H-C33 中铁十八局五公司
H-C34 中交一公局
H-C35 东盟营造公司
H-C36 中铁二十局二公司
H-C37 中铁十八局
H-C38 中铁一局桥梁公司
H-C39 中铁十五局七公司
H-C40 中交三航局
H-C41 中铁十一局一公司
H-C42 中铁二十局一公司
H-C43 中铁十七局二公司

路面施工单位（3个）

HL-M01 陕西路桥集团
HL-M02 中铁十八局
HL-M03 中国路桥集团西安实业发展有限公司

绿化施工单位（7个）

HL-L01 陕西绿艺生态研究有限公司
HL-L02 陕西巨门景观有限公司
HL-L03 陕西叶青园林有限责任公司
HL-L04 陕西保利园林建设有限公司
HL-L05 西安方正园林有限公司
HL-L06 陕西明辉实业有限责任公司
HL-L07 陕西省肖柯园林工程有限公司

房建施工单位（10个）

HL-F01 安徽建工集团有限公司
HL-F02 安徽三建工程有限公司
HL-F03 陕西省第八建筑工程公司
HL-F04 江苏兴厦建筑安装有限公司
HL-F05 陕西省第三建筑工程公司
HL-F06 陕西华山建设有限公司
HL-F07 中十冶集团有限公司
HL-F08 陕西方元建设工程有限公司
HL-F09 四川雷诺建设有限公司
HL-F10 陕西恒宇建筑装饰工程有限公司

机电施工单位（8个）

HL-D01 陕西汉唐计算机有限责任公司
HL-D02 中铁电气化局集团第三工程有限公司
HL-D03 广州海特天高信息系统工程有限公司
HL-D04 紫光捷通科技股份有限公司
HL-D05 中铁隧道股份有限公司
HL-D06 中铁一局集团建筑安装工程有限公司
HL-D07 中咨泰克交通工程有限公司
HL-D08 陕西大成电力科技工程有限责任公司

交安施工单位（4个）

HL-T01 江苏兴路交通工程有限公司
HL-T02 陕西金宝迪交通工程建设有限公司
HL-T03 潍坊东方交通设施工程有限公司
HL-T04 河北威龙交通工程有限公司

监理单位（15个）

总监办 陕西高速公路工程咨询有限公司
中心实验室 02 西安公路研究院
中心实验室 03 陕西高速公路工程试验检测有限公司
H-JC09 驻地办 山东格瑞特监理咨询有限公司
H-JC10 驻地办 山东东泰工程咨询有限公司
H-JC11 驻地办 陕西高速公路工程咨询有限公司
H-JC12 驻地办 陕西恒通工程咨询有限责任公司
H-JC13 驻地办 陕西兴通监理咨询有限公司
H-JC14 驻地办 北京华宏工程咨询有限公司
H-JC15 驻地办 广东翔飞公路工程监理有限公司
H-JC16 驻地办 湖南湖大建设监理有限公司
H-JC17 驻地办 潍坊市华潍公路工程监理处
H-JC18 驻地办 山东恒建工程监理咨询有限公司
H-JC19 驻地办 铁科院（北京）工程咨询有限公司
H-JC20 驻地办 武汉市公路工程咨询监理公司

路面、交安、绿化监理单位（3个）

HL-JM01 陕西高速公路工程咨询有限公司
HL-JM02 潍坊市华潍公路工程监理处
HL-JM03 北方交通工程咨询监理有限公司

房建监理单位（3个）

HL-JF01 陕西永明项目管理有限公司
HL-JF02 铁科院（北京）工程咨询有限公司
HL-JF03 西安新业建设咨询有限公司

机电监理单位（2个）

HL-JD01 北京泰克华诚技术信息咨询有限公司
HL-JD02 陕西公路交通科技开发咨询公司

第二章
The Second Chapter

承载厚望

MEETING GREAT EXPECTATIONS OF LEADERS

十天高速公路汉中西段是陕西省“承东启西、连接南北、覆盖全省、通达四邻”路网中的重要组成部分，也是陕西省“两环三纵六辐射七横”路网规划中纵贯东西、连接鄂陕甘的重要路段。该项目的建设，对于完善国家高速公路网及陕西省高速公路网、推进西部大开发战略实施、促进陕南旅游业快速发展、实现陕南经济突破发展，都具有十分重要的意义。

一条路承载着万民的梦，牵挂着万民的情，也牵动着省地市区、部委厅局八方领导的心。为了加快修好这条路，他们——

秦巴山水间

秦巴筑大道　陕南迎巨变

——国家高速公路十堰至天水线陕西境汉中至陕甘界段开工建设

■作者　王小明

时任陕西省委常委、副省长洪峰发布开工令

2009年7月23日上午，汉中市汉台区河东镇艳阳朗照、气球高悬、彩带飞舞，碧蓝的天空下，远山近水沐浴微风，火辣辣的一串红和金黄的九月菊将国家高速公路十天线汉中至陕甘界段开工典礼现场装扮得分外妖娆。

国家高速公路十堰至天水线陕西境汉中至陕甘界段开工典礼今天在这里举行。时任陕西省委常委、副省长洪峰，时任汉中市委书记田杰，时任陕西省交通运输厅厅长曹森，陕西省林业厅厅长张社年，汉中市市长胡润泽，陕西省发改委副主任李忙全，陕西省交通运输厅副厅长王明祥，汉中市常务副市长杨达才，陕西省高速集团董事长靳宏利、总经理王登科等领导出席开工典礼，典礼由时任陕西省交通运输厅副厅长冯西宁主持。

陕西省高速集团总经理王登科首先介绍了工程概况，随后中交集团第二公路工程局董事长杨俭存代表参建单位作了表态发言，汉中市市长胡润泽代表地方政府讲话，最后，时任陕西省副省长洪峰发布开工令，宣布十天线汉中至陕甘界段开工建设。典礼现场顿时机器轰鸣，礼花齐放。随后，与会领导为项目开工奠基，正式拉开了汉中至陕甘界高速公路建设序幕。

十天线汉中至陕甘界段起于与西汉高速公路相连的谢家营枢纽立交，与十天线安康至汉中高速公路终点相接，途经城固、南郑、汉台、勉县、略阳5个县（区），止于陕甘交界的大石碑，与十天线甘肃境起点相接。路线全长150.98公里，概算投资约133.93亿元，按双向四车道高速公路标准建设，设计车速80~100公里/小时，全线设桥梁68443米/198座，隧道26546米/38座，互通式立交9处，分离式立交20处，服务区3处，停车区3处，于2011年建成通车。

该项目由陕西省高速集团负责建设，十天线汉中西项目管理处为项目执行机构，建设工期为两年半。此次开工建设的汉中至陕甘界段是汉中市和陕西省陕南地区通往甘肃等西北省区的重要快速通道，该项目的建设，标志着十天线陕西境实现全线开工建设，将与西安－汉中、宝鸡－四川巴中高速公路实现纵向交汇，对于完善国家和陕西省高速公路网络，有效改善陕南地区的交通条件和发展环境，加强中西部经济交流，特别是对于加快略阳等地震重灾区的灾后恢复重建，繁荣汉江流域经济，实现陕南突破发展，都具有十分重要的意义。

自2008年年底，国家实施拉动内需，加快基础设施建设以来，陕西高速集团公司认真贯彻陕西省交通运输厅党组的部署，迅速行动，勇当先锋，吹响了新一轮加快高速公路建设的号角。2010-2012年，陕西省高速集团在建工程包括十天线鄂陕界－安康、安康－汉中、汉中－陕甘界、潼西改扩建、西宝改扩建、西铜高速公路、铜川－黄陵第二通道、渭南－蒲城、蒲城－白水－黄龙等9个高速公路重点建设项目，在建高速公路里程达到1100公里，总投资约800多亿元。

各级领导到十天路汉中西项目检查指导工作

上级领导关怀

2011年7月19日，陕西省省委常委、副省长江泽林与陕西省交通运输厅厅长冯西宁等有关领导视察汉中西项目，看望并慰问广大建设者。

2011年9月22日，交通运输部公路局局长李华一行赴十天高速汉中至略阳（陕甘界）项目调研标准化施工开展情况。

2010年9月15日，陕西省交通运输厅厅长冯西宁在陕西高速公路集团公司董事长靳宏利陪同下，到汉中西项目检查指导工作。图为查看控制性工程三花石隧道施工情况。

2010年2月9日，新春佳节之际，汉中市市委书记张会民、市长胡润泽亲临十天线汉中西项目，慰问建设者并检查工程建设。

2010年5月21日，时任陕西省交通运输厅副厅长王明祥带领厅考核组一行，对十天高速公路上半年项目建设情况进行了全面检查考核。

2009年12月3日，陕西省交通运输厅副厅长魏培斌在汉中西项目检查指导。

2011 年 7 月 13 日，陕西省交通运输厅副厅长冯明怀对十天高速公路汉中西项目进行全面检查。

2011 年 7 月 18 日，汉中市市委常委、常务副市长魏建锋到十天高速汉中西项目检查指导工作。

2010年4月8-9日，陕西省交通运输厅副巡视员白宗孝带领调研组到十天线汉中西段项目实地调研并检查指导工作。

2010年11月18日，时任陕西省交通运输厅副巡视员侯维靖一行深入汉中西项目施工一线，检查冬季安全生产和维稳工作。

2010 年 8 月 10—12 日，陕西省交通运输厅高速公路建设督查组组长万振江一行，深入十天线水毁损失较重的汉中西段项目，检查指导灾后恢复生产和工程建设。

2011 年 2 月 22—23 日，陕西省交通运输厅高管处处长薛生高、时任陕西高速集团公司副总经理栾自胜率专家组深入汉中西项目施工一线实地踏勘。

2011年2月15-16日，陕西省交通运输厅副总工程师、质监站站长乔怀玉一行深入汉中西项目施工一线检查指导工作。

2010年7月14日，集团公司党委副书记、副董事长张红书，纪委书记李选民深入十天线汉中西段项目检查指导工作。

集团领导检查指导工作

2009 年 12 月 18 日，陕西高速集团公司董事长靳宏利视察汉中西项目路基 27 标施工现场。

2011 年 4 月 12 日，陕西高速集团公司靳宏利董事长深入汉中西项目施工一线检查指导工作。

2010 年 1 月 27 日，虎年春节即将来临之际，陕西高速集团公司总经理王登科带领集团总部相关部门负责人前往十天线汉中西管理处，慰问基层员工和施工一线建设者。

2011 年 4 月 22 日，陕西高速集团公司王登科总经理出席集团在十天高速公路汉中西项目召开的标准化施工暨精细化管理现场观摩交流会。

2011 年 3 月 22 日，陕西高速集团公司党委副书记、副董事长、副总经理孔庆学深入汉中西项目调研指导。

2009 年 12 月 22 日，陕西高速集团公司李东涛副总经理到汉中西项目检查工作。

2009 年 9 月 23 日，时任陕西高速集团公司副总经理栾自胜检查汉中西项目文明工地建设情况。

2011 年 9 月 22 日，陕西高速集团公司副总经理王琪与省物价局调研组就汉中西项目车辆通行费费率标准进行实地调研指导。

2011年8月10日，陕西高速集团公司副总经理胡兴民到十天线汉中西项目建设一线慰问施工人员，开展送清凉活动。

2011年3月29日，陕西高速集团公司总工程师杨荣尚带领专家组深入汉中西项目施工一线进行边坡治理方案核查。

第三章
The Third Chapter

亮点纷呈
HIGHLIGHTS

“业精源于勤，事成出于细”：

——将十天高速公路打造成交通运输部山区高速公路示范工程，争创国优精品工程；

——把十天高速公路这个“产品”雕琢成人生奋斗的“作品”；

——这是目标，是决心、信心和动力。

有了这颗北斗星，点亮群星亮晶晶……

秦巴山水间

经过一千多个日日夜夜的艰苦鏖战，十天高速公路汉中西段的广大建设者克服了洪水、塌方、滑坡、资金紧张等巨大困难，在地层岩性复杂、围岩极差的秦巴山脉之间，用一腔热血，筑造了一条中国山区高速公路的样板工程。

历尽艰辛筑通衢

——十天高速公路汉中西段工程建设纪实

■作者　佟小鲲 李俊兰

就在秦岭之阳，在巴山汉水之间，有一片美丽的土地，这片东接襄沔、西达梁洋、南通巴蜀、北控商虢的土地，在经历了三国时期的刀光剑影之后，已然沉寂了千年。

2009 年 7 月，十天高速公路汉中西段的开工建设，打破了这里的沉寂，数万名高速公路建设者远离家乡，割舍亲情，在这“蜀道难难于上青天”的地方，吹响了“集结号”，齐聚于这全长 151 公里的建设战场。冬迎风霜，

十天线汉中西管理处处长崔文社

夏顶烈日，这片曾经的洪荒之地一改往昔的闭塞。在这狭长的汉中盆地，十天高速公路气势如虹，穿山越谷，一根根粗壮坚实的桥桩、一座座孔武有力的墩柱，犹如一只只巨手，在沟沟壑壑中托举起一马平川。

一千多个日日夜夜，这群筑路人经峡谷、越山峦、过重丘，在地层岩性复杂、围岩极差的秦巴山脉之间，劈山开路，一腔热血洒向了这片望不到尽头的山川。洪水、塌方、滑坡……他们经历的都是生死考验，新科技、资金、拆迁……他们面对的都是挑战，但他们无怨无悔、咬紧牙关、披肝沥胆，筑造了一条中国山区高速公路的样板工程。

发展之路 生命之路

这是一条通向未来的路，但它的筋脉连接着悠悠远古。明修栈道，暗度陈仓，逐鹿中原，这里流传着汉王朝的故事；三国诸葛亮北伐曹魏，鞠躬尽瘁，在此留下“天下第一武侯祠”；李白、杜甫、陆游、苏轼等文人墨客，在此留下墨迹诗章。

两万多公顷农田水网，造就鱼米之乡；七千公顷橘园，扮靓硕果之乡；丰富的矿产资源，让这片沃土怀着宝藏。物产丰富，山清水秀……这是一方神奇的土地。

然而，秦巴的万仞高山，仍束缚着整个陕南地区经济的脚步。2010 年，340 多万人口的汉中实现生产总值 509.7 亿元，人均生产总值仅为 10000 多元，与全国人均国内生产总值 29940 元相差甚远。

如今，巴山、秦岭束缚陕南经济发展的历史将会改写，一条横亘陕南的千里通衢大道——十天高速公路即将全

崔文社处长向上级领导汇报工程进展情况

崔文社处长陪同上级领导检查隧道施工情况

线通车。其中，东西横贯汉中地区的汉中至陕甘界的汉中西（十天西）段，全长151公里，双向四车道，设计车速为每小时80-100公里。

这段起于谢家营立交枢纽的高速公路，向北与西汉高速公路相连，直通陕西省府西安；向西，经安康抵达地处五省交界，华中、西南、西北三大经济板块结合部的汽车城——湖北十堰市；向西，沿汉江，钻秦岭，越嘉陵，直达甘肃工业重镇天水市。大道开通后，万水千山都难以阻隔当地的经济发展。经汉中、由陕南通往全国，通向世界的客流、物流，南北东西畅通无阻，汉中经济的腾飞将指日可待。这条路是陕南地区的一条发展路、致富路。

这条高速公路对于略阳县来说还是一条"生命之路"。地处嘉陵江上游的略阳是汉中的西大门，与甘肃的徽县、成县、康县接壤，是典型的山川地貌。略阳的山中，富藏金铜铁镍矿，被李四光誉为亚洲的"乌拉尔"。特别是对中国来说必不可少而又十分稀缺的镍矿，这里的藏量在亚洲都是名列前茅的。略阳的地上生物资源也十分富足，是全国有名的"杜仲之乡"。但是这个资源大县却是国家级贫困县，因交通落后，丰富的资源不能转化为财富。县域内大山林立、沟壑纵横，进出略阳只有一条309省道。略阳与汶川同处龙门山断裂带，"5·12"大地震后，略阳是国务院公布的第一批地震重灾县，温家宝、习近平等中央领导曾亲临略阳，视察、指挥抗震救灾。大地震令309省道严重损坏，有网友称其为"全中国最烂的公路"。由于盘山路弯多、坡陡、路窄，即使天气晴好时，车祸也时有发生。

2006年夏，有关单位在勘察设计十天高速公路项目时，曾提出两个主要方案：一是从汉中市北上留坝，斜线直达甘肃省凤县，然后至天水；另一方案是经略阳，沿嘉陵江北上抵达甘肃徽县，再至天水。从公路建设的角度看，第一个方案，既省钱又省事，但是，略阳县领导意识到，如果采取经略阳的第二方案，将给当地经济发展带来难得的机遇，于是多方奔走、大声呼吁：十天高速公路"选线"略阳。县领导做了大量项目论证工作，多次赴陕西省、汉中市与相关部门同志做专题汇报，终于使十天高速公路在勘察设计阶段采纳了经略阳的方案。

方案初定后即发生了"5·12"大地震，略阳县领导重新审视规划中的十天高速公路方案，又提出增修12公里绕城连接线的方案，而国家建设高速公路的一般原则是"近城不进城，地方道路自己修"。在有关部门组织的论证、决定公路最终方案的重要会议上，略阳县领导不惜"冒犯官场规则"，"抢话"陈情。"略阳县城对外只有一条309省道，发生地震、洪水等重大自然灾害时，全城八万居民只有这一条逃生之路。这条路要是堵了，略阳就成了一座孤城、一座死城。"晓之以理，动之以情，略阳县领导终于说服了来自北京和陕西省的交通部门专家和有关领导，将12公里连接线纳入设计方案，为略阳县城的8万民众增加了一条灾难发生时的生命通道。

行蜀道难 修蜀道更难

"青泥何盘盘，百步九折萦岩峦"，当年李白经过陕西略阳县北的青泥岭时，领略到了行秦岭道路之艰辛。如今，在这难于上青天的秦巴山间，数万名筑路大军奏响了“开山辟路”的绝唱。他们战胜了破碎的山体，战胜了洪水的袭击，战胜了各种频发的地质灾害，战胜了工程建设中的“癌症”——膨胀土……他们的动人事迹响彻秦巴山水间。

决战嘉陵江

“嘉陵江水向西流，乱石惊滩夜未休”，滔滔嘉陵江自古就有着险峻的地势。这里远离城市，出行的道路经常塌方，生命在怒吼的嘉陵江面前显得是那么的弱小。来自中铁十八局、中铁一局、中铁十五局、中交三航局、中铁十一局、中铁二十局的六路大军于 2009 年 7 月齐聚这里，千年“故道”被重新唤醒。

不便的交通、破碎的山体给这些身经百战的队伍带来了从未有过的挑战。刚出了略阳县城，沿江路还能有十几米宽，但越往里走路越窄，最窄处不到 3 米宽。一侧是松软的山体，沿途随处可见滑落的碎石，一侧是滔滔的嘉陵江水，即使是多年的老驾驶员行驶在这样的路上也会胆寒。这里是秦岭和巴山的过渡带，不仅地势险峻，而且地质构造复杂，地壳活动性强，是地震的高发地区。

频发的地质灾害让中铁十五局 39 标简直“倒霉到家了”。修建何家村隧道时，进场没多久，工人们就开始不分白天黑夜地大干，当掘进到 18 米时，意想不到的情况发生了。因为山体破碎，何家村隧道所处地带出现了整体位移滑塌。最后经过重新修改设计方案，决定换方向从入口施工进洞，本以为换了方向，能带来好运，谁知破碎的山体在雨后还是经常出现大面积滑坡。掘进了 10 多米后，泥土从山顶上整个滑下来，设备、材料、变压器都给埋在里面了，不得不又一次停工。项目经理王洪东说“这个隧道可把我们折腾惨了，这一带处在“5・12”地震断裂带上，山体都给震‘酥’了，怎么换方向干活儿都是一样的难。”虽然他们明知道当初在出口方向掘进的 10 多米“劳动成果”可能已化为乌有，但还是心存侥幸，有人跑到对面山上一看，已做好支护打进的 10 多米隧道全部垮塌，洞口被掩埋得只剩下一点痕迹。大家心里都酸酸的，自己用心血、汗水换来的劳动成果就这样被这无情的大山、破碎的山体吞噬了。

中铁十一局所在的 41 标，位于略阳县的白水江镇境内，途经梁家湾、封家坝、小河三个村。这里因为山高、路险，村民出山艰难，去趟略阳县城，都得先赴白水江镇，再搭乘宝鸡开往广元的火车，第二天才能搭乘广元开往宝鸡的火车返回。以前，这一带进出的大多是“要钱不要命”的开矿人，或是嘉陵江淘金者。为了方便，一些村民出山经常搭开矿人的顺风车，但危险也时常伴随着他们。有个小伙子赶去略阳结婚，搭上了一辆运矿车，一路上都在哼着小曲，憧憬着甜蜜的未来。刚穿过西白路的一个小洞口，就被上面突然滚落的山石砸中头部，年轻的生命在此戛然而止。这条路上，洒满了血与泪。

不便的交通也同样摆在 41 标全体参建者面前。项目部驻扎在封家坝——一个闭塞的小山村。这里的村民们没有要事从不出山，获得外面的信息主要靠网络，遇上暴雨、洪水，没有了信号也就与世隔绝。从封家坝到略阳县城虽然只有 40 公里，但开车要近 2 小时。41 标出山、冒险的事基本上都是项目经理王军一人扛，因为作为项目经理，他经常要去管理处和略阳项目组开会、汇报工作，有些事顺便就办了。不到万不得已，他不会让其他人去。当王军回忆起他的历险，至今还在后怕。

2010 年 7 月 23 日下午，他和总工冒雨赶到略阳开会，听取项目管理处布置抗洪工作。开完会已是半夜，天不停地下雨，驾驶员怕开车回工地路上不安全，只有等到天明再走。第二天凌晨，他心急火燎地坐车回驻地，因为连续降雨，本来就破碎的山体更加酥软，王军乘坐的汽车一路颠簸着疾行，突然“哗啦啦”一声巨响，驾驶员一边大喊“不好，滑坡了！”一边冲了过去，还未来得及庆幸，前面又“哗啦啦”泥土夹着石头从高处滚落下来，挡住了他们的去路，好在驾驶员反应敏捷，迅速后退。此刻，车后又传来了碎石滚落的声音。怎么办？前后夹击动弹不得，左边是悬崖绝壁，右边是滚滚的嘉陵江水。王军顾不上自己，狂跳的心立刻冷静下来，迅速拿起手机拨通项目部办公室的电话：“赶快来车接我们！”这时，嘉陵江水已漫到路上四五十厘米深，王军心急如焚，“必须马上回去布置工作，洪水就要来了，项目上的人还在等着我们呢！”刻不容缓，他和总工弃车徒步，半路与前来接应的人会合才赶到驻地。

2009 年 9 月的一天，王军上午从驻地到勉县项目管理处开会回来，为了赶时间，走了路面稍好一些的略徽路，但略徽路山高、坡陡，九曲十八弯，脚下就是万丈悬崖。连续走了十几公里的下坡路，驾驶员突然发现没了刹车，王军脑子顿时一片空白，这时一辆拉货的大车出现在他们眼前，小汽车像离弦的箭一下子冲过去，撞到车身后又反弹到一侧的石头上才停了下来。驾驶员和王军都惊出一身冷汗，再一看大货车，小半个车头都探出路外，如果运气差一点，大货车和小汽车也许都坠落悬崖粉身碎骨了。他对前来接他的同事说："是货车救了我们的命，货车驾驶员开口要多少，只要基本合理，就赔多少。"回到驻地后，他与同事大碗地喝酒，庆幸自己阎王殿门口转了一圈又回来了。

42 标位于沿江路的最后一个标段，施工期间要进到其项目部，必须乘坐越野车还要经水路陆路一程狂颠后才能到达。项目经理付西鹏说："在这山坳呆久了，脑袋都木了，跟不上外面的快节奏了。虽然每一分钟都想离开，每一分钟都在挣扎，但是每一分钟都要肩负起历史给予我们的责任。谁让我们是筑路人呢！"

常年采访施工的记者能够体会一线施工人员的这种苦闷。走的是山路，凿的是山洞，修的是山道……除了每天定点到来的小火车，眼里的一切，除了山还是山。他们的坚持或许就来源于筑路人那神圣的使命感——让天堑变通途。

攻克膨胀土

沿着勉县到洛阳一带，从地质构造来说，是一个东西向的大断裂带，工程开工后那里的山体出现了大规模的整体滑动现象。地处汉中盆地的汉中到勉县路段，地势虽然比较平缓，但属于膨胀土地区。膨胀土被形容为"晴天似把刀，雨天一摊泥"，号称筑路工程的"癌症"，是一个世界性技术难题。膨胀土在我国多省有分布，以秦巴山间的陕南为烈。而汉中地区河流密布，每平方公里平均河流长度为 1.4-2 公里。秦岭以南的年降雨量就达到 900-1000 毫米，雨季时，山水导致滑坡时有发生，防不胜防。

2010 年 7 月的一天，在中铁三局二公司 22 标的工地上，一段片石混凝土边坡出现了滑塌。项目部经理王明已经记不得这是整个标段边坡的第几次滑塌了。为了治理这段边坡，他们在里面加上钢筋骨架，可他没想到是，一下雨，这种钢筋骨架还是没能止住滑塌，最后没办法，不得不用 C15 片石混凝土将这段边坡整个都罩住。

王明说，其实这并不是最难防护的，最难的是即使使用 C15 片石混凝土，也仍然发生滑塌。出现这样的情况，就只能整段都用石头浆砌起来，然后再用混凝土做成表面，等于是用石头重新再造一个坡。

给王明造成这种困扰的是汉中地区特殊的膨胀土。这是一种吸水后显著膨胀、失水后显著收缩的高液限黏土。这种土的性质极不稳定，常使建筑物产生不均匀的竖向或水平的胀缩变形，造成位移、开裂、倾斜甚至破坏。而在 22 标的全线 12 公里当中，大多数路基和边坡都是膨胀土。在王明的记忆里，这里的膨胀土一下雨就特别黏，人走在上面，脚都拔不出来。

在汉中西，这种膨胀土也让中铁一局 2 3 标的项目经理汪胜利"老革命遇到了新问题"。汪胜利曾担任中铁一局的副总工程师、中铁一局五公司的董事长等要职，如今年过五旬淡出一线，可谓是见多识广之人。他此前征战云南等地时曾与膨胀土打过交道，但没遇到过"这样式儿"的膨胀土，用他的话说是"一下雨，三天干不了活儿"。

23 标承建汉中西主线工程 7.25 公里，勉县连接线 4.38 公里的建设任务，其中 10 座主线桥、2 座匝道桥，此外还有 2 座天桥、1 座渡槽、40 多座涵洞。正常情况下，这些活儿对于他们来说算不得什么，但是自打征战汉中西以来，汪胜利"一下雨，就睡不好觉"。

施工便道泥泞难行，导致挖掘机、混凝土罐车、吊车等机械难以进入施工场地，"轮子在厚厚的泥巴上打滑"，严重影响施工进度。打抗滑桩固边坡，掺白灰"膨胀土改良"，倒排工期、责任到人……最后终于克服重重困难，完成了任务，捍卫了"老一局"的荣誉。汪胜利说："干了一辈子工程，汉中西最难干。"

迎战破碎山体

25 标负责承建 4.7 公里路段，其中桥梁占到了 3 公里，包括控制性工程——1.88 公里长的咸河特大桥。该桥空心墩达到 49 个，最高的空心墩高达 59 米，整个标段建设场地处于平原到山区的过渡段，土质松软，加之该地区处于地震带，在进行土建施工时，很容易发生滑坡，桩基施工异常艰难。由于桩基设在山坡上，无法修便道，施工

崔文社处长检查路面铺筑进展情况

副处长范克虎在路上督促环境征迁工作进度

材料只能采用最原始的人背肩扛的方式运上山。但是如果一直采用这样的方式不仅人力难以持续，速度也太慢，难以保证工程进度。正在项目经理余小林一筹莫展的时候，他打听到，附近山区一个偏远的小村子里来了一只从四川来的运输马队，刚刚卸下货物准备返回，他二话不说，跑去租下了十几匹马用于运输。于是，在施工现场，出现了这样的场景——一匹匹马驮着施工原料艰难地爬上山坡……他们就是这样，想方设法，克服困难，争取时间。余小林坦言："我干了 28 年的工程，当了十几年的项目经理，这么复杂的问题还是很少见的。"

三花石隧道位于略阳县鱼洞子乡王家村，略阳是"5·12"大地震重灾县，山体破碎，地质条件差不言而喻。

而 32 标所属中铁隧道股份有限公司则是一支响当当的"铁军"，有着骄人的过往：闻名遐迩的大瑶山隧道、西汉高速"秦岭一号"隧道……

2009 年 8 月下旬，三花石隧道右线刚刚开工，工人们正在准备"第一茬"爆破，突如其来的一场特大暴雨导致山体大面积滑坡。那些千枚岩遇水膨胀，一溜一溜地顺着山势下滑，工人们"话糙理不糙"地称之为"拉稀"，而"止泻"的办法是加密、使用超前小导管注浆和进行钢拱架安装、打锚杆挂网及喷射混凝土稳固山体。

隧道开挖后共穿越 5 个断层破碎带，地质结构复杂，给施工带来很大困扰，以至"半个月没有进度"。洞渣主要是绿泥石英片岩、千枚岩，这些看上去像一层层的硬石，其实完整性极差，那千枚岩拿到手里就是一团粉末，有些比纸还薄。后来，32 标摸索出"微台阶、短进尺、强支护、勤量测、快衬砌、多循环"的施工方案，针对性强，局面开始改观。

2010 年 7、8 月份，汉中地区连遭 3 次强暴雨袭击，26 标合同段路基上边坡多处滑塌，箱梁预制场被淹，七里沟隧道右线进口山体滑塌。2010 年 7 月 16 日晚上开始的暴雨，一直持续到了 17 日早上的 5 点。那天上午，施工人员发现右边隧道进口的仰坡上出现了一道细细的裂缝，裂缝距离隧道口大概 8 米，横向延伸长约 5 米。发现这一险情后，项目部立即组织施工队对裂缝处进行喷锚防护处理，并作进一步观察记录。

7 月 18 日未发现异常，可到了 19 日上午，原来进行了喷锚处理的裂缝处再次开裂，并且裂缝长度由原来的 8 米延长到了 13 米。问题越发严重，大面积的坍塌随时可能发生……

7 月 19 日晚上，整个坡面果真全部滑塌！这个宽 21 米、高 10.2 米、纵向斜坡长 15 米的滑塌，将施工完毕的七里沟隧道进口套拱全部压垮掩埋。幸亏人员撤离得及时，才没有造成人员伤亡，但这次的山体滑塌给 26 标带来的时间损失和经济损失实在是太大了。

洪魔来袭

秦岭南麓，每年夏季降雨非常集中，发洪水是常有的事。山洪下来时，一条平时可以轻松跨过去的山溪，瞬间

副处长王超检查边坡防护工程

副处长高武林检查房建建设情况

可能涌起几米高的浪头。在项目开工的第二年，嘉陵江沿岸遭遇了六十年不遇的大洪水。汹涌的洪水竟冲走了几十吨重的货车和工程机械。一辆货车被洪水冲进江里后，被桥墩拦住，车身竟被撞成了 U 字形。

2010 年 7 月，27 标桥梁下部工程正在紧锣密鼓地进行，大部分施工材料、机械都在河滩里停放。7 月 21 日晚上开始下雨，虽然项目部已经在雨前接到了管理处和汉中市的雨情预报，可是这场六十年不遇的大雨还是让大家始料未及。如注的暴雨倾盆而下，施工全面停止。

27 标茶店互通立交所处位置，西面是白河，北面是黑河，两河汇聚的东南面就是沮水河。标段所在的施工地是江河的交叉口，雨季来临、洪灾发生时，这里是最危险的地段，而 27 标大部分桩基施工都在黑河、白河和沮水河中。

21 号晚上，吕长德经理连夜召开紧急会议，对项目部人员进行了安排部署，从项目部抽出 40 人，施工队抽出 100 多人，分 7 个抗洪抢险小组，专人进行 24 小时雨情监测，各小组负责人 24 小时巡查标段，在陈家咀拌和站、中心拌和站、茶店子特大桥、茶店互通立交桥施工区等最危险的地段都设立了监测点，进行不间断地雨情报告……

22 号，暴雨依然不依不饶地下着，眼看着河里的水流越来越大、水位越来越高，处于河滩里的施工器械、堆放的施工材料面临着被淹没、掩埋、冲走的危险。项目部立即行动，由项目部副经理、各部室主任带领项目部全体人员及 7 个抗洪抢险小组冒着暴雨，绕道进入工地，抢运器械和材料。在茶店互通立交桥 19 跨桥下，雨还在下，从河中央抢运模板的人员一趟趟地走过没膝的河水，水越涨越高，从没膝迅速到没过腰际、没过胸口……

到了 7 月 23 号，雨势未见减小，白河、黑河、沮水河的水位猛涨。这场六十年不遇的大暴雨形成的洪水，淹没了 27 标段所在地的 3 个钢筋加工厂、两个拌和站，茶店互通立交桥一匝道 3 座现浇梁支架被冲跑、十几台钻机被洪水吞没……

洪水不但给 27 标项目部造成了 3000 多万元的损失，同时，让这个进度略有起色的项目部再一次受到了重创，洪水过后，一片狼藉。恢复生产迫在眉睫。

清理现场、重建营区、检修机具，在很短的时间内，27 标又全面恢复了生产。

陕南的暴雨同样未能让位于嘉陵江深处的标段幸免于难。沿江路上所有的标段分别在 2010 年的 7 月 23 日和 8 月 12 日经历了罕见的特大洪水的冲刷和生死考验。

2010 年 7 月 23 日的那场大水，让 40 标的参建人员永生难忘。那天得知水位要上涨后，经理刘刚、书记曹延民以及总工杨艳丰立刻组织疏导，带领人员将小型发电机、油罐、吊车、食堂设备转移到安全的地方。虽然大家争分夺秒抢设备、疏散人员，可不到半个小时，梁场的水就上升了一米，只见树、油桶、牲畜等浩浩荡荡从嘉陵江的远处迎面扑来，不到两个小时梁场便被水淹没了，到处都漂浮着杂物。

洪水来时，40 标二工区的一辆泵车正打着混凝土，眨眼间这辆新泵车就被席卷而去。在工区里停放的一辆水泥土罐车由于出了点毛病还没来得及修理，也被洪水吞没。第二天洪水渐渐退去，经理刘刚的眼眶也湿了，虽说人员没有伤亡，但财产的损失也太大了：一套房子没了、料场的地材冲走了、400 多米的混凝土挡墙不见了、一辆泵车和一辆水泥罐车没了、几百吨的模板都受到了不同程度的损失。

2010 年 7 月，有个给 41 标运送水泥的小伙子，拉了满满一罐车的水泥走到 40 标时，由于对路不熟，驶到被洪水泡软的路基上，车子不断地下沉，在水泥罐车即将翻到水里的一刹那，他吓得弃车而逃，抱到了一根在水中漂浮的木头才幸免于难。这已经是 41 标更换的第三家供货商了。如今走在沿江路上的人还能看到这个水泥罐车撅着“屁股”静静地扎在嘉陵江里。

许多平素叫不出名字的小河沟是嘉陵江的分支，这些小河沟随时都会翻脸不认人，在一小时内水就能涨到两三米高，修好的便桥、便道眨眼之间就被全部摧毁。41 标的总工曾理飞说：“我们的便桥便道是修了毁、毁了修，反反复复，每次都要花费上百万元。这里每年从 4 月开始，到 10 月份结束，半年的时间都在不停地涨水，我们要随时提防，说不准什么时候就把你的一切劳动成果毁于一旦。”

知难而上 修条好路留后人

2009 年 4 月 28 日，在汉中市环城西路天润酒店三层会议室里，陕西高速集团有关领导宣布，成立十天线汉中西建设管理处，任命崔文社为管理处处长。受任新职的崔文社处长时年 42 岁，但已在机械化工程公司当了 8 年党委副书记、总经理。他是公路养护专家，在陕西省组织过十多项高速公路养护大修工程，带出了一批中层管理干部，对每年的工作任务他可谓是驾轻就熟，此外他还带头研究科研课题、发表论文，并且多次获奖。履新之前，崔文社正与北京的专家合作“西部地区路面养护”新课题，“日子过得挺舒服”。

虽然多年没有从事公路建设了，但作为一位老交通，崔文社完全明白，在当时的条件下，接受这样的任务将面临怎样的困难和挑战。但是，中国人历来把架桥修路看做是功德无量的善举，身为一名“交通人”，能参与并主持一项国家级高速公路的建设项目，是多少人梦寐以求的机遇。

多年从事公路养护工作的经验，也使崔文社深知公路修建过程中留下的缺陷，将会对过往的驾驶员和养护工人造成怎样的困扰。他决心知难而上，不仅要修成这条路，而且要修成一条好路，留给后人。

克服没人没钱的困局

上任伊始，崔文社就和管理处的班子人员确定了高标准的建设目标：要把十天高速公路汉中西段修建成山区高速公路的一条样板路，一条环保生态路。

说起来容易可做起来没那么简单，摆在面前的特殊的自然环境就不必说了，可在天时和人和方面也不是一帆风顺的。这个项目是国际金融危机爆发后，国家为拉动内需、刺激经济所安排的四万亿元投资计划中的一项。但是，立项比较晚，赶上的是“四万亿计划”的“末班车”，成为当年全省第八个开始的在建项目，首先面临的是人才短缺、队伍先天不足。

作为业主代表的管理处成立时，上级部门从兄弟单位抽调了部分人员，管理处招收了一批尚无工程管理经验的高校应届毕业生，其余所需的管理人员，只能靠管理处四处搬兵求将了。有人形容说这是一支匆匆拼凑起来的管理队伍，一支来自集团“五湖四海”的“杂牌军”。项目管理人员不少都是才走出学校、毕业不足一年的“娃”，有

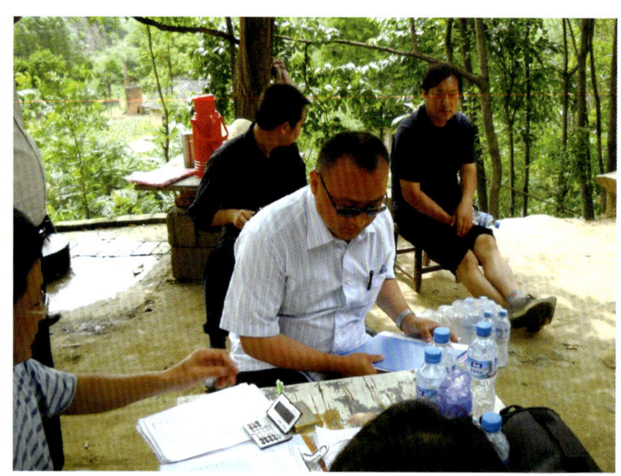

环境征迁人员正在清点地面物

工作人员正在现场协调解决征迁问题

人笑称“学生业主”；而借来的汽车，有的已经行驶三四十万公里、几近报废，由此也给汉中西项目留下一句笑谈：“最有经验的是车、最有朝气的是人”。

有人说，这是一支杂牌军，也有人说：“连杂牌军都算不上！杂牌军好歹还打过仗、放过枪，可他们都不知咋样放枪！”管理处刚成立时，崔文社就和范克虎、王超两位副处长说，“不是哪个工程咋样抓，而是咋样把团队打造好，团队建设没搞好，工程建设肯定干不好！人的能力是有限的，光靠三个处长，那活儿是干不完的！”于是，拉名单要人，也想挖人家墙脚。但是，你要的人家不放，也有来了转一圈就拜拜的。“手把手”地教，是前期的一个重要做法，甚至从现场施工的基础讲起。梁片怎样丈量，给一班征迁人马讲怎样跟当地政府部门打交道、建档……总之，边干边学，大家明白“领导比较累”。他们还同时拜托几位老同志，带好新人，随时点拨，让新人尽快成长。

虽然不是工作任务，没有人要求，但打造团队已经成为崔文社和他的班子成员的自觉使命。其实，对于人才的培养与锻造，其功德与贡献，不亚于那条横卧山水间的高速公路。

人的问题解决了，但钱的问题可没那么简单。项目开工后不久，由于经济形势的变化，国家对宏观货币政策做出重大调整，全面收紧资金供应。为筹集资金，管理处不知耗费了多少心血。在汉中西流传这样一个段子：项目管理处崔文社处长和范克虎副处长到高速集团“要钱”，王登科总经理伸出两根手指，两位处长猜度：“两个亿！”王总摇头，“两千万？”王总再摇头，“两百万？”“对喽！”

崔处回忆此事，说当时心气足：“两百万我们就不要了，够干什么的？”事态发展到后来“给 5 万都要”。

2011 年春节过后，由于国家金融政策从紧，汉中西工程资金告急，导致讨薪、讨账、群体阻工现象此起彼伏。严重时，管理处大门被封堵，车辆无法进出，还有个别外地企业，试图将标段经理绑架到外地，形势严峻为近三十年所未有。

2011 年春节前，集团考虑农民工回家过年等因素，汉中西管理处账面高达 8 亿元，但是到最困难的 6 月份，咬牙才留住 20 万元，以备项目不时之虞。工程资金缺口达 20 亿元，标段经理纷纷外出，成了躲债的“杨白劳”。管理处专门会议决定，一切公务接待从简、办公用品和用水用电奉行节约原则，勒紧裤带过苦日子。

资金困局中，管理处领导积极谋划，请来施工法人单位代表，协商“垫付”。当时，施工单位普遍赊账供应商，个别标段经理只好将个人钱款“公用”。

心里着急上火，但崔文社处长还不能让底下人看出愁来。据说在集团，他多次与总会计师拍桌子瞪眼：“这三大战役打到半截，没子弹啦！”

那时，有记者采访在略阳山区苦战两年的高武林副处长：“什么时候感觉最艰难？”高答：“现在。技术问题都有克服的办法，没钱，标段经理来诉苦，一坐一大排。”

那时，大家普遍认同的一句话是：“钱不是万能的，但没有钱是万万不能的！”

困难再大也要修出精品路

业精于勤，事成于细，集大成者成大器。2011 年 8 月，陕西省交通运输厅总工程师冯明怀来汉中西项目检查指导。俗话说“外行看热闹，内行看门道”，把这条路的桥梁、隧道、路基、路面一一检视完毕，冯总在三花石隧道口发出感慨：“崔文社，你是个大忽悠！没有钱，还能把工程干成这样子！”

他又说：“看得出，这个工程是用心做的！”这后一句话，正说到崔处心坎上。这后一句话，也是汉中西工程特点的点睛之笔。

以往，高速路上的边沟盖板，是个“姥姥不疼、舅舅不爱”的角色，比起桥梁、路面工程，最多也就算个配角。因此多年来都是一副陈旧、落后的模样：笨重、呆板、高低不平、颜色有深有浅。普遍做法是“排水沟盖，盖上就得”，没有施工标准、工艺各行其是……而每块盖板四五百斤的重量，也给道路养护带来困难。对这点，崔处自然感受更深。路基 20 标在上一个工程湘渝高速公路建设时，搞了 7 公里的边沟盖板预制，做得很漂亮，这也被崔处挂上心。他安排 20 标的项目经理秦州，专门成立 QC 攻关小组，考虑工厂化预制生产，租了 20 亩（1.33 公顷）地。攻关的难点在于模板，传统的钢模板呈直角，混凝土浇筑后脱模时，极易缺棱掉角，造成破损。经过反复研究，改用聚丙乙烯复合塑料模具，舍弃了呆板的直角，代之以柔性的弧形圆角，不仅美观而且便于脱模操作。经多次试验，摸索出最佳石料比、水灰比等工艺条件，模具加孔排出气泡，淋洒热水以便脱模……3 个月后，边沟盖板完成，颜色淡雅、表面光洁、体积轻巧，重量降至只有一百多斤。

在此过程中，崔文社也多次来 20 标预制场查看试验情况，并提出改进建议。各项工艺成熟后，形成《作业指导书》，印制小册子发给施工队。

2010 年 6 月，边沟盖板的“小型预制构件”现场推介会在 20 标召开。会后，全线的 3 个预制场均参照操作。

有到过汉中西项目上的人说：“西安市的排水沟，都比不上这里！”

如今，在汉中西 117 公里通车段，边沟盖板令人耳目一新地躺卧在蓝天白云下，连同后来挖方段的硬路肩“包边”，都在无声地阐释着新的公路美学，提升着这条路的精细品质。

2009 年 8 月，总监理宫建平随崔处到沿江路检查。那天在 37 标驻地吃午餐，饭后他到院子里散步，山区的阳光投射到宣传橱窗上，这时，一幅图片进入他的眼眸：钢筋笼滚焊机。那是 37 标法人单位中铁十八局的一个施工图景。后来细一问才知是中铁十八局在青岛施工使用的钢筋笼滚焊机。宫总与崔处商量后，派人前去青岛考察，管理处领导听取考察汇报后，决定试用一台，并确定 27 标为试验单位。大约一个月后，钢筋笼滚焊机“驾到”。很多人前来参观，发现它加工速度快、操作强度低、焊接合格率达 99% 以上。很快，钢筋笼滚焊机的现场观摩会在 27 标召开，向全线推广。

以前“挡墙勾缝”这道工序一直没人重视，讲究一些的就做细致一点。23 标在自家项目上精雕细琢，把钢筋砸扁自制工具“压子”，用黑漆 + 橡胶水，反复试验后勾出来的缝儿美观、大方。后来在总监办高级驻地魏威的热情扶持下，施工步骤也被总结出来。大约一个月后，汉中西全线挡墙勾缝的现场推广会，在堰河大桥边坡前举行。

崔处带领全线施工单位的项目经理、总工齐聚“示范墙”前，经人现场演示后，管理处决定：挡墙勾缝全线统一标准，规范化施工。

土建工程一向被认为是“大而粗”的东西，但十天高速公路的精细化施工改变了人们的看法。

路面摊铺是“七十二拜”的“一哆嗦”，更要鸡蛋里挑骨头。在路面一标上面层的存料场，四周都砌有围墙，地面也硬化过，以远离泥土灰尘。围墙内石料堆得小山似的，几个头戴草帽的农村妇女，手拿编织袋弯腰挑拣小石子，旁边一辆铲车，随时“翻堆儿”。这些妇女凭借挑拣出来的软石，领取工资和奖金。这人工挑拣软石，大概只此汉中西“独一份”。

因为软石强度不够，进入沥青混合料摊铺在路面上，很快就会形成坑槽。还有一种杂石，譬如白云石，虽然有强度，但是表面光滑，与沥青不黏附，摊铺路面上，极易离析，同样会造成坑槽。正是基于对这两种石料危害的了解，崔文社处长才坚持让他们“鸡蛋里挑骨头”。

高点起步，精细入微，碾压机装有限速器，压快了它就报警。还有沥青装车要呈品字状、加盖篷布，以减少热量损失。因为沥青是环境温度越高，压实度越好。如果突然降雨，料车就要赶紧进入隧道躲避。

百密难免一疏，他们又成立了路面缺陷小型作业队，专门到路上“找短儿”，对某些环节，实行重点监护和修复。

有人说，崔文社第一次干项目，看似短处其实正是长处。就像“4S 店”老总，进汽车生产厂当老总，他有一双“贼眼”，直奔软肋。对于高速公路的质量问题，他最有发言权，干项目正给他一个展现多年积累与思考的机会。对此，他自己也同意：“别人没这经历”。

受任新职，管理处奉行“拿来主义”，先后 6 次组织标段骨干去西铜、西宝等项目参观学习，从细微处学人家的精华，譬如门楼标语及位置、梁场及拌和场的标志，为文明工地建设打下基础。

倡导精细化，培植“标杆”。路基填挖、混凝土养生、箱梁预制，隧道进洞……几乎每道工序都树立了标杆，有标杆就有了标准，就有了该道工序的“规定动作”，把这些硬性规定印成“明白卡”，施工人员随身携带，大大提高了全线施工质量。

对“标杆”不仅给予奖励，而且召开现场会全线推广，形成一套完整的机制。这样，几乎所有标段都有标杆行为，都参与到精细化互动过程中，形成良性追求，调动了每个标段的生产积极性。

生态十天 绿色典范

北秦岭、南巴山，一条汉江蜿蜒东去养育两岸万千生灵。夏秋时节行走在尚未完工的汉中西高速公路上，犹如绿色之旅，道路两旁，绿波翻浪。面对青山、绿水、大自然，汉中西项目建设，肩负起了一份绿色职责。管理处成立伊始，就确定了“汉中西”的战略目标——修一条生态环保路。

一个绿化新理念在汉中西践行：“因地制宜、适地适树”。

在汉中北立交桥、在褒城立交枢纽，负责绿化的综合组长赵军能讲出一套套的“绿化经”。

这两座立交区都有大片的鱼塘，夏荷已见残色。但是路两边的波斯菊开得正好，随处可见绿茸茸的白三叶，波斯菊颜色淡雅、白三叶匍匐匝地，在汉中地区这个低温多雨的秋季，讲述着高速公路的独特美学。

高速公路的绿化植物，一般会选取抗污染、能够吸附汽车尾气烟尘的品种，譬如俗称“百日红”的紫穗槐。高速公路绿化还有“遮丑”作用，汉中西道路两边有不少水泥砌就的倒虹吸连通器，一蓬蓬的丛生石楠球就与之成为近邻。

2010 年夏，陕西高速集团领导在总结以往项目绿化的利弊得失后，专门针对汉中西项目绿化工程提出新的理念和定位：根据陕南地形地貌和水土特点，以自然栽植为主，选用当地适生树种。

以往高速公路的绿化理念过于园林化，城市园林适宜近距离观赏，花木品质名贵，而高速公路强调整体观感，因此都是粗线条、大色块，因此，汉中西绿化工程就没有花大价钱买名贵树种。秋季炫黄的银杏树，是当地树种，是汉中市天汉大道上的行道树；水杉林，在褒河地区随处可见；而褒河立交区匝道夹角，种植了一片低矮的橘树林，那是从橘农手中买来的淘汰树种，产果量不足，但还能挂果。800 棵橘树，就分布在这一带绿化区。

环保理念在汉中西被强化到前所未有的程度。

首先在设计中得到体现。这条路，最初设计是靠山修建，那样势必会对山体植被造成破坏。于是在优化设计阶段，管理处提出“路线位置前移”，把生态保护考虑进去。

在五郎坪互通立交区，道路设计高程比较低，需要挖土 300 多万立方米。经与设计方协商，将设计高程调高，调整后的挖方为 180 万立方米，减少了 130 万立方米水土流失。

其次，在施工过程中，对弃渣场要求“先挡后砌”，不允许“先倒后围”；施工结束时，所有弃渣场要恢复原貌，荒地要变成耕地或林地；桥梁施工中，每根桩基都要有沉淀池，泥浆须经二级沉淀，不允许直接排入河道。

在略阳八渡河施工时，为保证居民用水安全，投资 290 万元从上游引来 7 公里长的临时用水管道。

开挖上边坡，均采用窗孔式锚杆框架，以便在窗孔处回填装有花草种子的生殖袋，以此绿化边坡。

临时标段驻地，到期要按原貌恢复。由于标段驻地条件较好，地面经过硬化，有些后来成为村医务所或者村民活动中心，让老百姓受惠。

汉台、勉县平原地区水利发达，水系南北走向，高速公路东西横切，改渠改路投入7000万元。除半空中的天桥、渡槽，地下建造的倒虹吸连通器外，其余的建造物均一定程度地方便了村民生产生活。

沿路以抗滑桩固定山体，减少水土流失。在全线实现隧道“零开挖”进洞，减少对山体和植被的破坏。此外，各隧道口种花植草，大面积绿化。由于山区施工场地狭小，标段存在弃渣排放河道现象，管理处限期清理，同时处以罚款。管理处曾先后对环保、水保进行9次专项排查，力图消灭边角、死角，不留遗憾、不留祸害。

博得各方赞誉

如今，路已修成，汉中西项目迎来各方赞誉。交通运输部公路局局长李华到汉中西项目考察，对随行的人员说：“你们看看我们家乡的人是怎么修的路”，这位出生于陕西的公路建设权威人士看到家乡人能修出这样的优质路，激动的心情溢于言表。

陕西省交通运输厅厅长冯西宁在公路建成后，曾赴现场视察。他对公路休息站停车场面积多大、能停放多少辆汽车这样的细节问题都关注到了，可见他不仅是行政领导，也是公路建设的大行家。视察后，冯西宁厅长总体给这条路以高度评价，无论是边坡、绿化还是排水系统，他都很满意。冯厅长认为，这个工程抓得细、抓得实，具备了申报典范工程的水平，同时他还希望管理处能认真总结经验，并在全省高速公路建设项目中推广。

曾经来这个项目视察、指导工作的国内有关专家在接受采访时，都对这个项目给予了很高的评价，这也是为冯西宁厅长的评价提供了一个很好的注脚。

中国公路建设行业协会公路建设专家委员会秘书长程树本说：“在各种地质灾害面前，在资金万分困难的情况下，能做好这么大一个项目，管理者应该是非常难的。……说实话，这么多年我看的项目太多了，但看了这个项目以后，觉得他们干得确实不错。”

中国科协咨询中心滑坡防治技术专家委员会主任委员王恭先说：“近二十年来我和很多高速公路建设管理单位打过交道，十天线汉中西管理处可以说是不多见的管理比较到位的单位，他们头脑清楚，能看出问题的关键，工作抓得比较好。以往的工程在快通车的时候，常出现问题的地方往往不是隧道和桥，而是边坡出现了垮塌、滑坡的问题。他们在边坡防护方面下手比较早，从2010年年底就开始着手解决这类问题了。”

陕西省高速公路质量管理的权威部门——交通厅基本建设工程质量监督站的副站长程道虎也在通车前夕提前给出了答案：这个项目最大的优点就是把“十一五”以前所有项目的优点都进行了总结继承，而且发扬光大了；这条路是山区高速公路的一条环保路，是陕西高速公路的样板工程；这个项目最大的管理亮点就是执行能力强，能够把上级主管部门制定的各项技术要求贯彻到位。

踏平坎坷成大道。如今，汉中西项目通车段即将竣工，在秦岭之南，汉江岸边，那一群筑路人正在准备接受祖国的检阅。他们只是一群普通的高速公路建设者。但是有人说：历史注定要把汉中交通发展的任何一次积极进取行为，写在中华民族交通发展史册上。

亮点频现 精彩十天

■作者 何兆法

亮点之一 ——制定高起点、高标准的建设目标

十天线汉中西项目一开工，就制定了高起点、高标准的建设目标——建设交通运输部山区高速公路示范工程，争创国优精品工程。建设过程中，管理处认真贯彻落实交通运输部“发展理念人本化、项目管理专业化、工程施工标准化、管理手段信息化、日常管理精细化”指示精神，用现代工程管理理念、管理技术和管理方法，将十天线汉中西项目打造成一条精品路。

亮点之二 ——高效的团队建设

十天线汉中西管理处自2009年4月28日成立以来，始终高度重视管理团队建设，建立健全了竞争择优、有效激励、严格监督的用人机制。在坚持德才兼备的标准选人用人的同时，注重强化管理团队的教育培养。两年多时间，通过交流学习、考察培训等方法，造就了一支业务技术素质硬、吃苦奉献精神强的专业项目管理团队。

1. 注重培训。综合办公室牵头会同各部门，先后举办了23次业务培训，切实做好管理处工作人员的岗位培训；由纪检组、办公室牵头，定期对新近提升的中层干部进行岗前廉政教育培训；选派业务骨干参加陕西省交通运输厅和陕西高速集团组织的各类培训，同时派员与省内外在建项目沟通交流。通过培训学习，开阔了干部视野，更新了管理理念，广大干部的业务素质和政策水平不断提高，大局意识、责任意识和服务意识显著增强。

2. 知人善任。一是根据干部员工自身特点，通过岗位调整转换等方式，知人善任，合理安排分工，变特点为优点，发挥个人特长，做到人岗相适、人尽其才、才尽其用，大大提高了工效。二是针对汉中西项目地质地形情况多变、工程实施难度较大、人员普遍年轻、经验较为缺乏的现状，要求各部门将经验丰富的干部调整到关键重要岗位，推行言传身教，搞好传、帮、带，提升了管理处的综合管理能力和水平。

3. 强化考核。管理处定期对管理人员进行考核测评，全面了解其工作、思想及党风廉政建设等方面情况，提出加强干部队伍建设的意见和建议并及时进行整改。在干部选拔任用上，切实将能力级别、工作实绩与日常表现作为选拔任用的重要依据，让“有能有为才有位”的观念深入人心。

亮点之三 ——精细化管理系统化、科学化、规模化

精细化管理是工程建设项目贯彻落实科学发展观的重要载体和手段，也是落实“五化”要求的具体体现。在精细化管理方面，一是加大宣传力度，在全线树立标准化施工、精细化管理典型，确保项目一开始就走上了高起点、高标准和快中求好、好中求细的发展轨道；二是精心编制《工程检测项目及质量检验标准》、《精细化施工管理手册》、《桥面系精细化管理手册》等技术规范文件，不断健全和完善精细化管理体系，并使之系统化、科学化、规模化；三是开展观摩交流活动，由专家现场技术交底、熟练工演示标准工艺操作流程，使先进工艺技术迅速在全线推广；四是从标准化施工入手，坚决执行首件工程认证制度，规定各单项工程开工前，必须由总监办组织对其施工方案进

行会审，并在施工完成后进行全面验收，认真总结，形成了标准的施工工法。

亮点之四 ——大胆创新，勇于实践

1. 新材料、新技术、新工艺的应用。一是实施隧道盖板轻型化。隧道内采用轻型电缆槽玻璃钢盖板，厚度12cm，玻璃采用结构胶、硅胶垫块和铝合金活动框架连接，防滑及密封性能较好，隧道内景观靓丽，避免了常规钢筋混凝土盖板平整度差、间隙大、水泥进入引起漏电、断电事故。二是推广使用钢筋笼滚焊机。汉中西项目略阳段桥隧比高达90%，桥梁桩基和墩柱钢筋加工量大，管理处组织在全省建设项目中首家引进钢筋笼滚焊机加工设备，并在全线推广，有效提高了钢筋笼弱项指标合格率，降低了生产成本。三是开展防撞护栏试验段。由于防撞护栏的形状及特点决定了其施工技术不易掌握和混凝土外观质量难以控制，尤其以气泡多、线条不顺最难解决，管理处对防撞护栏施工中存在的问题逐一研究解决，开展试验段施工并进行现场观摩。四是小预制构件生产工厂化。针对全线小型预制构件数量多，现场预制质量较难控制的实际情况，管理处在全线建设了5个小型预制构件厂，推行小型构件集中预制、工厂化生产的管理模式，提高了混凝土小构件的质量。

2. 制作“质量安全明白卡”。为全面提高施工一线人员操作技能，管理处与总监办设计制作了钢筋工、模板工、预应力工、支架施工、三背回填等20项施工操作“明白卡”，发放到一线工人手中，便于随身携带。这些卡片的使用，进一步增强了一线操作人员的应知应会能力，规范了施工作业，也提高了全员质量意识和水平。

亮点之五 ——打造节能、低碳、生态环保路

围绕“最大程度地保护环境和建设山区高速公路示范工程”目标，管理处积极开展“生态十天，绿色典范”工程创建活动。施工过程中，选用低噪声、低能耗、高效率设备，使用清洁能源；桥梁桩基施工设置防护和沉降池，避免对河道沟渠水源造成污染；隧道开挖贯彻“零进洞”环保理念，洞口施工采用机械配合人工开挖，严防爆破开挖对原边仰坡挠动而可能产生的滑塌，杜绝大刷大挖对洞口植被造成破坏；在工程弃渣治理上，做到限期清理河道弃渣，同时尽量把弃渣用到工程上，通过表面覆土有效恢复植被；路面施工中积极开展钢渣废物利用、粉煤灰基层和排水、橡胶沥青路面新技术等试验段施工；房建工程采用中水系统以及LED高杆灯，厉行节能减排，创建低碳环保绿色建筑；机电工程在才子特长隧道中采用LED灯照明技术，在中短隧道中采取分级控制照明，尽可能对外场机电设备采用太阳能供电；绿化工程贯彻“创建山区高速生态环保路”理念，坚持因地制宜、适地适树的原则，抓好上边坡、立交区、隧道广场及洞顶绿化等几个重点，做到工程结构的长久稳定与生态恢复相统一；交安工程采用太阳能警示灯等新工艺、新技术，提高山区高速公路行车安全性；聘请水保、环保监理监测单位加强监督检查，定期

不定期检查施工单位是否违规开挖，杜绝在易造成水土流失的山体、河岸、河道取石挖砂。

亮点之六 ——投资控制科学合理

十天线汉中西管理处以“廉洁、节俭、增效”为目标，因地制宜，因陋就简，把节约资源、降低成本贯彻始终，努力从项目建设管理的源头和过程中制止各种浪费，提高资金使用效益。主要是：加强施工设计及设计优化管理，建设投资节约型工程；严格设计变更管理，加强概算控制管理；抓好施工进度管理，合理下达生产计划；抓好工程质量管理，遏制造价攀升势头；抓好安全生产管理，避免可控经济损失；抓好征地拆迁管理，努力降低征迁费用；严格计量支付及合同管理，打造阳光工程；强化财务监管力度，提高资金使用效率；狠抓后勤管理各项工作，从严从细厉行节约。

亮点之七 ——制度建设全面、完善

管理处先后从行政管理、工程管理、质量安全、环境保障、合同管理、财务管理、党建工作以及廉政建设 8 个方面制定完善各类规章制度、职责办法等 62 项，汇编成册，下发各部门严格执行，确保制度落实到位，初步形成了用制度管权、管事、管人的体制机制。针对勉县段地表多膨胀土、雨季易形成高填方路基滑移、沉降和高边坡滑塌的特点以及略阳段地形复杂、山体断裂、破碎带大、桥隧比例大的特点，还制定了高起点、高标准的质量管理办法。

与此同时，制度建设力求全面、完善、针对性强、可操作性强。

亮点之八 ——廉政建设卓有成效 岗位风险防控凸显新亮点

汉中西管理处始终将党风廉政建设与工程建设有效融入项目日常管理，筑牢防腐拒变思想防线，广泛开展廉政建设各项主题活动，深入贯彻落实《廉政准则》，与施工、监理单位签订《廉洁从业责任书》，开展廉政文化“六进”活动，建立反腐倡廉三方联动工作机制，积极推进岗位廉政风险防控体系建设，尤其在岗位廉政风险防控体系建设方面大胆探索，先后制订了《岗位廉政风险防控机制实施方案》、《防控等级评估办法》、《等级划分的标准》以及 43 个重要岗位的《岗位廉政风险点防控表》，针对项目管理单位在权力运行中的风险和监督管理中的薄弱环节，主动超前预防，前移监督关口，从源头上预防腐败，增强反腐倡廉的预见性、科学性和实效性。汉中西管理处成为陕西高速集团系统的廉政建设示范点，树立了风清气正的项目管理形象。

汉中西管理处庆祝建党90周年专题讲座

SXGS
陕西高速集团
集团公司下发
规范制度性文件汇编
（2009 年度）
陕西高速集团十天线汉中西管理处
二〇〇九年十二月二十一日
标准化
廉

多方入手　秉承五化　打造精品

——十天高速公路精细化管理打造山区高速公路示范工程

■作者　刘立仁　杨晓梅

汉中西管理处成立以来，一直秉承精雕细琢的宗旨，以建设内实外美工程为行动，目标是将十天高速公路打造成交通运输部山区高速公路示范工程，争创国优精品工程。把十天高速公路这个“产品”，雕琢成人生奋斗的“作品”，这是每一位汉中西管理处管理者的行动宗旨。他们是这样想的，也是这样做的。

从学习教育入手

十天高速公路管理处组建伊始，就注重参建人员综合素质的提升，积极开展各类专业知识技能培训，提高管理人员的综合能力，制订《精细化管理手册》，定期组织项目管理人员、工程技术人员赴省内外在建项目参观考察，借鉴其他项目的成熟管理经验和好的方法措施，积极致力于精品工程项目的建设。十天高速公路开工以来，管理处与总监办先后组织各类培训 18 次，请专家辅导 9 次，外出考察 6 次，组织学习其他项目 8 次，内部召开规模较大的质量现场会 8 次，标段之间学习交流 30 余次。

从项目整体建设入手

十天高速公路管理处始终超前谋划、统筹安排，做到了各工序、各单项工程以及各标段之间的有序衔接和项目整体连续均衡推进。在抓好箱梁预制工作的同时，合理安排桥梁架设、桥面铺装以及隧道掘进与二衬施工间的衔接；

保证路基开挖填筑与防护工程、排水系统施工的连续性；重视主体工程建设与沿线设施、绿化等附属工程建设的协调推进；加快计量支付，及时调拨资金，为工程建设的顺利开展提供资金保障；通过开展路、桥、隧关键项目节点目标责任专项考核，“抗洪自救、恢复生产暨大干 40 天”，“冬季大干 90 天”等劳动竞赛活动，保证工程建设如期推进。

从细微之处入手

十天高速公路管理处以确保工程内在质量提升为主线，以控制原材料、规范施工工艺、强化监管程序为主要措施，狠抓基础处理、高填路基和墙台背回填的压实质量、桥梁梁板的预制质量和隧道开挖与二衬施工之间工序的衔接等重点环节，对混凝土实体强度、浆砌工程内在质量、隧道钢筋和防排水材料安装等质量通病及弱项指标，开展了有针对性的专项整治活动。全年多次对岸坡工程质量安全隐患进行排查、优化。在上级检查中，质量抽查单点合格率在 95.6% 以上，关键指标合格率在 99.7% 以上。全线未发生一起质量事故，工程质量在高起点的基础上不断提升。

从勤俭节约入手

十天高速公路管理处始终坚持该花的钱花、不该花的钱坚决不花，倡导勤俭节约，反对铺张浪费，在高标准建设项目的同时，认真抓好项目成本控制。

从标准化施工入手

十天高速公路管理处坚决执行“首件工程认证制度”，规定各单项工程开工前，必须由总监办组织对其施工方案进行会审，并在“首件工程”施工完成后进行全面验收，认真总结，形成标准的施工工法予以认证。此外，并经常召开观摩活动，组织全线相关单位现场参观交流，对一些重要环节技术交底，统一标准，以达到样板引路、全面推广的目的。

从狠抓落实入手

十天高速公路管理处始终坚持打造交通运输部山区高速公路示范工程、争创优质精品工程的项目建设远景目标，管理处领导逢会必强调这个目标，要求大家牢记心里，落实在日常工作中。项目管理人员深入一线，在抓好各标段

施工进度和质量安全工作的同时，自觉担当起精细化管理吹鼓手和宣传队的任务，根据精细化管理总体目标要求，结合工程建设实际，明确各标段的工程亮点，通过开展现场观摩交流、技能比武等一系列活动，把全线各单位的积极性调动起来，使大家有一种为共同理想而奋斗的自豪感，继而人人为之奋斗，使理想变成现实。

从推进“五化”建设入手

2011年度工作会议上，十天高速公路管理处提出了项目建设“五化”管理措施，即致力于建设生态环保、安全舒适、自然和谐、人文景观的高速公路，实现发展理念人本化；加强教育培训，打造一流建设团队，实现项目管理专业化；贯彻质量工作要点，推进“文明工地”建设，实现工程施工标准化；建立互动交流平台，实现管理手段信息化；不断完善精细化管理体系，实现日常管理精细化。在项目管理实践中，以自己的“五化”管理措施为依托，通过宣贯、培训，进一步提高全体参建人员的综合素质，以此提升工程建设的精细化管理水平。

从常抓不懈入手

精细化管理是工程建设项目贯彻落实科学发展观的重要载体和手段，也是落实“五化”要求的具体体现。因此，要从理念、质量、管理、创新等各环节入手，建立科学、全面、系统的制度和办法，只有做到了设计“优”、质量“精”、环境“协调”、资源“节约”、管理“完善”、资金“高效”、工程“廉洁”，才能真正实现项目的精细化管理。

正因为十天高速公路管理处在精细化、标准化、科学化管理等方面做出了大量有益的探索和实践，十天高速公路才得以成为秦巴山水间的一条生态路、环保路、科技路、富民路，一条山区高速公路工程的精品示范路。

CRCC
中国铁建
质量是企业的生命 安全是人民的生命

精细化 打造内实外美工程

——十天线汉中西项目精细化措施亮点频现

编者按："业精源于勤，事成出于细"，在十天线汉中至陕甘界高速公路精细化管理手册上，这两行字赫然醒目。记者在采访中发现，汉中西项目严格按照交通运输部副部长冯正霖提出的："当前和今后一段时期，公路建设管理工作要以"五化"，即'发展理念人本化、项目管理专业化、工程施工标准化、管理手段信息化、日常管理精细化'为重要手段，加快推进现代工程管理，不断转变公路发展方式，全面提高公路建设管理水平。"的建设理念，通过狠抓箱梁喷淋养护科学化、小型预制构件工厂化、桥面铺装标准化等施工工艺，该项目建立了一套科学、完善的精细化管理体系，做到了工程质量管理的人本化、专业化、标准化、信息化、精细化，以此带动项目整体质量水平不断提升。下面的一组图片展示的就是该项目的一些亮点措施。

梁板安装 规范标准

桥面摊铺钢筋网支撑

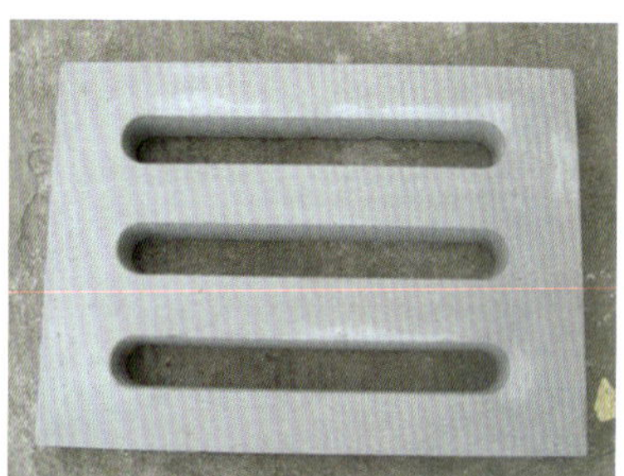

精细规范的预制水沟盖板

路面边沟施工

边坡防护及排水沟整体效果

钢筋笼自动滚焊机

自动加工成型的钢筋笼

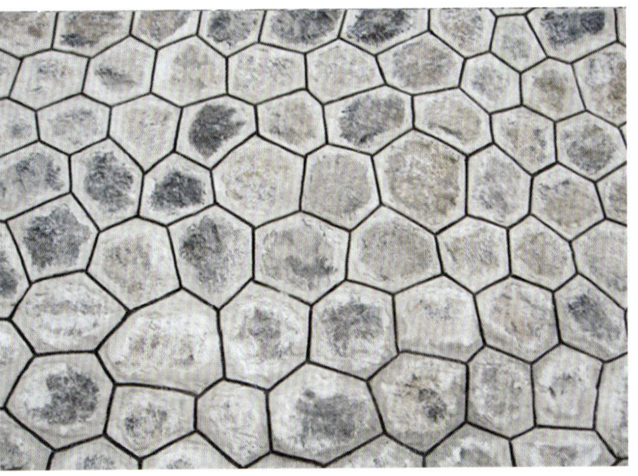

浆砌挡墙施工工艺

涵背回填压实施工现场

箱梁钢筋骨架定位模架

混凝土蒸汽养生系统

混凝土自动喷淋养生系统

路面基层摊铺

路面基层边角灌浆

沥青下面层压实

基层压实

混凝土蒸汽养生系统

一组成型的水沟盖板

隧道零开挖进洞

绿化选用当地适生苗木

编印精细化施工管理资料

制作并发放施工操作“明白卡”

建设震不跨、冲不毁的“生命线”工程是十天高速公路管理处不懈追求的目标，在此过程中，他们把工程质量和安全工作放在了建设的第一位，并且常抓不懈。

未雨绸缪抓安全 防患未然促生产

■作者 杨晓梅 刘立仁

2010年夏季，十天高速公路所经过的汉中地区，突然爆发了一场50年不遇的特大洪水灾害，平日里温顺美丽的嘉陵江、黑河、白河变得粗野狂躁起来，嘉陵江最大的洪峰流量就达2800立方米/秒，紧邻江河的十天高速公路项目遭受到了严峻考验。

灾害发生后，十天高速公路项目管理处临危不乱，紧急启动了事先周密制订的防汛预案，主要领导冲锋在前，顶着大雨深入一线，冒着洪水泛滥的危险，现场组织救援。各施工单位也训练有素，按照防汛预案，紧张有序地进行抗洪抢险。

尽管这次洪灾使得十天路全线25家施工单位的建设材料、便道、便桥以及河道中部分机械设备受到不同程度的损失，一些单位驻地的交通、通信受阻，部分财产物资损坏，施工受到了一定的影响，但无一人伤亡。

这次抗洪救灾的胜利，再一次说明了十天路管理处对安全工作的重视，已经深入到每一个职工的心里，落实在每一件工作的实处；证明十天路管理处对安全工作的措施切实可行，卓有成效。

建章立制 努力提高应急反应能力

十天路管理处在成立之初，就根据十天路的实际情况，及时制订了《安全生产管理办法》、《安全生产事故处

理应急预案》、《安全生产考核办法》等 9 项制度办法，建立健全了安全生产的一系列措施。管理处要求各施工单位结合实际制订制度办法和措施，各单位的施工安全方案必须由其上级法人单位进行审定，监理单位进行审查，通过逐级审核把关，确保施工安全方案内容全面、措施得力、重点突出，以此形成施工安全方案的联评联审制度。

为切实规范一线人员的安全操作行为，避免因违章操作导致事故发生，项目管理处结合实际，走访调查，设计制作了钢筋工、模板工、预应力工、支架施工等 20 项施工操作“明白卡”，发放到一线工人手中，随身携带，照卡操作，进一步规范一线操作人员的作业行为，使他们的安全操作技能日臻熟练，杜绝了违章操作、野蛮施工的现象，为全面遏制安全事故的发生奠定了基础。

管理处根据该项目地质复杂、水系发达、强降雨频发、高空作业量大等特点，制订、完善了安全生产事故应急救援预案，并定期组织演练，一旦发生安全事故，根据事故级别和危害程度，启动应急预案，组织抢救，有效降低了事故危害程度。

未雨绸缪　全面消除工程安全隐患

结合项目自身特点和各阶段安全防患重点，十天路管理处先后组织了 38 次隐患排查治理活动，针对排查发现的问题，现场发出整改通知书，要求施工单位限期整改。对各单位整改落实的情况进行检查评估、存档备案，并对整改落实不力的个别单位和人员进行严肃处理。

管理处加大了对桥梁架设、高墩施工、隧道、特种机械作业、高边坡、抗滑桩施工以及临时用电管理等重点部位的安全隐患巡查力度，坚持每月至少进行一次安全大巡查，同时要求施工单位每月不少于四次日常安全巡查。

在每年汛期，管理处及时开展预防河道阻塞、边坡垮塌、山体滑坡等安全隐患排查活动，对全线路基边坡、桥梁岸坡、隧道洞顶、弃渣（土）场、生活居住区以及办公区等重点部位进行拉网式排查，加强对汉江、褒河、嘉陵江、白河、黑河、青泥河、八渡河等防汛重点区域的提前预警预报及安全巡查力度，坚持汛期 24 小时值班值守和领导带班制度。

管理处联系配合汉中市技术监督部门，对所有大型吊装机械设备进行集中检测检查，认真做好特种设备的检验和维修工作。要求施工中垂直运输机械作业人员、爆破作业人员等国家规定的特种作业人员，必须持证上岗。

对高边坡、现浇梁、刚构桥等高空作业施工，管理处要求每一个施工点必须配备专职安全员进行安全管理，严禁施工人员搭乘运输物资的吊篮或吊车。管理处还加强对民爆物品的管理，在出入库的每一个环节设多人监管、签字确认、登记存档。施工爆破作业必须有专业人员按照规程操作，确保爆破安全。各施工单位必须按要求成立民爆物品保卫小组，以便在遭遇突发事件时，能快速做出应急反应。

严格监管　切实落实安全生产责任

为了抓好安全生产工作，管理处要求各施工单位必须制订安全生产保障措施和安全生产事故应急预案。在此要求下，各施工单位均在较短的时间内建立和完善了安全生产管理制度及安全生产管理体系，设置了安全生产管理机构，并按照标准配备了专职安全管理人员。此外，各施工单位应按照安全生产法规的要求提取劳动保障、生产安全经费，做到专款专用；定期开展专项安全事故隐患排查治理工作，并作好安全检查记录，积极配合管理处开展安全生产检查工作。

管理处始终注重加强安全组织领导机构的建设，明确安全监管责任。各级监理、施工单位必须成立相应的安全领导机构，切实加强对安全生产工作的组织领导，实行“人盯人、事盯事”分片包干问责制。

管理处要求施工单位必须落实安全生产工作报告制度，对个别施工单位信息报送不及时、漏报、瞒报和安全监管人不作为等行为在全线作通报批评，严肃处理；对安全管理制度不完善、安全措施不得力、事故隐患频发的施工单位，除了下发整改要求外，还要找项目经理作诫勉谈话，对问题认识不到位的项目经理，责令法人单位予以撤换；对发生事故的单位，始终坚持“三不放过”原则：事故原因分析不清不放过、事故责任者和群众没有受到教育不放过、没有采取切实可行的防范措施不放过。

精细管理　确保工程安全可靠

工程的安全可靠性是项目建设的核心，致力于建设震不垮、冲不毁的“生命线”工程是十天高速公路管理处不懈追求的目标。

管理处完善了项目管理人员考核和劳动竞赛考核办法，制订了工程质量奖惩细则，实行了重要原材料准入制，对重要工程采取了施工组织方案会审制和专家咨询制，推行了工程质量分片包干制，通过严格执行工程质量问责制等一系列措施和办法，规范质量管理行为，强化各级管理人员责任，杜绝质量管理漏洞。

管理处全面执行首件工程质量认证制度，确定标准化施工工艺，促使工程质量整体提升。在路基挖方中，坚持执行开挖一级防护一级的施工原则，有效遏制了破碎围岩边坡垮塌的施工现象。附属工程小型构件工厂化集中生产，解决了以往工程中构件良莠不齐的难题。桥梁桩基钢筋笼推广使用滚焊机加工制作，桥面铺装钢筋网采用电焊支垫工艺，有效解决了钢筋加工合格率低的问题。隧道坚持“零开挖”施工工艺，改变了以往大开大挖的传统做法，降低了进洞段施工的安全风险，做到了与自然环境相和谐。

管理处对一些重要建设材料，坚持不定期开展盲样外委送检，杜绝以次充好的现象。针对“三背”回填、浆砌工程、桥梁顶面小体积混凝土、隧道初期支护等质量难以控制环节，分阶段实行工程专项整治，努力提高弱项指标。同时针对已完成工程，及时组织交工验收，并引进第三方进行质量检测，对达不到要求的及时返工处理，确保各项工程达到优良。

安全管理是工程建设得以顺利进行的保障，是项目管理处常抓不懈的永恒主题。十天高速公路管理处坚持“安全第一、预防为主、综合治理”的指导方针，坚决遏制和杜绝各类安全生产责任事故的发生，深入开展安全生产各项主题活动，确保了十天高速公路高标准按期建成通车。

十天高速公路不仅是精细化、标准化施工建设的典范，更是安全生产建设管理的典范。

开展社会主义劳动竞赛 加快十天高速建设步伐

十天高速汉中西段建设的体会与思考

十天高速公路汉中至略阳（陕甘界）项目自开工建设以来，管理处就树立了打造交通运输部山区高速公路示范工程、争创国优精品工程的建设目标，始终以工程质量安全为核心，牢固树立全寿命周期成本理念，重在建设内实外美工程。回顾两年来的项目建设历程，在工程建设理念、管理措施、施工组织方法等方面，值得认真总结和思考。

七点体会

——抓好前期工作是做好项目管理的基础

项目管理人员提前介入。从项目的规划、设计到施工，项目管理人员全面参与，把建设目标、设计意图同管理思想有机地结合，提前解决建设过程中面临的问题。

完整的制度建设。从各层面入手，依据合同文件，制定相应的管理制度，并保证其合理性和延续性、约束管理工作的主观性，以保证在工作定位与分工、调动工作积极性以及规范化管理方面发挥更大作用。

施工前的充分准备。从材料的储备、土地的交付、“三通一平”的建设、环境问题的处理等各方面提前着手做好服务，尽最大可能创造最有利的施工条件。

——共同的愿景目标是打造优质精品工程的不竭动力

汉中西管理处始终坚持打造交通运输部山区高速公路示范工程、争创国优精品工程的项目建设愿景目标，管理处逢会必强调这个目标，要求大家牢记心里，落实在日常工作中。项目管理人员深入一线，在抓好各标段施工进度和质量安全工作的同时，自觉担当起精细化管理的倡导者和落实者，根据精细化管理总体目标要求，结合工程建设实际，明确了各标段的工程亮点，通过开展现场观摩交流、技能比武等一系列活动，把全线各单位的积极性调动起来，使大家感受到为共同理想而奋斗的自信与自豪，将其转化为深入人心的实际行动，使理想目标变成现实。

——抓好文明工地建设是开展精细化施工的坚实基础

文明工地建设是展示建设项目的形象和窗口，也是保证质量和精细化施工的关键。项目伊始，管理处便下发了《文明工地建设管理办法》，对各单位驻地、梁场、拌和站、施工便道及现场各种标志标牌等方面建设标准做了明确的要求，并将文明工地建设纳入施工单位月份竞赛考核的一项主要内容，贯穿项目建设始终。在施工过程中，各单位都成立了文明工地建设管理领导小组，对文明工地建设常态管理，达到了生活居住区宽敞、环境幽雅，生产厂区干净整洁，施工便道不积水、不扬尘，各类标志标牌整齐统一，各类宣传标语醒目、热烈。该项工作受到当地群众和各级领导的广泛好评，同时也奠定了精细化施工的坚实基础。

——科学进度管理是项目总体目标实现的重要保证

在项目建设过程中，管理处根据施工实际进展情况，对各合同段的进度计划进行及时调整，并采取各种有效措施，防止进度与计划脱节，组织各施工监理单位工程师、驻地监理及时准确地掌握工地现场动态，采取问题工点专题研讨明确细化各阶段性目标，适时采取定期、不定期奖罚考核，约谈项目法人等措施，使整体工程健康、有序地进展。合理的施工工期可有效地减少投资浪费、降低施工成本、减少质量风险。管理处在实践中切实体会到科学进度管理是项目总体目标实现的重要保证。

——落实“五化”要求是建设优质精品工程的核心

在汉中西项目建设过程中，管理处始终致力于建设生态环保、安全舒适、自然和谐、人文景观的高速公路。注重将满足人的发展、调动人的积极性、突出人的创造性作为项目建设管理的核心理念。多次组织设计及咨询专家进行设计排查和优化，高度关注安全生产，实现发展理念人本化；在项目管理中注重加强管理人员的合理配置，加大对管理人员的教育培训力度，打造专业技能互补的项目管理团队，引进从业经验丰富的管理人才，打造了一支专业化的建设管理团队，实现项目管理专业化；在施工过程中全面贯彻上级质量工作要点，通过组织宣贯会、培训会及现场会的形式全面落实质量工作要点的同时，根据工程进展情况，及时下发各分项工程的指导性文件及标准化施工指南，不断完善各级质保体系，规范工艺流程和工序衔接，积极推广示范工程质量控制标准，实现工程施工标准化；充分利用信息技术、网络技术和通信技术等，搭建管理信息平台，先后以建立互动交流平台、加强市场信用体系建设、气象信息预警服务等手段，实现对公路建设从业单位的管理和服务，努力提高管理效能、降低管理成本，实现管理手段信息化。

——依托创新与探索是促进工程质量整体提升的重要手段

开拓创新、打造高质量工程是汉中西项目建设的一种精神。在建设过程中，管理处做到对路基工程严格坚持“开挖一级、防护一级”的施工原则，杜绝由于防护不及时而引发的不良地质灾害。严格控制“三背”回填质量，逐一对地基承载力进行检测，确保地基的稳定。推行小型混凝土构件预制工厂化生产；桥梁工程推广使用了钢筋笼滚焊机，箱梁预制采用钢筋定位模具及模架加工工艺，桥面铺装钢筋网片采用新型的刻痕电阻焊接工艺，混凝土养生推行了“滴淋式养生”，梁板采用电子延时自动控制系统，实现了养生工作的自动化；隧道工程倡导绿色环保理念，采用“零开挖进洞”，隧道电缆沟槽创新精细化施工及沟槽盖板轻型化；路面工程完善综合防排水系统，探索创新了土路肩边坡包边施工工艺；房建工程在建筑细节构造上充分体现以人为本理念，采用无障碍设计，有坡道、盲道、残疾人专用扶手及盲文指文；绿化工程坚持因地制宜、适地适树的原则，选择当地适生树种，力求达到生态恢复的最佳效果；机电交安工程在长大纵坡、急弯等路段设置太阳能爆闪装置以增加警示效果，保证行车安全，同时融入人文景观和环保节约元素，在才子特长隧道采用全 LED 灯照明技术，大幅降低能耗。

——开展科研课题研究是提高工程科技含量的有力支撑

本着服务建设的宗旨，管理处积极与长安大学等高等院校联合开展了《在建高速公路地质灾害调查及风险评估研究》、《梁式桥梁减隔震技术及设备应用专项研究》以及《高温多雨地区耐久性沥青路面结构》等多项课题研究，通过科研有效解决技术施工难题，既为项目顺利进展及工程质量的提升提供了强有力的技术支撑，同时也为陕西高速集团乃至陕西省山区高速公路建设项目提供了宝贵经验和全新管理理念。

六点思考

——精细化管理要做到系统化并贯彻始终

精细化管理是工程建设项目贯彻落实科学发展观的重要载体和手段，也是落实“五化”要求的具体体现。因此，要从理念、质量、管理、创新等环节入手，只有做到了设计“优”、质量“精”、环境“协调”、资源“节约”、管理“完善”、资金“高效”、工程“廉洁”，才能真正实现项目的精细化管理。管理处在精细化管理方面虽然做了大量有益的探索和实践，也取得了明显成效，但只是做了些“点”上的精细化，“面”上还做得很不够，还不够系统化，在管理方面还不够深入，也不能持之以恒，下一步还需要下大气力抓好精细化管理的系统化工作。

——不断提高对地质结构复杂性的认识

汉中西项目沿线地质情况复杂，构造强烈，路线多处在构造带内，片岩、千枚岩岩性软弱，为易滑地层。斜坡上存在大量的崩积、坡积和洪积物，加之其内含水率较高，随着前缘坡体的开挖，遇到较大降雨时，易造成坡体滑动变形。由于施工管理者的惯性思维，对地质复杂性认识重视程度不够，在项目建设过程中先后出现了局部滑坡，使本不是控制性工程的项目变成了控制性工程，而且治理工程极为艰巨，直接增加了项目管理难度。因此，在项目建设之初，提前对项目所处的地质条件、地质结构进行多方面了解考察与研究尤为重要。

——从视觉景观考虑提升设计理念

管理处在项目建设过程中体会到，环境保护是一项复杂的系统工程，涉及工程建设的各个专业。要真正倡导环保优先，改变设计观念，需要设计者的共同努力。在总体方案的设计中，应全面考虑与地形、地貌相吻合，挖填土石方尽量最少，避绕大的地质病害，努力保持生态与视觉景观。边坡防护、取弃土场地处理以及桥梁涵洞、交叉构造、隧道工程、服务设施等，无一不和环境、景观密切相关，都需要精心设计，但往往对暴露于行车视线之内的线上工程景观，如路线平、纵线形，上跨分离式立交及天桥、渡槽，挖方边坡防护，截、排水工程以及沿线设施等，没有总体的景观设计要求，只考虑到了安全、适用的原则，对视觉内整体景观及美观考虑不够。

——建立完善的项目质量管理体系

质量是工程的生命和灵魂，也是项目管理的重点所在。要想抓好工程质量，必须采取科学的管理办法以及完善的管理体系。首先是项目管理单位要成立主要领导亲自挂帅、总监办总监组成的质量管理机构，制订详细的质量管理办法，各施工监理单位也要组成由项目部经理、总工、高驻以及材料、技术、质检、试验等部门人员参与的质量管理机构，使各部门、各层次明确目标，各负其责，并建立奖惩制度，明确岗位责任，从而形成一个有机整体，使

质量管理制度化、标准化、精细化。同时，各单位应制订出一系列相应的规章制度，制订相应的各工序质量保证措施，为确保工程质量打下坚实基础。

——必须抓好影响投资控制的几个因素

投资控制贯穿于项目建设的全过程，控制工程投资不仅仅是防止投资超出设计概算，更积极的意义是要促进建设、施工、设计单位加强管理，使人力、财力、物力等有限资源得到充分利用，获取最佳的经济效益和社会效益。

对设计文件审查复核。根据现场实际情况，对设计文件进行全面审核，对设计方案进行系统优化，尤其是对不良地质、滑坡等重大设计方案进行慎重研究，采取优化方案评审机制，对影响工程造价因素的多个技术方案进行比选，在节约造价的基础上拿出最佳方案，要确保一次处理到位，防止出现反复，造成浪费。

严格执行征迁赔付标准。认真做好前期工作中土地丈量、拆迁房屋及附属物的清点登记工作；严格控制厂矿企业、大型设施、“三杆”拆迁费用，将补偿费用控制在评估公司评估价格之内，并对坡差补偿及借用地方道路恢复补偿等费用严格进行核算，降低费用支出。

做好技术交底。每开工一个技术较复杂的项目，就应组织开展技术交底和施工方案讨论，优化施工方案，从工艺、工序等方面进行分析对比，确定出最能合理利用人力、物力、财力资源的方案，以缩短工期。同时，积极采用新技术、新材料，优化施工工艺，在确保工程一次成优、内实外美的前提下，进一步降低工程造价。

强化质量管理，确保一次成优。通过原材料控制、现场抽查、实体工程质量抽查、巡查等措施来保证工程实体内实外美，确保质量一次成优，杜绝已完工工程返工处理。

——正确处理好工程质量与进度、安全的辩证关系

科学管理是项目加快建设的前提与保证。管理处在项目管理中发现，施工单位往往有这样的错误认识，认为抓好工程质量会影响施工进度和效益。其实，抓好工程质量与提升工程进度、效益并不矛盾，它们是相辅相成、相互制约、相互发展的矛盾统一体。管理处认为只有工程质量抓上去了，减少了返工，才能节省时间，加快进度，也就节省了人力、物力的消耗，提高了效益。同时，安全是工程质量的基础，只有良好的安全措施保障，施工人员才能更好地发挥技术水平，规范工序，做到一丝不苟，才能保证施工质量。同样，施工质量越好，其产生的安全效应就越高。因此可以说质量是“本”，安全是“标”，两者密不可分。只有标本兼治，才能使工程项目达到设计标准，符合规范要求。

（汉中西管理处）

T第四章
The Fourth Chapter

专家看「十天」
HOW THE EXPERTS EVALUATE SHIYAN-TIANSHUI ROAD

——第一个难点是，汉中到勉县这一段属于膨胀土地区，这被认为是工程建设中的“癌症”。第二个难点是，沿着勉县到略阳的东西向大断带，出现了许多破碎岩石滑坡，工程开挖以后出现了大规模的整体滑动。应该说，十天线把我国最先进的滑坡处治技术都用上了。

——这个项目最大的优点就是集合了陕西省“十一五”以前所有项目的优点，而且发扬光大了。

——相信这个项目最终一定能够成为交通部西部山区高速公路精细化管理的示范工程。

秦巴山水间

——资金困难、管理困难、技术困难……面对这么多的难题，还能把项目管理到这样一种程度，体现了项目负责人的管理才能。

——这条路是精细化管理的一个示范工程，我相信这个工程的质量是能够经得住时间检验的，这个项目的管理者一定动了很大的脑筋，否则达不到这个程度。

——这条路的管理者告诉我："人的一生当中能做一个这么大的项目是很不容易的，而且这个项目肯定要留给后人，奉献给社会。"所以说这个项目管理者的管理理念起点比较高，我相信，这个项目最终一定能够成为交通运输部西部山区高速公路精细化管理的示范工程。

西部山区高速公路精细化管理的典范

——中国公路建设行业协会建设专家程树本谈十天高速公路汉中西项目

■作者　杨晓梅

中国公路建设行业协会建设专家程树本

"打造精品、不留遗憾"，这是汉中西项目的灵魂。

紧迫的工期、繁重的施工任务、巨大的施工难度、艰苦的施工条件……困难一次次考验着这群筑路人的意志和智慧。面对大面积的膨胀土和极其不稳定的破碎山体，面对陕南一次次的暴雨考验，面对数不清的种种困难，千钧重担压在了他们的肩上，这群筑路人没有退路、义无反顾、一往无前。他们勇敢地承担起了这一历史责任，用超人的毅力、过人的胆识，用智慧、用心打造了这个工程，他们在压力面前创造了陕西省高速公路建设的奇迹！

通车前夕，记者就十天线汉中西项目建设情况专访了中国公路建设行业协会公路建设专家委员会秘书长程树本。

记者：听说在建设期间，您曾经到过十天线汉中西项目的施工现场，十天线汉中西项目给您留下了哪些印象？

答：到十天线汉中西项目看过以后，感觉这个项目确实很有特色，印象非常深刻。

交通运输部从2010年开始，就提出了高速公路建设管理标准化的问题。我们建设行业协会首先在福建召开了“高速公路建设管理标准化经验交流会”，紧接着交通运输部在福建又召开了“高速公路建设现代化管理座谈会”。会上，冯正霖副部长对高速公路建设管理提出了一些新的思路，总体上来说，就是要求高速公路建设管理要适应现代化管理的水平，其中对项目管理问题，提出了“发展理念人本化、项目管理专业化、工程施工标准化、管理手段信息化和日常管理精细化”的要求。看过这个项目后，我感觉汉中西项目指挥长乃至整个管理班子对冯部长的讲话，理解、贯彻得非常到位，他们在项目实施过程中完全体现了这一思路。

汉中西高速公路给我的第一印象就是，中标的施工单位都是大企业，都是一些在全国公路施工建设行业中技术比较过硬的单位，说明他们招投标非常规范。我们在其他项目上经常会看到，招投标来的施工单位的水平参差不齐，这个项目就不一样，这一点很不错。

另外，这条路是陕西汉中连接甘肃天水的一条高速公路，项目的建设环境是由微丘区过渡到山岭重丘区，而且随着建设向山岭重丘区拓展，项目选线需要通过碎石山土不稳定的地区，山体不稳定给路基建设和基础设施建设带来的问题非常突出，但是道路建设又不得不选择在这样的环境下进行，没有办法绕开，这种地质结构给工程施工造成了很大难度。

中国公路建设行业协会常务副理事长单长刚（右三）与专家程树本在汉中西项目上检查指导工作

记者：您感觉汉中西项目最大的难点在哪里？

答：我去现场看的时候，这条路的资金还没有着落，前期的资金都是陕西高速集团筹借的。资金跟不上，要做好这个项目，管理者应该是非常难的。一边催着要钱一边还要出精品，在这么大的压力面前，把项目还能干得这么好，这个指挥长是很有能力的，是我们交通系统不可多得的人才。说实话，这么多年我看的项目太多了，但看了这个项目以后，觉得他们干得确实不错。

记者：据了解，十天线汉中西项目推出了很多精细化建设措施，如小型混凝土构件工厂化生产、桥面铺装层精细化施工、混凝土拱形骨架护坡施工、隧道“零开挖 ”进洞、隧道电缆沟槽施工、钢筋笼滚焊机加工等，您从全国高速公路建设的角度看，他们这些工法先进吗？先进在哪里？

答：你刚才说的都是他们施工中的亮点，他们有很多地方都做得不错，像桥面铺装就做得很好，虽然在工艺上没有太大改进，但是在施工过程中管理得非常精细。比如一般的箱梁、小桥涵施工，梁上去以后有一个混凝土盖板，这个盖板的施工好坏决定了桥梁的使用寿命。这里混凝土层厚度是 10 厘米，还要铺设一层钢筋梁，就这个施工，有些单位就做得很不精细。但在汉中西项目，他们是用加工的混凝土垫块将钢筋梁均匀地支到 5 厘米左右，正好使钢筋梁保持在 10 厘米混凝土的中间位置，这样 10 厘米混凝土打完以后，就形成了一个很好的结构，桥梁的使用寿命自然就提升了。为什么有些桥单板受力以后就压下去了呢？就是因为箱梁上面这个原本应该 10 厘米厚的混凝土桥面板只打了 5 厘米厚，重车上去以后，因为荷载不够，自然就断了、碎了。可是这些隐藏在路面以下的部分我们

看不到，我们能看到的只是桥面上是否出现了纵向裂纹，但是在这个项目上，我看到他们做得非常精细，真得很不错。

记者：隧道“零开挖”很难吗？为什么要提到这个概念？

答：像其他项目，隧道开挖之前，只是进行一些开挖前的山体清扫、清理工作，而这个项目在开挖隧道之前，针对山体破碎不稳定的状态以及生态保护这个概念，提出了隧道“零开挖”的理念。开挖前，他们对山体采取了一些保护性的施工，做好山体支护，固定山体，再进行隧道掘进。这样，一方面可以稳步推进掘进速度；另一方面，也可以在修路过程中，对破碎山体、对秦巴山进行最大程度的保护。这也是管理者和施工方考虑非常周全和贯彻可持续发展理念的体现。像这种极其不稳定的山体，一旦出现咬洞，破碎体滑落，再要清理，那是非常大的工作量，如果再掘进，它还是会不断滑落、坍塌的。不如在进洞之前就做好防护支护工作，这是非常有效的一个措施。在全国，针对这种山体，做到隧道“零开挖”还是很少见的，这也体现了他们保护生态、践行“绿色十天”的建设理念。

记者：隧道里面电缆沟槽盖板，您觉得怎样？

答：精细化施工指的是每一道工序都必须精细化。在以往的施工项目中，隧道里的电缆沟槽盖板是容易被人们忽视的部分，总是做得很粗糙很难看，不精细。在这个项目，进入隧道以后，看到电缆沟槽不仅美观，而且易于将来的电缆维护，感觉真是不错，这也算是一个亮点。像二次砌衬、防水、通电、通信等隐蔽工程，这个项目都做得非常精细。别小看这些细活，它能起到延长高速公路使用寿命的作用。

记者：放眼全国，您觉得汉中西项目称得上是精细化管理的典范吗？

答：从整体上来看，我感觉这条路应该是、也肯定是精细化管理的一个示范工程，我相信这个工程的质量是能够经得住时间检验的。

首先他们的路面和桥面精细化铺装、小构件预制等等，做得都不错。特别是针对破碎山体采取的防护措施给我的印象非常深刻。在前期路基施工和构造物施工中，连续出现了山体不稳定和滑坡现象，他们实施了一个突出的、超前的施工管理措施，那就是先稳定山体，在边坡防护上下了很大的功夫。你们在现场也看了，他们采取了钻孔灌注桩深加工支护的方式先稳定山体。在隧道进出口，也是采取先稳定山体，然后再进出洞。实践证明，这些办法都是非常有效的，保证了前期路基建设以及构造物建设的稳步推进。

第二，管理处在标准化施工管理上与别的道路不一样。在路基施工、桥涵施工、互通区施工上都采用了很多比较新的理念。比如桥梁施工，有一座高架桥，我记得是中建五局施工的，这座特大桥是整个项目的控制性工程，它的地理位置给桥梁建设带来很大难度。我在现场看到，由于场地受地域条件的限制，施工摆布非常困难，还有因为它是双幅的桥，不能同时架设，必须先架设一幅，再架设另一幅。再有就是，那座特大桥的墩柱高度很高，基本上都在 30 米、40 米、50 米。我去现场看的时候，正在进行架设，施工单位在架桥的工艺和工序摆布上动了很多脑筋，一般的施工单位是完不成那个任务的。

再一个就是茶店互通立交做得有特点，它没有用惯用的片石浆砌，而是将施工中产生的弃土回填到互通区。这样，通过废弃土回填再加上绿化，就做成了没有人工防护痕迹的一个互通区，这就是现在提倡的绿色、环保、生态理念的具体实践。

这条路分为两部分，一部分是 2011 年准备通车的路段，另一部分是 2012 年通车的部分。在快接近通车的路段我们看到了，路面的施工非常规范，有几个地方比较突出。一个是边坡、边坡排水、防护这些附属工程。一般来说都是重主体、轻附属，可是在这个项目，他们把附属工程也当做主体工程一样来抓，是目前在我看过的高速公路里面最为突出的。再一个是路面施工，从设计到施工、到管理都是相当不错的。总的来说，我感觉这条路的管理者是动了很大的脑筋，如果一个项目管理者没有花精力和心思在这上面，肯定达不到这个程度。

记者：作为专家，您对这个项目的评价很高，请您从全国高速公路建设的视角，回望一下这条路的特点和亮点。

答：的确，我对这条路的评价很高。要说亮点，我觉得首先是管理理念有亮点。这条路的管理者、指挥长的管理理念很超前，目标定位比较高。他们跟我私下谈的时候就说：“人的一生当中能做一个这么大的项目是很不容易的，而且这个项目肯定要留给后人、奉献给社会。”所以说这个项目管理者的管理理念起点比较高，理念比较先进，这就是为什么这条路管到现在，达到了这样一个水平。这是非常重要的一个前提。

第二个亮点就是，这条路在建设管理过程中，把精细化管理体现在全过程，并不是只注重最后一道工序或者表面的一些工序，而是从施工一开始到整个工程完工，全过程中都要求精细化。

第三，这条路在施工过程中有很多创新点。比如说超前的防护、隧道“零开挖”、小构件的精细化工厂化生产、工序管理过程的精细化控制等等，这些方面都有很多创新点！我相信，这个项目最终一定能够成为交通运输部西部山区高速公路精细化管理的示范工程。

记者：您给了这样一个评价，我觉得是对这些人这几年辛苦工作最好的褒奖，其实这个群体真的是非常辛苦，我在其他项目上还真没有看到像他们这样遇到了这么多的困难。

答：资金困难、管理困难、技术难点……面对这么多的难题，还能把项目管理到这样一种程度，体现了项目负责人的管理才能，这样的管理者是我们搞公路建设这行难得的人才。

十天高速公路汉中西项目通车在即，它将以怎样的面目示人？质量、管理水平又如何？作为陕西省高速公路质量管理的权威部门——交通运输厅基本建设工程质量监督站副站长程道虎提前给出了答案。

这个项目最大的优点就是集合了陕西省“十一五”以前所有项目的优点，而且发扬光大了；

这条路是山区高速公路的一条环保路，是陕西高速公路的样板路；

这个项目最大的管理亮点就是执行能力强，能够把上级主管部门制定的各项技术要求贯彻到位。

集陕西高速公路建设之精华 打造“迄今最好”工程

——陕西省交通运输厅基本建设工程质量监督站副站长程道虎一席谈

■作者　佟小鲲

右一为程道虎

九大亮点

十天高速公路汉中西项目是在“十一五”末期开工的，它的最大优点就是把“十一五”以前的所有项目优点都进行总结继承，而且发扬光大了。早在2004年，陕西交通系统就在全国率先提出了“精细化”，要求在公路建设上进行精细化管理和精细化施工，不少项目都在局部环节做到了，但十天汉中西项目把它贯彻到施工建设的始终，甚至每个细微的环节。这个项目桥隧比例在百分之八十多，桥梁因为都是钢构桥和简支梁桥，所以没有太大的技术难度，项目建设最大的难点就是地质复杂，因为这里是秦岭和巴山的过渡带，地质变化最大，易出现塌方、滑坡，在这样恶劣的自然环境下，他们的工期、质量不仅没受到影响，而且还做得非常出色，涌现了许多亮点。

他们的第一个亮点就是小型混凝土预制构件工艺在全线全面推广，排水、防护、管沟盖板、路缘石等小型混凝土构件采用聚丙烯碎料模具进行集中预制，成品构件气泡少，面光、色泽一致，提升了整体质量水平。以前，在其他项目都是部分应用。

第二个亮点是预制梁的几何尺寸、外观质量、混凝土接缝的凿毛他们都做得不错。第三是他们安装的效果也很好。第四，湿接头养生做得好，提高了泡沫养生质量。第五，桥面铺装层混凝土添加了聚酯纤维，防止干缩裂缝和温差裂缝。第六，防撞护栏经过总监办验收，不仅质量好，线形也非常漂亮。第七，隧道里管沟的侧墙，线形难度大，但竖线横线都非常美观。第八，全线采取隧道“零进洞”，不破坏山体，保护了植被，符合建设一条绿色生态环保路的要求。第九，预制箱梁在养生时，严格按规范要求进行自动喷淋养生，把管道提前预埋好，梁场实行工厂化生产。

以上这些只是我们总结出来的部分亮点，其实还有很多闪光的东西。这些精细化管理措施及其成果的推广应用，使这条路成为山区高速公路的一条环保路、样板路。

执行能力强

这个项目最大的管理亮点就是执行能力强，能够把我们制定的各项技术要求贯彻到位。首先是他们合同的执行能力强。其次是在管理上给陕西高速公路建设管理创新了很多制度，如对各施工单位的民工进行统一培训，并制作施工各工序的“安全质量明白卡”，让工人随身携带，使他们熟知所从事工种的施工基本要领。这就如同生菜摆在那，菜再好，谁都不会炒，也是没用。以前是对民工技术交底都执行不下去。第三，核查及时。进场前，对桥、隧、路基进行逐一核查，看设计跟现场是否吻合，对设计方案进行优化，可以节约投资。进场后，对防护工程进行核查，对涵洞、边沟、挡墙进行二次核查。最后是对路基、路面、交通附属工程进行第三次核查。厅里要求项目上必须进行这三次核查，目前他们执行的是最好的。第四，项目上聘请了外部的技术咨询服务单位，对路面、机械、材料进行技术服务。不仅如此，他们还针对特殊的地质，聘请了经验丰富的地质专家，对全线的滑坡防护进行技术指导。目前厅里只要求路面施工时必须有第三方咨询单位进行技术指导把关，在其他项目环节上不做硬性要求。这次在防护工程上聘请是他们主动而为，不仅把上级的要求主动落实好，还能发扬光大，这是很难得的。

下一步，作为质量监管部门，我们要把这个目前的“迄今最好”项目作为陕西的样板工程在全省推广，以点带面，提高全省高速公路建设管理水平。

“全国最先进的滑坡处治技术在此得到应用”

——访中铁西北科学研究院有限公司王恭先、马惠民专家

■作者　杨晓梅

王恭先： 中铁西北科学研究院 研究员 博士生导师
中国科协咨询中心滑坡防治技术专家委员会 主任委员
中国岩石力学与工程学会 常务理事
甘肃省岩石力学与工程学会理事长

马惠民： 中铁西北科学研究院 副院长 博士生导师
中国科协咨询中心滑坡防治技术专家委员会 副主任委员
中国岩石力学与工程学会 理事
中国地质学会工程地质专业委员会 委员

十天高速公路汉中西段在施工建设过程中遇到了破碎的山体和“晴天似把刀，雨天一滩泥”的膨胀土，不断的塌方、滑坡给施工带来了巨大的困扰，让不少“见多识广”的项目经理都在这里“滑了坡”，成为伤心之地。但最终在和大自然的较量中，还是再一次续写了“人定胜天”的传奇！通车前夕，记者就此问题，专访了中铁西北科学研究院的王恭先、马惠民两位地质专家。

记者：我们知道，这条道路建设期间，遇到了膨胀土、破碎山体失稳等困难和问题，两位是滑坡治理方面的专家，您二位怎么看待这些问题？

答：我们确实跑了不少地方，国内外的很多工程都去过了。看了这么多工程，再来说十天高速公路汉中西段，他们所面对的这些困难，的确属于高速公路建设中比较难解决的问题。

从我国大的构造来看，有两大著名的构造带，一个是青藏高原和云贵高原的边缘地带，另一个就是秦岭东西向构造带。青藏高原本身是一个较为活跃的板块，在它的边缘地带由于梯级落差大，高山峡谷、构造复杂，这个边缘包括四川盆地周缘一带。

十天线和甘肃武都地区正好处在东西向的秦岭构造带南缘，以及与大巴山构造带交汇的地方。从这一带的地质构造和地壳活动性、地震的高发性以及险峻的地势来看，十天线是属于比较复杂、地质条件比较差的地区之一，从气候上看，秦岭以北的年降雨量只有500-700毫米，秦岭以南的年降雨量就达到900-1000毫米。在秦岭构造带中动力变质作用十分强烈，发育的片岩和炭质千枚岩岩性软弱，抗风化能力差，是“易滑地层”，再加上强降雨，给十天高速公路建设带来的难度是巨大的。

20世纪50年代修宝成铁路时，略阳、汉中一带也是地质构造最复杂的一段，当时是新中国成立后铁路第一次进山，发生了大量的滑坡、崩塌、泥石流灾害。这次十天线也出现了很多类似的病害，汉中西管理处着手早，在初期遇到病害以后，就迅速和我们取得联系。我们来了以后，仔细查看了沿线所有的边坡，近二十多年来我（王恭先）和很多高速公路建设管理单位打过交道，十天线汉中西管理处可以说是不多见的管理比较到位的单位，他们头脑清楚，能看出问题的关键，抓得比较好。以往的工程在快通车的时候，常出现的问题往往不是隧道和桥，而是边坡垮塌、

王恭先（右）与马惠民查看边坡治理情况

滑坡问题。他们在边坡防护方面下手比较早，从 2010 年年底就开始着手解决这个问题。

记者：滑坡治理是汉中西项目中非常大的一个难题了，否则也不会请您二位亲自出马，你们觉得汉中西项目边坡防护的难点有哪些?

答：从段落来说，第一个难点，是汉中到勉县这一段属于膨胀土地区，这被认为是工程建设中的“癌症”。我们西北院在 20 世纪 70 年代，在阳平关到安康的阳安线铁路建设中，专门有个膨胀土研究室，阳安线铁路和十天线是平行的，在这个地区我们曾做了大量的膨胀土研究。我们把这些研究成果与高速公路建设的特点相结合，应用到了十天线的建设中，提出了许多切合实际的防护意见，指导他们在边坡防护、加固等方面采取相应的措施，我们的意见大多都被采纳了。

第二个难点，是沿着勉县到略阳的东西向大断裂带，出现了许多破碎岩石滑坡，工程开挖以后山体出现了大规模的整体滑动，2010 年我们根据出现的破碎岩石高边坡的情况，建议做了两排抗滑桩、有的做了三排抗滑桩。尤其是管理处根据实际情况，设立了《秦巴山区高速公路边坡与滑坡病害机理防治技术》研究课题，由建设单位、西北院、西南交大和后工学院组成联合攻关小组，我们两位、还有郑颖人院士（中国工程院）作为技术顾问参与这个课题。应该说，十天线把我国目前最先进的防治滑坡技术都用上了。

第三个难点是隧道进出口的滑坡，虽然以前已经治理了许多，但这两天又出现了一个比较大的滑坡。

滑坡是一种地质灾害，十天线前期的建设速度比较快，对地质工作的准备不够充分，2010年经过一个雨季的考验，出现了许多变形比较严重的滑坡。为解决这个问题，我们西北院先后派出包括院长在内的专家和高级专业技术人员，在全线用了十几天的时间，对约 60 个点进行勘察调研，写出了第一次咨询报告，80%—90% 的意见都被采纳了。如 28 标的滑坡，施工初期没有发现，施工一开挖，还没有挖到路基面，刚挖了两级就发生了滑坡，后缘拉裂缝将近400米远，经过我们勘察，发现滑坡厚度有30多米。原施工单位在半山坡上做了一排桩，在二级边坡上做了一排桩。由于当时还没有打锚索就又开挖了，发现桩歪了，就又马上回填，打上了锚索。但是由于当时山坡上有水，我们根据以往的经验提出打泄水盲洞，先排水，再加固，处理后效果比较好。

记者：从专业人员的角度来看，汉中西项目在滑坡治理方面有哪些可以借鉴的经验？

答：说起可供后人借鉴的经验，我们认为有这样几点：第一，领导重视、决策果断。十天线汉中西段公路滑坡、边坡极其殊性复杂，汉中西管理处领导能够科学地对待每个病害工点，早发现、早治理，在今年雨季前对大部分工点进行了治理，确保了年底的顺利通车。

第二是，合理选择咨询单位。不断地聘请国内知名的专家前来把脉问诊，同时确定了一家经验丰富、责任心强的专业地质灾害咨询单位，为领导决策、设计和治理提供科学建议，与原专业勘察设计单位联合诊断，达到了事半功倍的效果。

第三，现场生产和科研课题相结合。在进行各个工点的治理工程中，及时进行科研工作，预见性比较强，而且既能解决现有问题，又能为今后高速公路中滑坡、边坡的治理提供参考。

第四，采用国内外成熟、先进的滑坡防治技术。汉中西滑坡、边坡类型较多，性质复杂，在各个工点中应用了多种措施相结合的方式进行治理。主要采用以下几种：预应力锚索技术，桩、锚组合结构，多排桩支挡技术，强支挡与截排水相结合，微型桩治理膨胀土边坡。

这些都是可供今后的高速公路建设者借鉴的良好经验。

这是一条精品之路

——访西安公路研究院道路研究所工学博士、副所长郭平

■作者 杨晓梅

郭平

近年来，陕西省加快了高速公路的建设步伐，截止到2010年底，陕西高速公路通车里程已达3458公里，高速公路排名由全国第17位迅速跃居第8位，领先于西部其他省份，成为全国高速公路的枢纽。

3000多公里的高速公路，连通了省内11个区市，对接了周边8个省区。一条条高速公路在陕西延展，一条条经济大道、富民大道将陕西的今天和明天连接在一起。

即将竣工通车的十天高速公路汉中西段，是陕西省纵横交错的高速公路网中浓墨重彩的一笔。近日，记者就十天高速公路汉中西段的质量管理，专题采访了西安公路研究院道路研究所工学博士、副所长郭平。

记者：作为道路研究的专家，从专业的角度看十天线汉中西项目，您认为这个项目在路面施工建设上有哪些可圈可点之处？

郭平：我从路面这个角度来谈谈汉中西项目的特点：

首先是排水路面在汉中西这个项目上不仅得到了推广应用，而且在技术上还有了很大改进。陕西省在排水路面的应用方面在全国是走在前列的，这次在汉中西项目对排水路面技术进行了进一步的推广应用和改进。按理说，像这样的山区路面，并不适合做排水路面，但是，为了将来更好地使用这项技术，我们想把这项技术在陕西做一次尝试。于是在汉中西项目，我们一共做了双幅5公里的排水路面，相比陕西咸阳机场高速的那个排水路面，这次我们在技术上又有了提高。

考虑到这条路的运输状况属于重载交通道路，因为怕路面空隙率大了，路面发生变形，形成早期的车辙，所以我们在设计方案中把孔隙率降了一下。国标规定的排水路面的空隙率是18-25毫米，那我们就采用了国家规范的下限18毫米，目的是使路面的混合料更密实一些，牺牲了一点排水性，但是提高了它的承载能力。从技术角度看，这是它的一个亮点。

除了这双幅5公里的排水路面以外，其他路面全部采用SMA13，耐磨性、抗车辙、防滑、安全方面都是很好的。

其次汉中西项目更重要的是“防患于未然”，用制度化的问责体系引导全市上下绷紧责任弦。

路面施工主要考虑施工现场和基配，也就是前场施工和后场施工，这两个关键点他们都控制得很好。

后场施工中主要是控制拌和楼基配，在这方面，汉中西项目采用联评制度，也就是施工单位、中心实验室、咨

询单位三方参加，共同把每个层面的配合比提前做出基配比例，做完以后将数据拿到集团公司会议上，邀请省内外的专家，共同对基配比例进行评审，看这个数据是否合适，需要做哪些调整。采取这项措施以后，后场基配控制比较到位。

另外，为了防止施工过程中施工单位对拌和楼的数据随意进行更改，汉中西项目在拌和楼安装了动态监控器，就像飞机上的黑匣子一样，通过无线网络把数据传到监控室的电脑或者管理人员的手机上，管理者可以随时对每天的施工情况、用料情况、油石比等进行远程监控，这样一来，路面施工的质量得到了进一步的保证。

在前场施工管理方面，为了保证路面摊铺质量，防止碾压不实，导致通车后路面出现各种质量问题。在摊铺路面过程中，要求摊铺机和压路机不能行走太快。为了控制速度，汉中西项目在摊铺机和压路机上安装了限速器，可以限制摊铺和碾压的速度，既避免了路面碾压不实，又保证了路面的平整度。

在原材料控制方面，汉中西项目也是早做准备，防患于未然。施工单位技术人员和驻地办监理两家同时进驻碎石加工厂，常驻厂里，一个是可以检验每天从山上采来的母岩质量的好坏，另一个是防止厂家从别的石料厂拉石料过去，导致石料质量不均衡甚至以次充好的现象发生。采取签名制，一车一票，从定点石料厂拉走的石料，必须有技术员和驻地办监理两人的共同签字认可，到达拌和场的石料，没有这两人的签字是不予接受的。拌和站也设置了监理，对石料的质量把好最后一道关。

对沥青的质量进行把关。对基质沥青的监控：汉中西项目对每一批进口沥青的监控都从源头上抓起，进口沥青在轮船上未卸货之前，从先看报关单、检验指标，然后详细记录这批沥青从轮船卸货后进入哪个罐、哪个专列，一

直监控到沥青被送到现场。

记者：汉中西项目所经过的地方水网密布、溪塘众多，水资源丰富，在这样的地方修路，排水问题可谓是重中之重，您认为他们的排水系统做得如何？

郭平：我去过这个项目多次，我认为排水系统是这个项目非常大的一个亮点。

在这个项目上看到的是，山区道路的排水边沟做得比城市道路的还要好看。这还只是表面，实际上，这个项目在排水系统上是下了很大功夫的。

在说这个项目的排水系统之前，我先给你介绍一下汉中地区的水资源状况。汉中西项目位于汉中盆地，这里自古都是中国著名的粮仓。境内有汉江、嘉陵江等567条河流，是国家"南水北调"中线工程的水源地。

汉中地区的河流均属长江流域，汉江东西横贯，嘉陵江南北纵穿，米仓山南坡有渠江上游河源区的部分河流。这里河流密布，每平方公里平均河流长度为1.4-2公里。从主线走向来看，汉中西这个项目基本上都是沿汉江水系和嘉陵江水系展开的。

这两大水系覆盖了整个汉中盆地，而这里又是著名的粮仓，所以，汉中西项目经过的地方，基本上都是水网密布、溪塘众多，可以说都是陆上盛产水稻，河里盛产鲜鱼的地方。那么，在这样的地方修路，排水就更应该是重中之重了。

因为这里水资源丰富，再加上土壤又是膨胀土，遇水后膨胀，形成烂泥塘，所以建设单位采用了当地的一种处理水与土的方法，现在在勉县互通立交那里就可以看到。他们用一些混凝土柱子固土，做成一根一根的混凝土桩，与地面成九十度垂直状，像耕地的耙子一样一排排地树立在土壤中，这样做不仅起到固土作用，而且能让水有空隙排出山体。因为大面积的混凝土满湖，会将水包在土中，久而久之，水越聚越多，就会冲出混凝土层，毁坏道路。汉中西项目的这种设计，起到了固土排水的作用。这是汉中西项目从当地实际出发、固土排水的新探索。

记者：您觉得汉中西项目管理处在管理方面有什么可以资鉴后人的经验？

郭平：汉中西项目在管理方面也是很有亮点的。

在汉中西项目建设中，尤其是路面工程铺筑时，指挥长崔文社以及他们的班子成员，还有总监办一起商议，用了一些很有效的管理手段。比如凌晨四五点不定期地突击去工地检查工作，那时候正是铺筑路面备料时间，施工单位容易这个时候偷工减料或者做些手脚，他们的这个方法有效地杜绝了这种现象的发生。去年资金还算充裕时，路面施工单位刚进场，他们就开始储备石料等原材料，因此在今年资金紧缺的情况下，工程的进度也没有受到太多影响。这是他们管理超前的又一个体现。

记者：马上通车了，看到又一条连通三省的通衢大道即将完工，您怎么评价这条路?

郭平：这条路穿行在秦巴山中，结合陕南的多雨、湿润、高温的气候特征，在建设之初，陕西省交通运输厅和陕西高速集团达成一致，提出要把这条路建成一条生态之路、景观之路，勾勒出一幅“车在路上走，人在画中游”的场景。

围绕这个思路和要求，在严把质量关、进度关、安全关的同时，美化每一个细节，做到每一个环节都精益求精。因此，我认为这条路无论从哪一个方面来看，都会是一条精品大道，真正做到“打造精品，不留遗憾，不当罪人”。

第五章
The Fifth Chapter

「十天」人物剪影

BRIEF INTRODUCTION TO PEOPLE IN CONSTRUCTION OF SHIYAN-TIANSHUI ROAD

科技是第一生产力，人才是第一资源。当年，刘备三顾茅庐，请得卧龙居士出山相助，聚敛关、张、赵、马、黄为其所用，争得三分天下有其一。而今，决战十天，投资、施工、监理各方神圣大显神通，路基、路面、房建、机电、交安、绿化各路英杰演绎精彩纷呈，他们虽没有感天动地的壮举与业绩，却以不懈的努力书写着高速路建造的辉煌。真正走入他们的事业，你才会理解付出的可爱；真正走入他们的世界，你才会懂得什么是豪迈。正可谓：数风流人物，还看十天——

秦巴山水间

范克虎

——冷面 热肠 舌生花

■作者　李俊兰

初识范克虎副处长，是在 2011 年“三八”妇女节那一天。当晚汉中西管理处为二十多位女同胞“过节”，兼管行政后勤工作的“范处”从工地匆匆赶来“致贺词”。那一晚，他眉开眼笑“我娃长哩我娃短”地夸赞女儿，俨然一个慈父、一位蔼蔼长者。

再见范处，是在二十天后管理处召开的“水土保持暨环境保障会议”上。台下是来自全线 25 个路基标段的项目经理、总工程师及工程监理，主席台上的范处则一副“冷面”的“严肃状”。手中不见讲稿，却口若悬河，其“雷人”之语令全场“爆笑”:“每亩地 4000 元的土地保证金咱都抵押给地方上了，每个标段算下来都有上百万元吧?如果由于你的失误或者工作不到位，完工时土地达不到复耕标准、这笔巨款拿不回来，造成国有资产流失，我说你是卖国贼！信不信？！”

时至夏令，银行货币信贷政策持续从紧，工程资金“告急”，导致阻工现象接连发生。这一天，一位材料供应商与标段因欠款纠纷闹到管理处。会议室里双方“口水”战升级、争执不下时，范处出场。他先就了解到的“合同问题”双方各打五十大板；继而对供应商“派人阻工堵路”提出批评；随后提出一个“面对现实”的解决方案。他扭头征询供应商意见，一直呈强势状的供应商，此时却蔫头耷脑地表示“没异议”。“那好！”，范处斩钉截铁：“你马上把阻工的人给我撤下来！会后你们双方完善合同。另外，今天的事要形成‘备忘’！”一锤定音，决断如流，一袋烟的功夫，他老先生因“还有公务”告辞了。

7 月 5 日，特大暴雨引发山体滑坡，导致略阳县 18 人遇难。7 月 6 日，范处与李高峰、舒洪涛等冒雨来到略阳段沿线排查隐患。在龙洞沟弃渣场，施工便道被淤泥和破碎山石覆盖，汽车无法行驶。尽管项目总工劝阻，范处依然坚持步行“上去看看！”他担心此处堆积的四十多万方隧道弃渣，遇雨形成堰塞湖。于是踩着一路的烂泥、碎石，用了一个多小时才爬到弃渣场顶部，一一查看汇水情况。得知弃渣场附近还有 2 户村民，当即决定“生命安全第一，人员马上转移，不留隐患！”待安置停当，相互打量：一身两脚全是污泥。

隔日，天放晴，烈日骄阳暑气蒸腾，他又招呼郭文山、谭学敏等另一拨人马，上路“查口口”：逐一排查四十多个施工道口，优化、封闭部分“口口”，以避免社会车辆对施工的干扰，保障路面摊铺顺利进行。此后又多次开会研究、制订、公示全线交通管制措施。

略阳县委书记唐勇，说他非常赞成范处的一句“名言”：“修一条路，富一方人，留一片青山绿水！”

“生态十天，绿色典范”是汉中西开工建设之初就高扬的筑路理念，但“知易行难”，每天面对的现实琐碎而繁杂，范处说：“所以我操心着咧！”冷面、热肠、舌生花，这是范克虎在汉中西工作的真实的写照。

王 超

——求索在汉中西

■作者 李俊兰

陕西省高速公路建设集团公司有一万多名员工，据说有公认的“十大帅哥”，汉中西管理处副处长王超榜上有名。

这位“王帅”中等个头，相貌英俊，虽生长于农村却带有书卷气，一班同事用陕西话说“痞（胚）子好嘛！”

可是前不久，集团公司党委办公室主任马跃，率省里几位作家前来汉中西工程采风，许久未见，俩人握手寒暄。同在“十大帅哥”之列的马主任不禁惺惺相惜：“你可见老喽！”

王处自然感叹：“老多啦，头发脱得厉害！”

“前两年，你还是咱集团有名的帅小伙儿呐！”

“现在回到西安，咱就是乡下人！”

这并非谦词。自 2003 年至今，他一直“钻山沟沟”，在沟壑纵横的陕南修路架桥：宁棋高速路建成通车、制约川陕交通的“瓶颈”得以疏通、高速路直达“秦西第一关”棋盘山下；在山大沟深的十天线安康段短暂停留；2009 年春转战国家重点工程十天线汉中西项目，分管这条长达 151 公里的山区高速路工程建设。

五载光阴岁月，赋予陕南的十万大山。

如今，他更希望有人说：这路，真帅！

1996 年西安公路学院毕业后，他曾转战陕西省多个在建工地，在铜黄高速路担任工程监理、西安绕城高速路从事公路养护、西汉高速路出任项目组副组长，还在集团公司建设处负责安全质量管理，35 岁时便被选拔为副处级干部，37 岁挑起汉中西管理处副处长的重任。平日里的王处待人随和，张嘴却是一口硬梆梆的陕音，挂在口头上的一句话是：“天上一天，地上一年，工程上的事不能拖泥带水，紧前不紧后。”于是排工期，抓进度，首先强调季节因素，要求汉江特大桥、咸河特大桥等重点工程，一定要在枯水期打好桩基，完成基础工程，否则稍一松弛，就要拖到汛期之后，一耽搁就是半年。

那次，43 标玉带河特大桥施工边坡滑落，王处赶到现场，与工作组、驻地监理、设计代表、标段经理一起磋商治理方案。轮到他讲话，四个问题五个方面，提纲挈领又“兜住”细节：打抗滑桩时要加防护网、人员安全第一；邻近隧道施工放小炮要考虑到对墩柱的影响；设置观测点严禁数据漏填……

他对自己的要求是：遇到问题，果断处理，不留隐患。

这位帅哥生活上并不讲究，从工地回来误了饭点，灶上准备好凉菜热菜，他却招呼一声“只要面条！”，径直就回了办公室。他是典型的关中道上人，有面条吃就好。

那次，在汉中市召开施工方案评审会，会正开着，他觉得头晕得不行，想走出会议室透透气，不料刚到电梯口就倒下了。身边人急忙送至医院，医生诊断：因劳累过度引起的血压高，需要留下住院治疗。第二天，他带着输液药瓶回到工地，继续工作。

王处和女儿的生日相差三天。但是，父女俩一起过生日的愿望，“落空”一年又一年。

去年，女儿生日当晚给他电话：“大蛋糕给你留一半，放冰箱里了。”后来，直到蛋糕长出绿毛，他还在山沟沟里。

女儿长成身高1米70的大姑娘，稳重、懂事。可是就在几年前，她胳膊摔成骨折，对父亲还口出怨言：“我骨折了，你都不回来看我！”，“你也知道爸忙。”他是在女儿骨折十几天后，才从工地赶去医院看望，把女儿接回家。

王处说他心里始终对女儿有愧疚。孩子半岁时，他下了工地。爱人是长安大学老师，一次上课把女儿锁在屋子里，邻居听到孩子在屋里哭个不停，去学校把妈妈找回来。

2009年暑假，母女俩参加学校组织的新疆旅游。忽然有一天电话打不通，联系中断。王处非常着急。半夜三点多钟，电话突然响起，原来旅行大巴半路发生翻车，车上一半人受伤骨折，女儿也被摔了出去，送医院检查，非常幸运只受到轻微的挫伤。一通忙碌后，已是凌晨三点钟。王处接到电话，一夜不眠，第二天继续组织专家进行方案评审。两天后，在西安火车站，他一把搂过母女俩，眼泪止不住地流下来。

2011年春节他回农村看望父母，跟爸妈说项目上忙，两个月没给你们打电话了。母亲说是两个月零七天。他当时就觉得鼻子发酸，被父母亲情感动。

在这山水陕南、在这沟壑纵横的汉中西工地上，他付出，亦求索，付出汗水心血、求索生命价值，五载光阴，喜忧缠绕。

高武林

——凝神静气筑高速

■作者 李俊兰

冥冥之中，高武林觉得自己与略阳有一种缘分。

地处秦巴山间的略阳县地质构造复杂、岩层多样，素有“地质博物馆”之称，也因此成为西安公路学院的实习基地。1994年，当时还是西安公路学院大二学生的高武林跟随老师来到陕南略阳。那时的他身体瘦弱，戴一副近视镜，整日话语不多，每天拿着榔头跟在老师身后，在那些石头、岩体上敲敲打打，“这是千枚岩，那是断层地貌……”

2009年6月，受汉中西管理处征调，高武林出任略阳工作组组长，人称“高组长”。在当年的实习之地“实战”，他统领13个标段上万人马逢山开路、遇水架桥。面对艰苦的山区环境和繁重的施工任务，高武林以其一以贯之的沉默寡言和实干精神赢得好口碑，他也从组长晋升为汉中西管理处副处长，如今大家喊他“高处”。

他寡言，却要到13个标段“谝”。一个三花石、四条沟，每晚加班到11点。

那天，在三花石隧道入口掌子面，时任陕西省高速集团副总经理栾自胜说：“隧道施工进度是施工单位干出来的，也是一线项目管理人员管出来的。武林，‘三花石’如果能按期打通，你就为咱汉中西项目立了功！”

栾总没说玩笑话，在建项目被隧道“卡脖子”并不鲜见。三花石隧道是汉中西的控制性工程，也是十天线的“最长隧”。32标经理蒙晋说：“高组长一周最少来两次，紧要时候天天来。”

略阳工作组辖区有四道沟，工作组的人每天去工地都要在盘山路上颠簸。31标、32标一道沟，从县城经钢厂东去再翻山；33标则从县城北去白石沟乡再翻山东去；35标、36标的沟道更加狭小；最远是沿江路的6个标段，分布在嘉陵江边的深山峡谷之中，42标的隧道出口已是甘肃省境内。

13个路基标段，需要他这个工作组组长逐一前去沟通交流，针对每个标段承担的施工任务、施工难点，详细交谈。时任略阳工作组副组长的李高峰说：“都说高武林的特点是不爱讲话，其实他的最大特点是工程经验丰富，话虽少但都能点到位。”他曾跟随高组长到过一些施工标段，他说：“对于这些施工标段需要投入多少人员和机械设备、节点任务是什么，高组长都讲得一清二楚。”

汉中西管理处副处长王超对高武林的评语是：“话不多，但是言简意赅，能说到点子上，有时他一句话就很经典，能让人记住。”

2010年7月下旬，嘉陵江水暴涨，沿江路也多处积水。那天晚上，高组长一行从沿江路返回，突然前面出现一个大坑，驾驶员不得不紧急制动，汽车差一点掉进江里，车上人都惊出一身冷汗。

一边是峭壁、一边是江水，沿江路最窄处只有三米多宽，特别是在雨季，不知什么时候就会遇到垮塌或者山石滚落。所以听说去沿江路，驾驶员都从心里不情愿。

高组长的驾驶员郝巨涝说：“走沿江路，下车搬石头是常事”。郝师傅说：“那次从 41 标北去 42 标，走到一半发现前面塌方，只好掉头返回。没想到，往回走的路也发生垮塌，汽车被卡在中间。后来还是 41 标出动挖掘机清理了塌方，我们的车才出得来，尽管等了几个小时，最后总算是平安无事。”

略阳那片山水，曾经记录了年少时高武林求学的身影，山中星月则见证了中年的他奔波劳碌的两载年华，高武林与略阳还将续写前缘。

杨新德

——造桥筑路 反腐倡廉

■作者　李俊兰

每逢汉中西管理处召开正式大会，集团公司纪委派驻十天线汉中段纪检组杨新德组长都会端坐在主席台上。有人说，他坐在那里就是一种廉政警示，或者说是一种震慑。

在工作上，杨组长严肃认真、一丝不苟，私下里却是个很随和的人，大家都亲切地喊他“杨书记”。虽已人到中年，身材瘦削，可是精神抖擞，穿戴整洁利落，有人开玩笑地说：“您这搞纪检的，可别太帅呦！”

可是，在汉中西流传几个段子，是说他这搞纪检的“太抠！”

跟杨书记外出，凡事一个字——素，经常一人一碗面条了事。办公室副主任王小明回忆：“那次我们没吃面条，杨书记点了饺子，一盘饺子我们三个人吃。有时接待工作由我点菜，他特意嘱咐：‘家常菜、不要点多、不要浪费。千万别点鱼呀虾呀，莫吃头！’”

每次外出开会，他都与驾驶员小彭合住一个标间，而且越便宜越好。那次订好两百多元的房间又被他退掉了，因为他发现住前面旧楼便宜，一个标间才一百多元。

在管理处，他的办公室与卧室是连通的，都十分的干净整洁。虽然楼上楼下有好几位服务员，但是他坚持每天自己打扫房间。

交通行业被社会舆论称为“高危”行业，“修一条路，倒一批人”的现象并非鲜见，因而交通行业的廉政建设引起了社会的高度关注。汉中西工程项目涉及133.9亿元建设资金，面对这么大投入的工程项目，反腐倡廉如何开展？怎样以制度建设应对现实的严峻挑战？

对此，杨书记表示，近年反腐倡廉的一个新做法是思想防线前移，重在敲响警钟，防患于未然，虽然任务艰巨，仍然要以积极态度推动反腐倡廉工作的开展。在强化规范、堵塞漏洞的同时，教育我们的管理人员，要加强修养，洁身自好，“该说的，我一定都说到”。防范的关键是监督，特别是对重大决策、招投标项目、咨询合同、设计变更等重要环节，一定要把关、掌控。

为此，他曾经邀请汉中市检察院预防职务犯罪处的检察官来管理处进行宣讲，以案说法，对职务犯罪的原因、给社会家庭造成的危害进行深刻的剖析，引起大家自我警醒和反思，增加“免疫力”。

2011年11月，工程进入收尾阶段，为防止大家思想松懈、麻痹，管理处组织全体员工和全线高级驻地监理约130人参观了汉中市监狱。在警示教育展室，一桩桩犯罪案件触目惊心，三位服刑人员悔恨交加的现身说法令人印象深刻。

从汉中市监狱归来，管理处趁热打铁召开“反腐倡廉警示教育大会”，杨书记再敲廉洁从业警钟，他以明白晓畅的“三句话”告诫大家：“管住自己的手、管住自己的腿、管住自己的嘴！”他解释道：“工程后期，当你在工程审核报表、变更手续乃至会议纪要上签字的时候，你要管住自己的手，这白纸黑字，落地生根，就像老话说的‘文责自负’。你该伸手时伸手，不该伸手就不要伸手！管住自己的腿，去该去的地方，譬如要经常去工地、深入施工一线，娱乐场所能不去就不要去，尽量少去！管住自己的嘴，在正常交往、工作餐之外，不要总搞吃喝宴请那一套，尤其要小心‘鸿门宴’！小心有人借机‘挖坑’，你酒一喝多，不该答应的事也答应下来，自己往坑里跳！”杨书记总结说：“工程人员一定要一不索贿、二不受贿！”

他告诫管理干部：坚决不逾越“红线”，坚决不碰触“高压线”。

杨书记还说，汉中西管理处廉政建设的最大特点是，在集团公司纪委的直接领导下，大胆探索岗位廉政风险防控的新做法，积极推进岗位廉政防控体系建设，先后制订、试行了《岗位廉政风险防控机制实施方案》、《岗位廉政风险防控等级评估办法》和《岗位廉政风险防控重点部位》，对 9 个部门共计 45 个管理岗位的廉政风险等级和潜在风险点进行研讨、评议，将防控岗位分为 A、B、C 三类。内容具体如下：“一岗双责”明确“岗位职责”和“廉政职责”，将“岗位潜在廉政风险”摆在阳光下，“廉政风险防控措施”具有针对性，并将上述内容连同每个人的照片做成“警示牌”，摆在各自办公桌上，以利于每个人经常对照、自律。

“伸出的是手，得到的是钱，透支的是人格，失去的是人心。”——在汉中西管理处每个科室的墙上，都贴有类似的格言警句，以善意的提醒营造廉政环境。

“建好十天线，走好人生路！”杨书记说，这是他对每位汉中西工程建设者的希望与祝福。

宫建平

——守护质量 职责如山

■作者　李俊兰

宫建平，十天线汉中西工程项目总监理，人称“宫总”。

宫总高个头，典型的关中大汉，声音洪亮却性情温和。

尽管早有人说“在建筑行业，骂人不算缺点”，可管理处那几个小年轻，还是用这把尺子衡量人，评价宫总：“这人吻合（温和），莫见宫总马（骂）过人！”

于是便将问题抛给宫总：“工程监理守护质量，横眉立目的概率最高，你的‘吻合’可咋样守护咧？”

宫总自有一套“温和理念”：“‘待人’和‘接物’对于我是两个概念。待人我温和，因为我觉得对人愈温和、心灵愈容易沟通，温和还具有感召作用；而接物、处事，我是讲原则的，处罚起来不会手软。所以，我对人温和，对事就没那么客气。”

他主动“招供”：“我在会上，还骂过娘呢！”

这关中子弟就是实诚，于是赶紧跟上：“快说说，咋样骂的？”

“我发言说：‘这件事，我可要骂娘啦！’”

果然受过高等教育，“骂娘”也文明。

不过那次，宫总在沿江路上“发飙”了。

那是2009年，项目开工没多久，宫总随崔文社处长来到沿江路的一个标段，检查正在加工的钢筋笼。他发现，那钢筋笼焊接得松松垮垮，“一拉就要散架”。宫总说自己当时“勃然大怒”，现场狠批那一号人马：“工程搞了这么多年，加工出来的钢筋笼居然这么差！简直拿工程当儿戏！你们一级一级都不负责任！”

从工地回来，经管理处领导同意，一个由全线项目经理、总工参加的“现场观摩会”在该标段召开，会上宣读了总监办的处罚决定：对该标段处罚10万元、驻地监理处罚1万元、给予直接责任人开除处分。

宫总说：“质量管理不能有一丝马虎。通过对这件事的处理，表达出总监办追究责任、毫不手软的态度，以求杀一儆百，杜绝此类事件再次发生。整顿以后，果然见效。”

说来也巧，宫总在沿江路上“发飙”，也在沿江路上“斩获”。

就在对沿江路检查期间，那天在37标项目部，午饭后他到院子里散步，随意看了几眼施工单位的宣传橱窗，这时，一幅钢筋笼滚焊机的图片引起了他的注意。那是37标法人单位中铁十八局在外地施工的图景，于是宫总找来该项目总工徐海询问情况，“崔处”对此也很感兴趣。第二天，徐海反馈了一个信息：中铁十八局在山东施工时使用了钢筋笼滚焊机。总监办很快派人前去观摩考察，听取考察汇报后，管理处领导决定试用一台，并确定27标为试验单位。钢筋笼滚焊机不仅加工速度快、工人劳动强度低，更重要的是焊接合格率达99%以上。很快，钢筋笼滚焊机的现场观摩会在27标召开，并向全线推广使用。

能在不经意间发现“亮点”，宫总说是因为“把心思用在这地方上了”。

材料供应商偷奸耍滑、以次充好的现象并不鲜见，总监办从源头把关，对原材料不定期“抽检”。为避免人情世故，采取“盲样抽检”，宫总说：“由我自己亲自编号，再送到西安检测”，整个过程“瞒着”施工单位，发现“以次充好”立即退货，并在全线进行通报、处罚。

监理与业主的关系一向比较微妙，这个“度”如何把持？宫总说：“双方出发点、目标是一致的，就是要修一条好路。在这个过程中，只要你没有杂念、没有个人的小算盘，坦诚相处，即使‘做过头’或者‘不到位’，大家也都能理解。”

2010年11月，宫总83岁的老父亲在蒲城去世，当时他正在工地忙碌，姐姐打来电话说“父亲不太好”，他感觉很突然，甚至不相信。一个月前的国庆节，他抽空回家看望父亲时，坐在轮椅上的老父亲拉着他的手哭泣，舍不得他走。几年前宫总的父亲跌跤摔成骨折坐上轮椅后，又患了老年痴呆症，没想到几年后父子俩便天人永隔。他匆匆赶回蒲城，为没能见到父亲最后一面而深深自责：父亲那一代人，为儿女吃了很多苦，年老了最需要儿女感情上的关爱，做儿子的一年到头东奔西走忙工程，没能在父亲最需要的时候床前尽孝。他尽力忍住伤痛，按家乡风俗安葬好父亲后，因为他放心不下这边的工作，又匆匆赶回工地现场。

宫总接受采访时总说个人没啥，项目的建设者是一线工人。他还向记者推荐采访对象：高级驻地某某某。多位集团领导来汉中西视察过，均对工程给予了高度评价，他却一直在查找不足，查找哪些地方还做得不到位。和朋友聊天，他说得也是“干下一个工程我会怎样、怎样”。项目顺利展开，目标基本实现，他说：“有全体监理人员的共同努力，我个人只是站在这个岗位上。”

“大内总管”何兆法

■作者　李俊兰

办公室主任何兆法得知自己在本文中的名头是“大内总管”时，初始点头默认，后来不知怎的就“穿越”到李莲英、安德海那儿，于是捏细嗓门谄媚地喊了几声“奴才给老佛爷请安！”把身边一众人都笑翻了。

这倒证实了他自己的一句话，他说：“年轻时，我也喜欢表演个节目、耍个活宝什么的。”

年轻时是什么时候？是他在部队当兵时。1984 年从山东日照走进革命大熔炉的何兆法还是一个清秀的帅小伙，2005 年他以暴涨 51 斤的体重转业到陕西高速集团。身高不过一米七、体重 160 斤的何主任，基本就是一“立方体”，人家问他什么部队不出操训练吗？他答：“汽车训练团”。

这位副团级干部，转业到机械化工程公司时曾任总经理助理、办公室主任。2009 年 4 月汉中西管理处成立，他与三位管理处领导前后脚报到。租房子、安顿员工的饮食起居，七七八八的琐碎事给他干起来，利索有序不见慌乱，果然一派军人作风。

如果说管理处是全线指挥的“大脑”，那么办公室的功能就如同心脏，领导指示、会议通知、上级文件都从这

里送出，处长批文、各科室工作计划、工程进度汇总又都回流至此。除此之外，哪辆车坏了需要报修、哪个空调不制冷了、哪个房间的灯管不亮了……这些事情也都登记在小黑板上，等待办公室给一一解决。

这位何“总管”说自己性格有些婆婆妈妈，可是管理处领导的讲话稿、对外新闻宣传稿这样的大事都要经他手。特别是2011年春节后，工程资金“断链”，全线各标段均赊账、欠薪，靠自己法人单位“垫付”度日。可是工期不等人，7月末，管理处召开全线动员大会，崔文社处长的动员报告令与会者印象深刻，大家都说这个报告的标题“讲政治、顾大局、团结一致、顽强拼搏大干100天”有高度、壮士气，而这篇报告的执笔者正是这位婆婆妈妈的办公室主任。

对于办公室的工作，何主任总是严格要求，谁出了差错，他会板着脸训人，有时“呲”得年轻女孩直抹眼泪，这时你见识了他山东人的脾性。不过他也是嘴硬心软的那种人，事后，他会把女孩叫过来，再轻风细雨地几句话给哄好了。

“小事做起、大项控制”可以用来概括他的风格。这八个字本来是管理处厉行节约会议提出的，节约要从点滴小事做起：晚上11点钟复印机、饮水机要断电，文件打印、复印纸张要双面使用，公务接待安排在灶上。

于是，管理处的办公室、后勤部门上演了一段华彩乐章。

那是4月下旬，“高速集团项目建设标准化施工暨精细化管理现场观摩会”选定在汉中西管理处召开，管理处领导出于节约开支、节省时间的考虑，决定午餐就安排在灶上。一百多名与会者，其中包括集团的几位老总、各处室的处长，还有各分公司和其他在建项目的领导们，“百人份”自助餐就在三楼会议室摆开了，会议桌椅被请出，将借来的几张圆桌铺上台布，布置得虽然比不了汉中市的大饭店，但也井然有序。办公室的几位文秘，几天前就按何主任要求强化标准训练：怎样站姿，怎样给领导倒茶，茶杯盖怎样放……

领班杨卫新带领几位厨师，拿出看家本领，菜品按照“六凉、八热”的标准准备，有陕南特色菜农家炖土鸡、跳水黄辣丁，有时令菜爽口香椿，还有小土豆、玉米棒、锅盔夹辣子，自然少不了平日最“叫座儿”的酱肉包、鸡汤面。

据说，与会者对这顿自助餐的评价不亚于对汉中西工程的评价。处长们边吃边议论：“汉中西可以开饭店喽！”

后来每每说起这件事，厨师们都笑得合不拢嘴，也给何主任挣足了面子。

2011年六七月间，接待任务一拨接一拨，办公室迎来送往，却是忙而不乱。何主任说：“写汇报材料已经轻车熟路，给省交通厅汇报和给汉中市领导汇报角度肯定不同，内容也要相应调整；如果是省领导来，汇报则要更简洁、精炼。”

多年军旅生涯，他有着根深蒂固的“等级观念”，平日安排几位处领导的生活起居，细致入微。“这些我有经验，在部队时，我就曾经管过后勤接待工作。”

何主任认为，他自己的一个很重要的作用是缓冲器、调节阀，中层干部有事常找他“谝”。“挨批评了，有情绪了，心里不平衡了，就来谝一谝。”另一方面，对管理处领导有时气头上的决定，他的办法是“放一放”。“中层干部说不干了，那是气话，他有意见，合理的部分改天我会委婉地向领导表达。领导火头上要撤掉的人，过后冷静下来一想，也没那么严重。”

平衡事态，或者叫“抹稀泥”，他觉得自己适合干这活儿。

凡是能被称为“大内总管”的，一般都有这本事。

闲暇时，他也爱好摄影，自称喜欢拍风景、拍美女。管理处的新闻报道照片，好多都出自他手。

熊　鹏
——为者常成

■作者　杨晓梅

在“十天线”采访的日子里，这群优秀的建设者中，有这样一个人引起了我特别的注意。

下属说，他是一个会玩也会干工作的人；

项目经理们说，他是一个业务能力强，技术全面的人；

领导对他的评价是——能干！

而他自己说：“两年了，回头想想，其实压力非常大！工作都是大家干的，我的任务就是做好服务，给施工单位铺好路，让他们能够顺利施工；为领导排忧解难，把问题尽量消化在最初阶段，最终目的就是项目能够按期完工。”

和别人对他的评价相比，他说出的是内心里最真实的自己。两年了，所有的付出和辛劳、所有的汗水和泪水，只有他自己最清楚。

22人的勉县工作组，90公里的里程，12个标段，合同金额40亿都由他来管理。

肩上承载着重任，“为者常成，行者常至”，这是他的办事风格。

他就是熊鹏，勉县工作组组长。

第一次见到熊鹏，他正陪同汉中西管理处崔文社处长以及项目设计、监理、施工单位的人员一起查看沿线的边坡，准备再次优化边坡方案。崔文社处长指着人群里一个黑黑瘦瘦、戴个眼镜、斯斯文文的年轻人给我介绍说：“这是勉县组的组长熊鹏，他管着13个标段呢，以后采访，就找他。”他笑了，欣然答应。初次见面，除了斯文的不太像“修路人”以外，并没有给我留下太深刻的印象。接下来的日子，随他一起到各个标段去解决各种各样的问题，而我的采访也因为有了他的帮助，进展得很顺利！

跟着他到处走、到处看，几天下来，一个干练、果断、善于思考的筑路人形象在我眼前渐渐清晰起来。

在路基30标项目经理何以东眼里，熊鹏是一个技术全面、想施工单位之所想、急施工单位之所急的好组长。2011年3月25日，我跟随熊鹏一起去路基30标段，项目经理何以东说：“五郎坪连接线路肩墙防撞护栏，我认为没有必要那样做，建议改为防护墩……”说到这里，熊鹏打断了他，“我知道了，你不用说了。”第二天，熊鹏就通知30标项目部，按照他们建议的方案实施，并且要求尽快补齐相关方案变更等手续。这个决定不但及时、有效地解决了施工单位提出的问题，而且节约了将近300万的资金。提出的问题如果能够很快得到解决，就能帮施工单位节约很多时间，而熊鹏恰恰就是这样一个办事干净利落，绝不拖泥带水的人。

走近熊鹏，你会被他的工作热情所感染，这个看似对工作漫不经心的年轻人，其实是一个有想法、有办法、愿意“事半功倍”去做事的人。

“大账房” 王长青

■作者　李俊兰

有人说，财务科长王长青长得就很“财务”。

身材瘦削，面容清瘦，如果将那副普通白色眼镜换成“复古圆型”眼镜，再套上长衫，尽可以满足你对传统账房先生的想象。

他有着传统账房先生的特点：谨慎、本分、内向，甚至呆板、呐言。

那一日走进财务科，只见王科长左手按住厚厚一沓报销单据，右手正将刻有自家姓名的图章一页一页地盖上去，眼镜近得几乎贴到那些票据上。

手机铃响，他一边答话“好好，我赶紧去做”，一边拉过笔记本，一笔一画地记录着电话内容。最近，陕西高速集团清查治理“小金库”，王科长破天荒地在处务会上做主题发言，会后要将清查结果上报集团。

一道厚重的铁门将财务科与其他科室区别开来。2011 年以来，这铁门内的日子可谓“冰火两重天”。春节前，集团考虑到不能拖欠农民工工资等因素拨款，财务科账面一度高达 8 亿元；而春节后随着国家宏观调控银根收紧，6 月底账上只有 20 万元，这还是为以防不测、咬住后槽牙才留下的“箱底”钱。

王科长说：“最困难是在 5 月和 6 月，虽然集团分别下拨 3000 万元、2500 万元，可全线有 83 个合同单位，平均每个单位才分到 30 万元，不要说工料费，连路面单位每月运输车、压路机的油耗都不止这个数，隧道爆破买火工品(炸药)都没钱。”直至 7 月末“大干 100 天”目标启动，集团拨来 1 亿元工程款，此前门可罗雀的财务科，一下子“爆棚”，早已等急眼的项目经理们一大早便带着财会人员前来转账。

由于变更手续审批相对滞后，标段干完活却不能很快领到钱款，个别项目经理迁怒于财务科。王科长解释道：“每一笔款项的支付都有制度管着呢，必须凭手续。”有人开玩笑喊他“大掌柜”，他摇头摆手，在他看来，崔文社处长才是，他自己是当家不做主。

确切地说，王长青科长是汉中西的大账房。

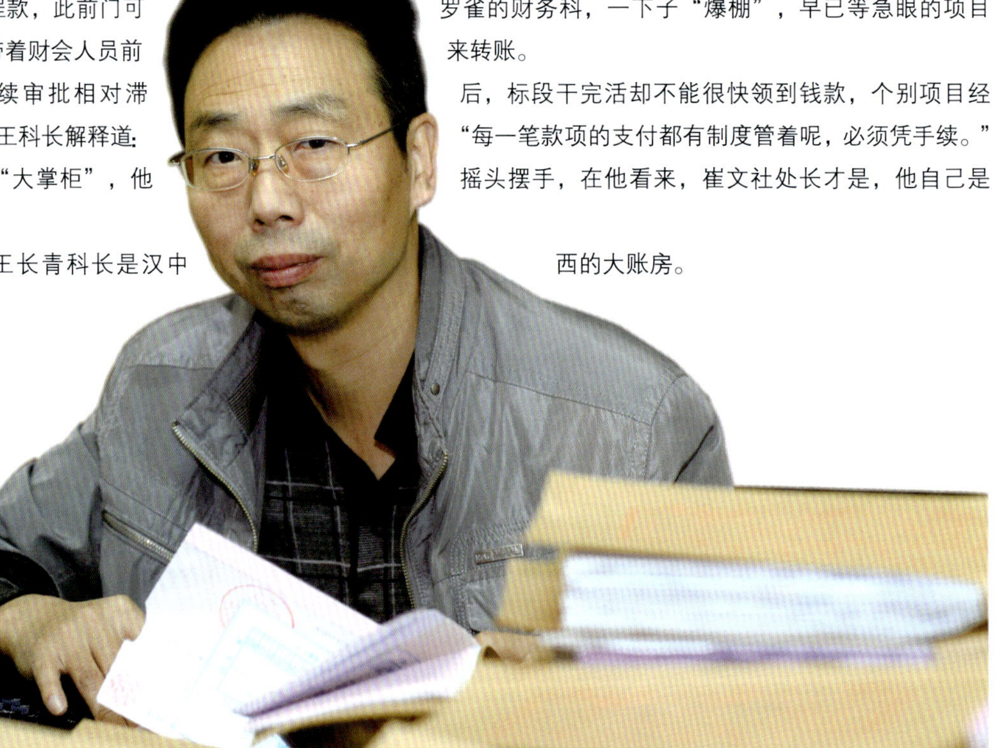

二账房则是性格开朗、喜欢说笑的何玄，他与王科长的性格正好相反，何玄也怀疑自己当年是不是选错了专业。财务科另一位成员美女陈晨也是个安静的角色。2010 年以来集团狠抓“阳光理财”、“痕迹管理”，财务科将所有的票据都进行了存档，把电子台账管理得井井有条，在集团每月一次的审计和厅里不定期抽查中，都获得了好评。

采访时，王科长强调财务科是服务单位，没啥可写的。临了，他还特意嘱咐“别提”来“吵”的是哪些项目部，他还说经费困难是大环境造成的，下笔时不要对个人造成“负面”影响。当时就觉得这人可真够细碎的，职业病吧？不过很多人就是看中他的这份谨慎而对他很放心。

“挑剔”的唐春

■作者　杨晓梅

刚到项目部不久我就认识唐春了，他说话笑眯眯的，永远一副可亲的面容，可是在施工单位的眼中，唐春对工程质量和施工安全重视到近乎“挑剔”，因此大家都叫他“挑剔”的质量科长。

让我们先来认识一下这位“挑剔”的唐春：

1998 年长安大学公路与桥梁专业毕业；

2001 年到陕西省交通工贸公司工作；

2006 年下半年升任公司副总工程师；

2008 年担任公司市场总监；

2009 年 6 月，到十天高速公路汉中西项目管理处任质量科长。

来汉中西项目之前，唐春没有真正接触过桥梁隧道的施工，对桥梁隧道的认识还仅限于大学里学过的相关知识，面对生疏的技术规范，强烈的工作责任心使得他和自己较上了劲：“路基、桥隧没接触过，专业术语都生疏，自己不懂，怎么办？”

“规范、严谨、精细、创新”这八个字是汉中西管理处崔文社处长对质量安全科的工作提出的要求。能按期高质量地完成一个投资 100 多亿、在地质地貌极其复杂的山区修建的高速公路项目本身就不是件易事，还要做到精细和创新，作为质量安全科科长，唐春感觉到了很大的压力。

唐春和自己较上了劲，不懂就要学习，而且要全面地学。

“以前一直做的是附属工程的工作，这次来到汉中西项目，项目这么大，给我提供了一个广阔的平台，机会难得，来了以后，我的任务首先就是全面地学习。”

晚上看书，白天跟着各位技术能人到实地看。领导耐心地教，自己刻苦地学，三个月过后，唐春已经全面掌握了各项规范、标准，而且能将理论与实际结合起来，做到融会贯通，这个时候“施工单位想蒙都蒙不了了”。

质量是工程的生命，安全是项目的保障。合理的设计、严格的监理、规范精细的施工，无一不跟质量安全有着密切的联系。因此，作为项目管理处的管理者必须具有踏实、严谨、务实的工作作风，这样才能做到环环不放过、步步不疏忽，质量安全管理才会密而不漏。一百多公里长的施工场地，仅靠只有六七个人的质量安全管理部门来抓质量，显然是不够的。那么如何调动监理的工作积极性，充分发挥监理的监督职能，彻底消除施工单位偷工减料的现象，就显得非常重要。

“刚进场时返工的不少，尤其在隧道施工中出现过不少偷工减料现象，存在较大的质量安全隐患。比如，有些单位锚杆长度不够，有些单位在做钢筋混凝土仰拱时少放钢筋等。”

管理只能使巧劲，“发挥监理的作用，让监理帮助我们完成质量监督”，这是唐春在工作中总结出的经验。质量科和监理部门组成了七八个小组，有时晚上 10 点多突袭夜查全线施工现场，一旦发现了问题，第二天发文通报，重罚。“必须给点颜色看看。”有的施工单位为了节省几万元的钢绞线，结果却被罚了二三十万元，得不偿失，施工单位“尝到了”管理处的“厉害”，类似事件以后就很少发生了。

“经验不足、知识不足都可以学习，干工程，有责任心才是首要的，只要有‘认真’二字，什么问题都能解决。”

唐春是这样说的，也是这样做的。如今工程就要结束了，作为工程的管理者、监督者、见证者，“挑剔”的唐春终于可以“笑对十天”了。

“酷派”李高峰

■作者 杨晓梅

那天，管理处饭厅来了一位小朋友，七八岁的样子，坐在他妈妈身旁叽叽喳喳说个不停。这边桌有人问：“谁的儿子？”“不知道，那女的不是咱管理处的。”

后来，还是男孩自报家门：“我爸爸是李高峰！”

“李高峰的儿子？那可太不像他了！”

就在众人夸赞小男孩“随和、开朗、好谝”的时候，李高峰正在三十多公里外的汉中市，为“保畅”“排查”忙碌着。

母子俩来了四天，他早出晚归在工程沿线忙碌了四天，没好好陪他们吃过一餐饭。送走娘儿俩以后，他说：“她们来一趟也好，这下知道我这儿确实忙得走不开！”

因任职环境保障科科长，平日大家喊他“李科”。

平日里李科不怎么爱笑，嘴上话语不多，再加上肤色深、常穿条牛仔，整个一“酷派”的范儿。

他说自己其实是暖水瓶型，“外冷内热”，例证之一便是他担任略阳工作组副组长时，发生在鱼洞子乡的一件事。

2009年10月底，在“5·12”汶川地震重灾县略阳，高速路征地拆迁工作进入“倒计时”。在鱼洞子乡，一户村民才盖起的150平方米的新房，也在拆迁之列。墙体的外瓷砖已贴好，室内地面也铺好了地砖，是那一带“上档次”的新房，但这户村民为顾全征迁大局，毅然抡起铁锤砸向新砖墙。正在现场的李副组长此时“转身走开了”，他说：“我看不下去，一锤一锤就像砸在我身上，心里真的不舒服。我是从农村出来的，知道农民盖新房有多不容易！”由于地震后建筑材料价格飙升，新房的成本每平方米起码六七百元，而拆迁补偿最高标准才510元，看到的现状与手中“条文”的落差，令他“内心矛盾又无可奈何”。

那些日子，李科白天跑标段，晚上与企业谈判土地征用，六十多家企业“一家一家地谈”。“我们就把握一个原则：不私下接触，要谈就在大厅”，那时经常工作到半夜，饿了就吃盒泡面。略阳多山，特别是北部至甘肃徽县的沿江路，一边是嘉陵江，一边是峭壁，大雨过后容易发生山石滑落，在这种情况下，他曾经一周内最多去过6次沿江路。那次，他从车后窗看到，一块山石裹挟着树木砸向刚刚经过的路面，令人不免后怕。

2010年8月，李副组长升任“李科”，负责全线的环境保障工作，手里的事情也更琐碎、繁杂：环境治理、水土保持、交通管制、电力通信线路迁改、用地手续报批……处罚标段“弃渣乱排乱放”要以录像为证；报批手续要跑“衙门口”，他的急躁性格也因此得到了磨炼，他说：“到地方上办事，有时一等就两个小时”。

李科自尊心极强，他说：“就想把事情做好，很在意别人的感受，所以思想负担重。”

李科的爱人也在陕西高速集团工作，平日里工作也很忙，李科说：“孩子从小就被‘扔’给外婆‘外爷’带，还有一段时间直接扔给保姆，庆幸的是儿子性格活泼、开朗，叽叽喳喳总有话讲，而且从不认生、不怯阵，这一点胜过他老爸。”

今夏，8 岁的儿子随妈妈去北京旅游，因为工作走不开，李科则留在汉中西工地上。他在笔记本上一一列出着急需要解决的问题，一共有 30 个。他说自己不能离开，要为按期通车扫清最后障碍。

聂 非

—— 用实力证明

■作者 李俊兰

汉中西管理处流传着一个“段子”：开工建设之初，工程科罗振跟随崔文社处长、王超副处长去19标项目部座谈。为培养年轻人，两位处领导让罗振先发言。虽然毕业时间不长，小罗还真不客气，对工程进度、质量、难点一一进行了点评。在回程车上，两位领导对小罗的“善谝”给予了鼓励，小罗自然谦虚一番：“汉中东有一人比我能谝，我是跟他学的”。他道出此人姓名：聂非。

聂非是谁?

“这家伙黑壮黑壮的”，这是聂非好友高武林副处长对聂非的第一印象，他进一步的评论是：“外表五大三粗，但心思缜密，少年老成”。

2010年6月，由集团领导出面协调，汉中东管理处工作组副组长聂非奉调任汉中西管理处工程科长，那时他只有32岁.

有人说，聂非有章法，到任之后“立即扑下去”将全线标段跑了一遍。聂非自己解释是“赶机会”，接到调令本想在西安家中休息两天再报到，但是“崔处”一个电话让他立即动身赴任。集团两位领导将先后莅临汉中西，逐个标段了解施工情况。于是聂非跟在领导身后“旁听”汇报，从19标至43标，直接了解了每个标段的总体情况、工程亮点以及面临的主要困难，并逐个认识了各个标段项目经理和总工，如此便快速地进入了角色。

他善于理性思考，很快便找到副组长与工程科长之间的区别：“以前是我提问题，问别人怎么办，现在是别人提问题，我得告诉别人怎么办。以前是站在地面上想问题，现在要站在台阶上考虑问题了。”

工程科肩负四大任务，即工程进度管理、合同管理、计量支付和设计变更。计量支付直接关系到标段工程款及奖金的支付发放。设计变更的图纸一摞摞、一箱箱，成为工程科一大景观。当然，其中最繁杂的当属各项统计，有月报、半月报、周报、五日报、三日报直至控制性工程的每日报。

聂非以自己的谦虚好学带动年轻的团队，尽管统计数据浩如烟海，年轻的孙文娟却整理得井井有条；聪明的罗振则将三花石隧道等控制性工程画成形象示意图挂在网站上。

工程师李晓兰说：“开会讨论时大家正说得兴高采烈，科长突然喊‘停！’让大家拿出笔赶快记录。他常说‘好记性不如烂笔头’，留存笔记干下一个工程时可以借鉴参考。”工程科整体呈现一种积极向上的风气，晚上加班如家常便饭。聂非的“雄心”是：“凡是从工程科走出去的年轻人，业务上都要能够独当一面。”他们是公认的实力派科室，2009年被评选为陕西省高速集团先进集体。

聂非人缘好，下班铃响后他那间小屋常常是“聚谝”之地，不过“谝场规则”是：不谝闲事、不谝是非。从量子力学、佛学、道家、社会主义理论到设计变更的签字顺序，刚还谝着呢，不知什么时候就争论起来，而且旁征博引、慷慨激昂，旁人看去真是难得的意气风发。聂非说：“没有充分的交流，就不知道你所认知的是否正确”，争论常以他豪爽的哈哈大笑结束。同部门的人都说他脾气好，“什么时候他脸色凝重，就说明事态严重了”。同一宿舍、朝夕相处的“室友”也夸他有涵养、家教好，聂非幽默地谝道：“您这是在表扬我爹妈吧！”

爹妈给了他一副好嗓子，纯粹浑厚的男中音啊。有一次闲暇时大家出去 K 歌，从老歌、红歌到“周董”的新曲他都能“通唱”，惹得众人挥拳喊他“麦霸”。

不唱歌，聂非打开电脑亦能“减压”，因为电脑屏保是他儿子 2 岁时的一幅彩照，黑亮亮的大眼睛，白白胖胖，咧着小嘴笑，整个就是“人见人爱”。回头再看这位“黑壮黑壮”的爹，你不由得想起范伟那句话“做人的差距咋就那么大呐！”聂非说：“儿子长得像他妈妈”，一句话把娘儿俩都夸了。

锵锵三人行
——路面工作组

■作者　李俊兰

那天是2011年8月29日，路面1标举行“谢家营至褒城段沥青上面层双幅贯通仪式”。在赶去仪式现场的路上，崔文社处长与办公室主任何兆法谈论起路面“三人小组”的工作情况，结论是“真该把这仨人好好写写”。崔处谈起他观察到的一个细节：“我每天早上都站在五楼窗口往院子里看，7点40分，王建亚每天都在这个时候急急忙忙开车去工地，真正是起早贪黑！这三个人都很能干！”

这三个人分别是总监办副总监杨建华、路面工作组组长王建亚和组员姚琳。汉中西管理处确定117公里通车路段，路面摊铺的进度与质量直接关系到能否按期通车的大局。显然，崔处对这三个人的工作是满意的：“路面小组的形式比较独特，就像抗日时的敌后小分队，灵活、善战，关键时能拿下碉堡来。”

“那咱这篇文章就叫《路面三人组》咋样？”

崔处哈哈大笑说：“就叫《锵锵三人行》吧！”看来崔处可能是窦文涛的粉丝。

“可是他们仨‘呛呛（锵锵）’吗？”

崔处肯定地说：“常在路上‘呛呛’！”

三人画像

这仨人，两胖一瘦。

副总监杨建华，人称“胖杨总”，胖成啥样？有人摸着他的肚子开玩笑：“快了吧，几个月了？”

王建亚组长则是胖头胖脑的款型，走路不时晃动两个肩膀，很像北方“摞跤”的。于是那天问他：“你上学时，有没有人说你像搞武术的？”王组长答：“有啊，我外号‘拳王’！”还真给说中了。

年轻的姚琳本是个帅小伙儿，一米八一的身高，戴眼镜，挺文气一人。但自从跟了这两个胖家伙以后，人倒是没胖走样，就是忙得昏天黑地，一天到晚胡子拉碴，再加上烈日暴晒，皮肤黝黑，一身泥水一身汗水的，没了帅哥的“范儿”。这下走在一起难分伯仲：仨糙老爷们。

正如崔处所说，三个人都能干。

若论路面施工管理，胖杨总是个老辣的角色，他参与建设的工程可以“串烧”：西汉高速、咸阳机场高速、黄延高速、京沪高速河北段、新疆吐乌大公路……2010 年 12 月，十天线汉中东工程建成通车后，他转战汉中西项目。此次崔处没有照搬既往的科室格局，而是以“垂直型”的“三人小组”管理路面施工，使胖杨总感觉到了信任与“空间”，他说不仅能把这些年积累的经验用于汉中西，还能把心里有的、过去没能实施的想法“拿出来”。

总是一件圆领和尚衫、一条大肥短裤的王建亚组长，乍一接触，很像复转军人。那天有人问他专业，他的回答是：“我本科是学道路的，研究生学的是桥梁与隧道工程”，据说他还是长安大学谢院长的高足呢。对别人的“没看出来”，他呵呵一笑：“咱长得不斯文嘛！”

姚琳是来集团半年多的新人，研究生毕业，主要负责路面工程的内业，譬如工程量统计与计量支付报表等。难得的是，他能放下身段去做一些人“不屑”的小事、杂事。评审会的会务、给专家床头放一张温馨提示卡、餐厅外的电梯服务，可能你不知道吧，人家还是“富二代”呢。

三个人中，走在“前台”的是胖杨总，他是“主攻手”， 负责攻坚指挥，每天早上八点向崔处汇报最新的路面摊铺数字、担当各种会议主持人等。虽然在汉中东就任职工程科副科长，王组长说他更愿做杨总身后的“参谋长”、“二传手”，总揽全局，搭台补台，协调各方。姚琳则要随时听从两位“上级”的调遣，在现场和管理处之间“勤跑腿、多学习”。

三个人一直比较默契，直到那次当众“呛呛”起来。

试验段与硬路肩

这是一位高个子日本人，大有建设株式会社海外事业部部长武井真一，手持相机蹲在 19 标混凝土挡墙处拍照，通过翻译得知，他想了解路面与墙根“死角”处的排水情况。

他对 19 标标头 5 公里“高黏改性沥青添加剂透水路面试验段”表示满意。这种引进日本研发技术的新型路面，具有排水、降噪、抗车辙的功能，适宜于陕南这样的多雨地区，但要解决重载交通下的耐久性问题，无疑面临巨大挑战。所以，集团公司将透水试验段放在汉中西。经“三人组”与路面 1 标的精心组织、精细化施工，透水试验段成为汉中西路面工程的亮点之一。

王建亚是在对试验段有了切实把握之后，请来了崔处。只见洒水车的水柱集中浇洒到一段路面上，造成暴雨效果。水停，一眨眼的工夫，一汪汪的注水就钻进路面沥青的空隙中，随即从路的边缘渗出，流进边沟。

2010 年 9 月中旬，集团公司靳宏利董事长来汉中西项目检查指导工作，对试验效果给予肯定。

当靳总对路面工程的另一个亮点“硬路肩”，也同样给予肯定和鼓励时，跟在领导身后的王建亚心里就是一个字：妹（美）！

2011 年 8 月，当王组长将 200 米“硬路肩”试验段向三个路面标“推介”时，许多人吃惊了：“你什么时候鼓捣出来的？”

“就这两天，新产品！”

公路建设的填方段，多年都是土路肩，不仅外观性能差、不受看，而且对养护不利，极易开裂、被雨水冲蚀，致使雨水渗透至路基。2011 年夏天，集团公司总经理王登科在汉中西项目检查工作时，“撂”下一句话：“能不能想个办法？”

从那时起，王建亚说自己“整天就琢磨这事”。

他喜欢在电脑上写写画画，于是那路肩的眉线、腰线、脚线，被他来来回回地分布、组合，有时冥思苦想，忽而又灵光一现。而这些都是在从工地返回的午休时间或者夜晚进行。座位与王组长相邻的综合组的张璇说：“中午下班铃响，见他在电脑前画着，等我吃过饭午休回来他还坐在那里画。”

“砖铺、浆砌”，是两项基本选择，他看中既具观赏性又不扎眼的灰砖，然后用透水混凝土浇筑，造价低、易操作。请路面 1 标的瓦工师傅按图操作，胖杨总提了几个建议：沿线多雨、增强耐水性。在对砖的间距、勾缝、腰线位置等“细部”一一切磋后，硬路肩成型。王组长请来崔处，“工法”也同时出台，崔处点头称许，向全线推介。

“硬路肩”凝聚着王组长的心血，也让他留有几分遗憾。

“‘勉县（武侯）互通立交桥’周边的硬路肩，如果能拼图体现三国历史文化的符号，譬如战鼓、号角、诸葛亮在定军山下积石为垒摆下的‘六十四聚八阵图’等，让游人联想起三国古战场的气势，硬路肩就同时具有了艺术观赏价值。可惜的是，时间来不及。”

“硬路肩”，已成汉中西路面工程的又一特色。

三人行，必有“呛呛”

盛夏的汉中，火伞高张，这里的热是那种带着湿气的蒸腾热，特别是在无风的日子，这汉中盆地犹如一口热锅的锅底。很多人见面经常说的是：“这老天爷，咋不下雨降降温呢？”

在这个问题上，路面三人组是十足的“反动派”。胖杨总会上会下常说：“咱给老天爷烧香磕头咧，祈求老天爷不下雨，多给咱几个大太阳天！”“越热越好！”

“温度越高，沥青路面碾压效果越好！”在摊铺现场，180℃的沥青拌和料发散出灼热气浪，“暴晒”为乐的这仨人，面、颈、双臂重重地涂上了一层乌鸦色。

其实，真正令他们着急上火的是资金与工期的双重压力。

胖杨总与王组长，就是在这时候发生争吵的。

最初只是争执，为设计方案的变更、工程款的发放，一方说，得照规矩办事、按签字程序办理，另一方说，咱这边工期紧着咧，共同推进才好，那一方反驳说，现在一时痛快，将来审计要负直接责任呐！

两人都是大嗓门，底气都超足，从不能达成共识到面红耳赤的争吵，浓重的陕西方音，哇哩哇啦好不热闹。在施工队伍面前，俩人都没搂住火。

吵过之后，双方心里肯定都不痛快，电话打破“僵局”的，是胖杨总，工作毕竟还要继续嘛！

最终修补两人关系的方式，是喝酒。公路建设，酒文化畅行。王组长说，一杯酒下肚，杨总的豪情、爽快都释放出来了。俩人约定：可以面红耳赤，但不许人身攻击；可以呛呛，但要回避众人。

过后，姚琳说他们俩在一起，经常拍肩膀、搂脖子说笑话，“啥事都没有了！”

王组长说他始终尊重胖杨总，他以“侠肝义胆，铁血豪情”评价这位“好大哥”。王组长说：“节假日他在工地度过，和弟兄们在一起，他心里踏实。对路面的质量和进度，他牵心挂肚。”

在胖杨总眼中，这位小自己 14 岁的王组长还是个“娃”：“这娃踏实、认真，责任心强，学历也好！”

典型的“互捧够友”。三人小团队每天零距离接触，目标只有一个，就是修好这条路。

“咱对事不对人咧！”王建亚事后总结这场呛呛。回到本性上来说，这两个人都比较爷们儿。

一路心语

“咱不知啥叫风景好！”

越野车行驶在上面层已经摊铺的高速路上，这是汉中平原的微丘段，夕阳斜挂，将田野的绿色辉映得层层叠叠，近处亮绿、远方浓绿，山峦起伏处则呈一种暗绿，如锦似绣，绿得摄人心魄。

坐在副驾驶位置上的王建亚，两眼直勾勾地盯着车前路面，除了接打手机，很少开口，他的注意力都集中在中分带、路肩、桥面伸缩缝及便道口。

每天上路检查三个标段的工作进度，一个来回就是两百多公里，驾驶员小赵自跟他来到汉中西后瘦了 10 斤。起早贪黑不说，半夜出车也是常事。

姚琳说：“我们最多时一个晚上开三个会，在管理处连续开了两个会之后，又跑到标段开会。有一次，白天在

路上排查交通道口，晚上开会时，崔处提出一个问题。为了抢出半天时间，确保第二天沥青作业连续，我们几个人10 点多钟出发去略阳路面 3 标，回来时已经凌晨 3 点钟了。”

姚琳说自己来高速集团“是一个误会”。研究生毕业后和几个朋友闲谝，有一哥们儿说高速集团每年能挣十几二十万。“说实话，我是冲着这十几二十万来的”。等他到了高速集团、到了汉中西，拿到工资单，才知道这话有多离谱。可是他没有选择离开，“因为这时，我对这条路已经有感情了。”

路面工程，每天忙碌、劳累，晴天一身汗，雨天两腿泥，“我那几套名牌服装都没场合穿”。他喜欢开玩笑、喜欢偏，但是几乎每晚都加班，“晚饭后打打篮球、喝喝凉啤酒、和朋友一起吹吹牛，这些对于我太奢侈了”。

“为了达到通车目标，决策层也天天在工地上晒着大太阳，崔处一天到晚在路上转”。“王组长岳母病重住院，他连夜赶回西安，这之前他已经两个月没回家了。等到我回西安时，他说‘别急着回来，多休息几天’。他说这句话，我更不能多休，工地多忙呀，一大堆事等着呢，咱得凭良心！”

胖杨总外表粗犷，心思细腻，每当经过临时管制道口，都让驾驶员汪师傅减速，拿出一瓶水，探出头递给值班员：“兄弟辛苦了！拿瓶水，给咱看好喽！”那次，王组长问他：“大哥，通车后你最想做的一件事是啥？”胖杨总脱口而出：“想好好哭一场！”

岳母住院，王组长安顿一下返回工地，此时他手机上已经有几十个“未接来电”了。他那部每天通七八十个电话的手机，是连后盖都没有的“裸机”。他说：“在工地上摔坏了，换新手机得导出 400 多个电话号码，太麻烦！”

资金紧张，沥青“断供”，崔处亲自出面协调。面对资金少、工期紧的双重压力，王组长说他的态度是不抱怨、不发牢骚，他始终相信艰难困苦、玉汝于成，经历此役，今后就不会再有比这更困难的工程了。

同样，王组长外表粗放，内心知性，笔下有文采，“放开”颇能谝。他在汉中东管理处工程科负责内业时，取得了一级注册建造师、试验检测工程师、高级工程师等资格证书，他说：“我要求自己走的每一步，都踏踏实实。”

攻克硬路肩，得到了广泛好评，王组长希望自己“每干一个项目，都有一两个拿得出的作品”。“人这一辈子，得意之作也就一两件。珍惜当下，把眼前一点一滴的小事做好，一两年以后，就会有成就感、荣誉感。”为攻克硬路肩，他曾经熬夜、加班，但是欣慰的是“时光没荒废”。

由于具有扎实的专业基础，硬路肩成型之时，QC 工法也同时“面世”。“为简单的事，费心血，花力气，人就有底气。”他说自己在工作上比较霸道，不容争辩，让标段按“既定的”去做，就是因为有这份自信。

担任路面组组长，他要求自己“把底线守住”，他赞同那句话“良心是最温柔的枕头”。上学时，他曾涉猎哲学，读尼采，“这些可以让自己安静，静下来，才能有所思、有所悟”。

来汉中 4 年多，愧对的是家人，不过最重要的是通车目标得以顺利实现。“不然，苦也苦了、累也累了，没功效，在关键岗位不作为才是最大的浪费。”他还有一个出于“情分”的考虑：不能让别人说，崔处对他们仨人“看走眼”了！

自然，也不能砸了这“锵锵三人行”的牌子。

锵锵三人行，通车之后见！

张 伟

——脚底板儿丈量征迁地

■作者 李俊兰

饭厅里见到张伟，一看就知道他又去“排查”了：面如涂炭，脑门黑得发亮，像非洲人。

这位勉县工作组副组长，几乎每天都要面对黑的话题：年长些的称他黑娃、小字辈喊他黑哥、那天管理处一位女士直接管他叫“汉中西第一黑”。

对此，张伟总是好脾气地龇着白牙笑。刚来汉中西时，对于征迁、环保他是新手，范克虎副处长说：“张伟整天就会傻笑！”于是范处手把手地教，张伟自己再“摸着石头过河”，如今一开口便数字“串烧”：“从谢家营立交至蒲镇 5.72 公里、从蒲镇至武乡 15.4 公里”。他的“管段”从 19 标至 27 标全长 90 公里，他自己也说不清走过多少来回。

2009 年 7 月，清点丈量工作全面展开。在武乡镇，他们走进一个废弃农场，没想到这里原来有个狗窝，几个人招来一身跳蚤，咬得两腿、腰部一片片红肿。“现在回想那时真的很辛苦，有人中暑、有人被马蜂蛰，怕草丛里有蛇，走路要挥动一根木棍。”

这汉中平原水系发达，修高速路将南北向的灌溉渠道、村道拦腰截断。改路改渠要充分考虑老百姓意愿。“他出行比原来绕远了，只要意见合理，咱会考虑采纳。”

建造娄子沟分离式大桥，那桥柱正对一户农家院门，老百姓说这桥柱影响风水，于是按当地风俗，花 80 元买了一面大镜子，挂在门前，号称“照妖镜”。

高压电线从几户人家门前经过，老百姓说“火龙”不吉利，于是在这几户门前砌了一堵“照壁”。张伟说：“在这些小事上，咱尽量让老百姓满意。”

那天，他和组员王建轲来到核桃湾大桥，桥下婆媳俩哇哩哇啦讲了一大通陕南话，原来是她们家老屋被征迁拆掉了，她们在指定的新址盖房，因新房地基高引起新邻居不快，产生了争执。这下他俩还得调解老百姓之间的矛盾。

张伟说最麻烦的还是老百姓阻工，有的因为赔付款没有支付到位，也有标段因为没有将损毁便道及时修复，也不排除村里想让咱租用农用车或者在村里雇工。“农用车小，一趟趟给咱运料不合算，后来他们自己就不干了。”

116 公里通车段，先后 9 次大排查，张伟和他的同事们走过一块块水田、一道道沟壑，这汉中西高速路他们是用脚底板儿丈量的。

张伟和王建轲都当过兵，至今习惯军人式思维：管理处领导就是指挥官，工作目标就像敌人，解决一个难题就是消灭一个敌人，俩人兴奋得在回程路上就哈哈大笑。

张伟说他也有落泪时，那是“西安家中有事，自己在工地回不去”。他的手机里有他 3 岁大眼睛女儿的照片。他一提起女儿便有人问“女儿黑吗？”“不黑！”张伟答得军人般干脆。

造
优
质

“适地适树”说赵军

■作者 小 鲲

初识赵军，粗犷、仗义，典型的西北汉子。记者在办公室与之交谈，40 分钟之内进出者不下五六个人，只见他两三分钟几句话就让对方连声说“好、好”退出屋外，办事干脆利落一点不拖泥带水。就是他——十天高速汉中西项目处附属工程综合工作组组长，重点负责高速公路的绿化工作。

别看他今年才四十出头，年纪轻轻就有一身的“顽症”。高血压、糖尿病，每天都是药不离身、馍片和饼干不离手。经常是到了“饭口”，来不及吃东西就开始浑身冒虚汗。来汉中西项目后，因为工作太忙还犯过两次低血糖。

履历也说不上“简单”。1991 年毕业于长安大学财会专业，但走出校门后大部分时间“不务正业”。去过陕西建筑公司，到过服务区搞建设，出任过黄延高速公路有限责任公司的首任财务科长和副总会计师、负责过西渭高速临潼立交和西宝高速立交的项目改造工作……2009 年 6 月，一纸调令：“到十天汉中西项目处报到”。他糊里糊涂就当上了项目综合工作组的组长。2011 年综合组又迎来了三位“专家级人物”——张怀德、冯浩然、高昊，分别担任房建、交通工程、机电的副组长。“人家都是房建、交安、机电的专业人士，绿化没人管自然就是我了。”于是，这位五大三粗的西北汉子便管起了绿化。

别看是糊里糊涂管上的绿化，但干起事来“聪明得很”。上任伊始，到其他项目参观学习，回来后思考如何落实交通厅和集团领导的要求、怎样结合本项目的特点做出切实可行的绿化方案？经过反复琢磨，确定最终思路，“与自然和谐，减少工程痕迹，打造一条绿色生态路”。“不栽植名贵树种，采取适地适树的原则。”他说“虽然与其他的路绿化相比，没有那种恢弘气势，但朴实无华也是一种美。”

他说，“不少施工单位对我有意见，说我‘手紧’，这可能跟我做财务出身有关系吧。我的原则是效率第一，花小钱办大事。但我对该做的事情也绝不‘抠门’，比如对减少工程痕迹的花费绝不吝啬”。有段工程在投标时是 400 万的工程量，但在实际操作中，根据不同地势对图纸进行了优化，减少了工程量，施工单位对此当然不满意了。绿化 6 标投标时工程量只有 300 万，但现在追加了 600 万，建了两个隧道广场，形成了很大的亮点，现在有不少当地老百姓到那里去遛弯、拍照。他认为褒城立交附近的绿化是自己的得意之笔。褒城立交紧邻 316 国道，国道两侧都是 20 世纪 80 年代栽植的水杉，这条路曾被评为“红旗样板路”，为了与当地景观有机地结合，他们请来了设计院的人员，经过实地考察决定在立交桥区的内侧栽植水杉，由于褒城立交附近有个大的橘园，于是在桥区的内侧又栽了许多橘树，树址和树种改变了，数量也调整了，不仅做到了与橘园浑然一体，还节省了资金。

问起他作为一个绿化门外汉有哪些心得时，他说“手生的人搞绿化，以顺眼为主，自然栽植不拘一格，就像打麻将扔出的色子，不按套路出牌”。就是这种“顺眼”的绿化风格，比起其他在建项目至今很少挨过领导的批评，这是他自鸣得意的地方。

如今他人也变得感情细腻了很多，虽到不了见花落泪的程度，但见到有人毁坏了鲜花、绿草，他就很气愤，他说“这些都是有生命的东西，谁践踏了它们我很心疼，现在才真正理解公园里随处可见‘请脚下留情’的真正含义”。他现在已俨然一个绿化专家，以前叫不出几个树、草、鲜花的名字，可现在却可以一口气说出它们的几十个名字，而且针对不同地区的绿化，还能说出个“一、二、三” 来 。

外表朴实、工作朴实的他，搞的绿化也朴实。

高昊

——温柔的“杀手”

■作者　小　鲲

高昊，1976年出生，白净、秀气的脸上架着一副眼镜，声音不大，说起话来总是笑眯眯的，让人实在想不出，他发怒时会是啥模样。

一点没看出来，他还是地道的陕北人。西北大学毕业，专业是计算机。他的履历很简单：14年都在高速集团工作，西汉路建设时他是机电组副组长。此次来十天汉中西项目担任综合组副组长，负责机电工程，干的还是他的老本行，可谓轻车熟路。但他可没有“吃老本”，他说“现在国家对节能减排的要求非常高、高速公路综合路网监控、ETC、超限检测技术开始全面应用，新工艺也逐渐增多，都需要我们干机电工程的不断学习，领悟新技术、新工艺，才能与时俱进把项目做好。”

问起他长得这般秀气模样，怎么管人时，他笑眯眯地说“工地上批评落后单位、严要求时，就再也不感觉我笑眯眯的了。”看来，这位还是个温柔的杀手。

有家单位设备材料没按期到场，人员、设备又投入不足，多次向对方提出整改，可就是没动静。这可惹急了他，“约见上级法人、罚款，再不改就清退。”前两招下来，立即奏效。以后谁也不敢跟这位文气的小伙叫板。虽然不是五大三粗、声如洪钟，但“这位杀手不带刀”。

他说高速路上的机电工程是多学科、多专业的项目，简单地说就是四个字“系统集成”，这个集成涉及到土建专业、光传输通信、计算机网络专业、供配电、照明、通风、消防、自动控制等等一大堆的知识内容，目前没有一所大学设置高速公路机电工程专业。所以要求管项目、干项目的人必须是个杂家，啥都要懂。他总说“只有自己首先吃透了，才能管好别人，否则就容易失控。”

说起十天项目的精细化管理，他说“我们的机电项目也需要精细化，比如控制箱里的走线要整齐、规范，标识清楚，否则会给后期的维护带来麻烦。”

通车的日期日益临近，此时正是机电工程的大忙季节，每提早完成一天，系统调试的时间越长就更能保证它的稳定性。尽管他很希望能多回家抱抱一岁多的女儿，可这点愿望并不容易实现，晚上八九点钟通过视频与可爱的宝宝见一见，一天的疲惫就立刻会化为泡影。 他期待着通车的那一天。

冯浩然
——美的雕琢

■作者 小 鲲

2011年10月晚8点，天已经很黑了，冯浩然才从施工现场赶回项目处，匆匆吃了碗泡面，就直奔办公室。

高大、帅气的冯浩然，作为综合组的副组长，分管十天线汉中西项目的交通安全设施。他说："交通工程说不难，其实也难，安装交通标志、画交通标线说起来没有啥高的技术含量，但这些设施都是暴露在外的，要想做到最完美，需要精雕细刻，难的就是细节。"

冯浩然1973年出生，从2002年开始就担任项目经理，一直搞交通工程，对交通工程这点事可说是了然于胸。他知道业主管理的漏洞在哪里，因此，他来到项目处做了业主后，不少施工单位的项目经理对他是又爱又恨，恨他盯得太紧没有一点空子可钻。说起角色的转换，他认为以前是被动的管理，现在是主动管理；以前自己那点任务很轻松就干完了，现在一个人负责100多公里的路段，每天都有一堆的问题需要解决，一天几十个电话，忙得不亦乐乎。

他说崔文社处长跟他见了面就是这样打招呼："把你的防眩板精细化啊"。他知道防眩板的线形非常重要，看起来必须是一条线，不能出现波浪，它们相互之间的误差在3毫米之内，肉眼是看不见的。所以安装时必须做到精雕细琢。现在通车在即，大家都在看"他的活儿"。

冯浩然晚上经常睡不着觉，既要做得完美，还要把进度赶上去，不得影响通车。他说，忙的时候一个月才回一趟西安的家，孩子想他了，岳母就说"你爸当兵去了"。他哪敢走呀，因为心里有太多的放不下。他现在时刻都在准备着，准备等到竣工那一天人们对交通工程的赞许声："瞧，那线形多漂亮！"

大嗓门监理孟庆国

■作者　杨晓梅

孟庆国对窗口式护面墙现场技术、安全进行交底

大嗓门、爆脾气，在十天高速公路汉中西段H-JC10驻地办负责的工地，人们经常能看到孟庆国的身影。尽管如此，不论是业主还是施工单位，提起孟庆国，都会竖起大拇指表示佩服。

孟庆国是山东东泰工程监理咨询有限公司十天高速公路汉中西段H-JC10驻地办的项目工程师，在汉中西项目上，他是一位普普通通的监理，在两年多的时间里，始终如一地做好每项监理工作是他全部的生活重心。

工程刚开工，孟庆国立刻进入现场，熟悉地貌并与图纸进行比对审核。作为监理22标的监理组长，孟庆国带领全组10名成员对22标全线12.15公里的水准点、导线点进行了全面复测。22标全线有33道山梁，却没有一条纵向道路，要想完成工作，就得靠徒步行走。夏秋之交，茂密的树丛，高过人头的玉米，既增加了寻找点位和复测的难度，也容易使人迷路，大家只能靠电话和大声呼唤来保持联系，疲倦是显而易见的。为缓解疲劳，他经常鼓励大家边工作边说唱，目的只有一个，那就是快乐的工作！在他的带领下，全组成员加班加点按期完成了任务！

项目建设初期，桩基础施工集中，混凝土灌注旁站任务繁重，从钻孔、成孔、清孔直至钢筋笼下放、定位、混凝土灌注，检查工序多、持续时间长、混凝土灌注时间不固定，监理工作极其繁重和辛苦。有的监理人员感觉太累就抱怨发牢骚，孟庆国主动承担夜间旁站的任务，并且在做好自己工作的同时，还认真做好监理组人员的思想工作，合理分配每位监理人员的工作任务，保证了工序检查随叫随到，混凝土灌注始终有监理人员旁站，提高了桩基础作业效率，及时处理了施工过程中出现的突发情况，保证了桩基础的施工质量。

项目建设过程中，在做好现场监理工作的同时，孟庆国还参加了项目组织的几次影响较大的活动。例如，他参与了管理处、总监办共同组织的《施工明白卡》的编制与整理工作，还参与了管理处、总监办共同组织的《精细化管理手册》的编制与整理工作等。

工程后期，由于国家投资环境影响，施工单位人力与资金投入明显不足，导致工程收尾阶段施工缓慢。2011 年 7 月份，管理处组建了 22 标收尾工程突击队，孟庆国担任队长，他带领突击队对 22 标段全线剩余工程进行突击施工。在受命当天，他召开了突击队成立与施工动员会，然后利用 3 天时间，徒步带领突击队成员对 22 标段全线进行彻底排查，将排查出的问题分类汇总，然后落实到每日的工作计划中，对剩余工程进行"蚕食"施工。因为正值盛夏，酷热难耐，有时害怕施工人员偷懒，完不成当天任务，孟庆国都是早起晚归，有时干脆吃住在现场。此外，工作中还经常遇到当地村民阻工，有合理的，也有无理的，为工程大局着想，孟庆国还主动承担了协调任务，亲自处理解决，对自己无法解决的，就及时与环境保障部门沟通、联系，有效地提高了办事效率，缓和了与地方上的矛盾，保证了工程施工的顺利进行，也使 22 标的工程收尾工作赶上了全线的步伐，为项目按期交工通车奠定了基础。

人的能力有大小，境界有高低，分工有不同，但无论哪个岗位上的人，只要能勤勉、努力地完成本职工作，他就是一个出色的人，是个应该被肯定和褒扬的人。雄伟、宏大的十天线不正是在一个个像孟庆国这样普通的监理人挥洒的汗水中铺筑起来的吗！

孟庆国按照图纸设计坡率人工挂线配合机械进行刷坡，保证坡面平整

孟庆国参观学习路基 28 标梁场建设与梁板施工

夸夸咱灶上

——管理处食堂组

■作者　李俊兰

那天，崔文社处长的一位老领导来陕南拜会朋友，顺便约请“崔处”一起在汉中一家酒店叙旧。席间，小碗浆水面端上来，只吃了一口，崔处便向老领导邀约：“下次来，吃面条到我灶上！”

又一日，集团党委办公室主任马跃陪同省里作家来汉中西采风，晚餐就在灶上。夹起一块红烧肉，马主任实言相告：“路上，我就想这口了！”

汉中西工程艰巨，但是管理处很多人却在忙碌中“发福”，究其原因，有人把账算到厨师领班杨卫新头上：“都赖他！”还有人深入分析：“灶上天天有面条吃，咱关中平原的麦子，它胖人呐！”

让众人评价灶上伙食，最常听到：“号（好）着咧！”为啥好？“有面吃嘛！”管理处职工大多来自“关中道上”， 每天中午的饭厅，就听“稀里哗啦”的面条入口声响。一大盆面条端上来，三两下就“莫”，这些关中汉子甘愿饥肠辘辘地等下一锅，还美其名曰：“吃了面上工地，心里踏实，人有精神！”

于是，这灶上每天都想着法子变换花样：油泼面、臊子面、酸汤面、炸酱面、西红柿卤面、鸡丝面、土豆肉丁面、炒面，按形状分则有裤带面、手擀面、扯面、韭叶面，称得上“面条大全”。有这样一碗面“垫底”，不光崔处敢在大饭店“叫板”，那王超副处长更是一见面条就笑的“面仔”，据说食欲好时一顿吃过八小碗。

不仅面条，灶上的金字招牌还有酱肉包。皮松软、馅鲜香，吃一个想两个，不输北京、上海的老字号包子铺。不谦虚地说，在舍得放料、皮薄馅大方面，更胜一筹。

只是辛苦了四位厨师。

这灶上的一天是从清晨 6 点钟开始的，在秋冬季节，这个点窗外还是一片黑漆漆的。早餐一般四个凉拌菜、两个热菜。厨师头天晚上切好胡萝卜片、土豆丝等存放在冰箱里，早上先烧两锅开水，案板、灶台通通用热水擦洗一遍，然后将切好的蔬菜焯水，另一位师傅将红豆稀饭、小米粥分别“煲上”。白案这边每周轮番“当班”的有炸油饼、葱油饼、麻将饼、锅盔夹辣子；煎蛋、茶鸡蛋隔天“换岗”；牛奶温热，7 点半准时开饭。

早餐一结束，领班杨卫新便开着那辆“三叉戟”，去 5 公里外的农贸市场采购。这“三叉戟”就是一辆三轮摩

托小货车，当初置办它，一图便宜、二不用上牌照。但是由于每天采买“贼高”的利用率，三叉戟不堪重负经常半路“搁浅”，令这位“杨司”苦不堪言：“我就怕半路下雨，发动机一进水就打不着火，链条也经常脱落。被雨水淋得浑身湿透有时也鼓捣不好，只能打电话找驾驶员帮忙把它拖回来。”

为节省开支，50 公斤重的燃气钢瓶灌气也用三叉戟运送。那天雨后，搬动燃气钢瓶下楼时，杨司左脚在台阶上扭了一下，当时就感觉不好，可他还是坚持开着三叉戟到液化气站灌气，回来又搬运到二楼厨房。到中午这脚面肿得就像他蒸的包子，去医院照片子：粉碎性骨折。“咱是在农村长大的，莫那么娇气，也不想给领导添麻烦”，就这样杨司一天没歇，照常每天开车出去买粮买菜。据他后来说，半年后再照片子，医生说还没长好，现在阴天下雨都有感觉，踩上一个小石头也会疼痛。

管理处六十多人忙工程，从工地回来误了饭点是常有的事，杨司说：“只要你提前打招呼，留菜留饭莫问题，咱就是搞服务的嘛。”

2011 年 4 月，“集团公司标准化施工暨精细化管理现场观摩会”在汉中西管理处召开，处领导提出就在灶上用餐。于是，在保证六十多名职工正常用餐的同时，灶上准备了百人份“六凉、八热”的自助中餐。有陕南特色菜：农家炖土鸡、跳水黄辣丁；有时令菜爽口香椿；还有小土豆、玉米棒、锅盔夹辣子，自然少不了金字招牌的酱肉包、鸡汤面。三楼会议室“装扮”成自助餐厅，就餐的是集团领导和下属各单位的处长们。餐后几位处长议论说，汉中西可以开饭店啦！

两年来，到灶上用餐的领导有陕西省交通运输厅冯西宁厅长、陕西高速集团老总靳宏利、王登科等，还有省上著名作家、北京来的客人。杨司说：“能够得到领导肯定，让职工吃好，我们心里舒服。”

有道是：“民以食为天”，从这个角度看，几位处领导忙的是工程上的事，四位厨师忙的则是“天大的事”。杨司常说“驾驶员一天不出车可以，咱少做一顿饭可不行！”这几位让职工“一顿饭”都离不开的人，平凡普通、不张扬，就像高速公路的基石一样默默奉献着。让我们记住他们的名字：杨卫新、高卫军、彭海龙、张兴超，还有餐厅服务员魏兴梅、岳小丽、胡静、吴小娇、温雅维。

工程结束后风云流散，将来一定会有人回味起曾经这里午餐时那“稀里哗啦”的饭厅音响的。

T第六章
The Sixth Chapter

决战「十天」

THE DECISIVE MOMENT FOR SHIYAN-TIANSHUI ROAD

勉县篇

MIAN COUNTY IN HANZHONG CITY SHANXI PROVINCE

勉县是三国魏、蜀相争的战略要地，空城计、木牛流马等三国故事就发生在这里。勉县城南，越过汉江大桥，有12座并列的山峰，当年诸葛亮在这里驻军镇守并大败魏军，因而得名定军山。公元234年，诸葛亮病卒于五丈原军中，蜀汉朝廷按其遗命，因山而坟，安葬于此。

这几年，蜀丞相诸葛亮听闻老冤家曹操出土、近又闻十天高速路汉中西段将建成通车，再也难耐寂寞，便也出来走走看看。走一路，看一路，听一路，到处都是高速路建设者因地制宜、群策群力、创新思路方法和技术、攻坚克难、筑路架桥的故事。当听闻现代人也有用马匹往山上驮运建筑材料的事，他很是纳闷儿：快两千年了，还不如自己当年运送粮草时设计制作的木牛流马科技含量高？细一打听，方知现代也有科技所不及和不便之处，艰苦奋斗不能丢掉。听闻一位项目经理一上任，便率领自己的管理团队，拿着图纸迈开双脚，整个标段十数公里从头到尾无一遗漏踏勘一遍，他心想，"知彼知己，百战不殆"，这与自己排兵布阵前，亲临一线、细心观察，悉数情况烂熟于心、全局在胸方才开战同出一理。听闻中铁一局一位副总工程师年过五旬、领军一路人马出任汉中西23标项目经理，诸葛丞相不免想起老战友黄忠老将……

接下来，让我们一起陪同诸葛丞相沿路在勉县多走走，领略筑路人那感天动地、可歌可泣的英雄壮举——

秦巴山水间

露天银行上的时间战役

——记十天高速公路汉中西段工程路基19标中铁十七局三公司

■作者 曾遂全

路基19标项目经理尹成生

"汉江真是座露天银行啊！" 19标段项目书记徐德富，站在贯通不久的汉江特大桥上，望着眼前的这条河喃喃自语。

2010年11月，这座汉江特大桥在十天高速公路汉中西段全线四座特大桥中率先贯通，并获得业主的第六次嘉奖和"优秀项目经理部"荣誉称号。那天，项目书记徐德富还亲自端起相机，拍下了那个值得纪念的时刻。

2011年3月，当记者踏上十天线19标段的施工现场，一切都显得格外安静而有序：工地上，偶尔还能见着三三两两的工人在忙活着工程收尾；全长1.35公里的汉江特大桥下，江水潺潺流过；河道两边，初春的微风吹拂着一片片开始泛黄的油菜花。

相较于如今的寂静，几个月以前，这里则是截然不同的场景。

工程抢在入汛前

在整个十天高速公路汉中西段，中铁十七局集团第三工程有限公司（以下简称中铁十七局三公司）承建了5.71公里路段。虽然仅有不到6公里的路段，但却涉及两县（城固、南郑）一区（汉台）和"一江，两跨"（跨汉江，跨铁路，跨国道）等众多复杂环境。接到这个任务之初，作为这个标段的党工委书记徐德富和整个项目团队都深知，这个项目并非易事。

摆在他们面前的第一个任务就是建设汉江特大桥。"作为汉中西段的控制性工程之一，汉江特大桥起点始于南郑县圣水镇，终点止于汉台区铺镇，其突出的难点就在于如何避开每年夏季的汉江汛期，而把这座全长1357米的大桥架设完成。"项目总工孙韶说。

汉江，发源于陕西省汉中市，是中国中部区域水质标准最好的大河，是南水北调中线方案的渠首。说起汉江，在徐书记眼里，它像一个"露天银行"，因为它能在枯水季节向人们提供大量的砂石，且这些砂石能在常年的洪水下能自动不断地回填，保证开采活动能年年持续。

历史上汉江洪水灾害严重，是长江支流中洪水灾害最严重的一条，在诗人李白笔下，曾有"横溃豁中国，崔嵬飞迅湍”的形容。据了解，汉江洪水主要由暴雨形成，峰高量大，夏季洪水主要发生在 9 月以前，而且往往是全流域性的。

“针对汉江的这种特殊情况，在整个方案设计时我们就考虑到避开汛期，利用枯水季节，抢工期，赶进度。”项目总工孙韶告诉记者。作为一名在公路建设上摸爬滚打了十几年的老将，总工孙韶对这项工程丝毫不敢懈怠。

2009 年 6 月 24 号，中铁十七局三公司利用枯水季，在整个汉中西全线中灌下第一根桩——汉江大桥 37 号墩。

然而，就在 37 号墩完工不久，汉江便迎来了汛期。“汛期那几个月，我们并没有懈怠，而是把主要精力放在其他路基、桥涵工程上。”项目书记徐德富说。

2009 年汛期一过，汉中西全线组织“大干 90 天施工竞赛”的活动。有着多年施工经验的年轻项目经理尹成生果断决策，加大资源投入，科学制定施组，完善内控方案，细化工期节点目标，倒排节点工期，采取日保周、周保旬、旬保月，把任务层层分解到作业队、劳务工班，确保施工生产高效有序地推进。

在“大干 90 天施工竞赛”的活动考评中，19 标项目在全线 25 家施工单位中荣获第三名，获得奖金 48 万元，奖金数额位居全线第二；加上 12 月 12 日贯通汉江主河床便道获奖 10 万元，12 月 25 日架梁获奖 10 万元，在整个 12 月共获得业主奖金 68 万元，奖金数额居全线第一。

然而，这一切仅仅是个开始。进入 2010 年 3 月，汉中地区又开始阴雨不断，虽然对河水上涨有所估计，但由于受到雨量、水流等不确定因素的影响，汉江河道内施工便道还是两次被骤然上升的江水冲毁，施工再一次面临巨大挑战。然而，此时离 5 月份完成桥梁下部结构工程已时日不多。

项目经理尹成生万分焦急，他多次组织专项工程会议，提出项目领导跟班制，要求经理、副经理、队长、技术干部昼夜跟班，对现场出现的问题，做到指挥得当、协调有力、解决及时。同时，把汉江特大桥 15—37 号墩剩余的 28 道系梁、88 个墩柱、46 道盖梁细化到两个施工作业队和 8 个班组，实行进度日报制，各作业队对当天完成的工程数量必须在每晚 6 点前报给工程部，以加强主河道桩基施工进度掌控。

那段时间，每当夜幕降临，汉江两岸的居民掩灯休息时，汉江大桥的施工现场却是灯火通明，一派繁忙的景象。“项目经理尹成生和总工孙韶每天除去偶尔睡一会儿，几乎都在现场。” 项目书记徐德富回忆说。

就是这样，经过 50 多个日夜的艰苦奋战，2010 年 4 月 30 日汉江特大桥下部所有工程全部完成。

但是，就当大家相互庆祝之时，总工孙韶的心依然没有落地。他知道，几个月之后的洪水，将会让这些所有桥下工程经受一场考验，而这场考验，受到太多非人为因素的影响。

说起 2010 年汉江的这场洪水，书记徐德富联想起此前在江西赣江上的遭遇。“那是在来汉中之前，在江西赣江特大桥项目，那年遇到了特大洪水，肆虐的洪峰硬生生地把 30 多米高的墩柱给冲偏位了。”徐德富回忆，“当时把我们急坏了，请来了全国的桥梁专家到现场召开会议，研究纠正方案。”“那样的代价太大了！”他叹了口气。

正是由于出现过这样的事情，总工孙韶心里便平添了一些担忧。在洪水来临之前的日子里，他经常会站在工地上，望着眼前这条看似还很温驯的汉江。他知道，虽然从技术的角度，自己对工程质量非常有信心，但是谁也不知道这次的洪水会有多大。

其实，他的担心后来被验证并非没有道理。2010 年夏季，陕西南部出现强暴雨，降雨集中在陕南安康、商洛、汉中 3 市 22 个县（区），主要暴雨区降雨量接近或超过 1953 年以来历

路基 19 标项目部班子成员

史纪录，为百年一遇，安康等地受灾极为严重。

当时，处在 19 标段上游的石门水库也在重重压力之下，开始泄洪。徐德富回忆，水库泄洪的短短几个小时，把 20 多米的桥墩都给埋没了。

值得欣慰的是，在巨大的洪峰面前，所有汉江大桥桥下结构都经受住了洪水的考验，最终在洪水过后的专家评审中顺利获得通过。这时，孙韶心里的这块石头才算落了地。

2010 年 8 月底，汉江特大桥在全线 4 座特大桥中率先架梁贯通。11 月 10 日，汉江特大桥实现全幅贯通，共完成钻孔桩 225 根，系梁 72 道，墩柱 205 根，桥台 4 个，盖梁 88 片，箱梁 419 片，比业主节点工期提前 10 天，再获业主单项奖励 10 万元。

真诚细致化难题

除去汉江特大桥，跨铁路和军用光缆改迁是另一个影响施工进度的因素。

跨铁路施工是公路界公认的“老大难”问题，难就难在铁路行车安全责任重大，协调关系比较复杂棘手。“在跨越铁路施工前，必须在铁路局办理相关安全生产施工许可证。铁路局批准施工计划后，要安排数个部门和相关站、段的安全负责人在现场盯守，这些部门都要进行反复协调，一个环节出现问题，整个工期就耽误了。”徐书记说。

所幸，借助中铁十七局在铁路方面的渊源，在整个协调过程中，相关人员往返西安、安康数次，最终施工许可证批下来了。眼看着 2011 年春运在即，跨越铁路施工依然在继续。徐书记说，施工一天没完，心就一天悬着。因为跨越铁路施工的难点很多，涉及铁轨、路基、通信、列车牵引线等都不能碰，一旦出现问题，影响了一段铁路的运行，那么就在间接上影响了全国铁路系统的正常运转，而这种情况如果出现在春运时期，后果将更加严重。

为此，项目团队设计了很多技术预案：万一出现落梁砸坏铁轨怎么办？万一损坏了列车牵引线怎么办？在跨越铁路施工时，项目领导制订了应急预案，否则铁路局调度部门不会批准“天窗”施工。说到此处，项目徐书记也长舒一口气：“好在赶在春运之前把这项最艰巨的工作安全地完成了。”

精细化施工成典范

进度赶在了最前列，那么质量如何？在 19 标段项目组每一位成员的脑子里，质量堪比生命。项目书记徐德富告诉记者，十七局的口号是“精品与人品同在”，“每个项目我们都会以‘安全零事故，质量零缺陷’的标准来要求。”

汉中西线的项目中，精细化施工让总工孙韶体会很深。“业主和项目团体自身对每道工序的细节要求都很高。以桥面铺装为例，业主要求钢筋网块支垫与桥面保持两厘米的距离。这种精细化的要求在原来的工程中是很罕见的。”项目总工孙韶告诉记者。

为了解决这个问题，19 标的做法是，两边轨道铺好之后，钢筋网块定位，在定位时，保持横竖 70 厘米的距离，以保证冷却之后不塌陷。另外在做支垫时，在两个轨道上搭一个长方钢，往长方钢下返两厘米，一个人拿钢尺，一个人撬钢筋，到两厘米时，下面拿钢筋头一顶。对于这种精益求精的施工工艺，后来管理处、总监办曾组织其他标段多次参观，倡导借鉴这种工艺。

孙韶告诉记者，这种绣花般的精细化施工，在他的职业生涯中留下了很深的印象。他说，通过这个精细化工程，对项目的施工队伍和管理人员在质量意识方面有很大的提高，也形成了良好的习惯。他希望，能够把这种精细化施工的经验带到接下来的项目中去。

针对 19 标段这种精细化施工，业主也多次给予肯定，管理处处长崔文社在一次现场检查中称赞 19 标在施工的现浇梁、匝道立交、台背回填、制梁场、汉江特大桥架梁等方面有很多亮点。当时，崔处长还告诉陪同的徐德富书记，今后 19 标将被列为省厅领导的必看工点。说到此处，徐书记满脸自豪。

众志成城立新功

纵使困难重重，在 19 标段所有成员的齐心协力之下，整个工期比业主提出的工期提前了一个月。2011 年 1 月 29 日，在陕西省高速公路建设集团汉中西管理处召开的年终总结表彰大会上，19 标项目再次被业主评为“优秀项目经理部”荣誉称号，并获得奖金 10 万元。至此，19 标项目在业主组织的各类评比中已六次获奖，奖金总额达 156 万元。

徐书记告诉记者，能取得这些成绩并非偶然，它源于中铁十七局三公司悠久的历史和优良的传统。中铁十七局三公司前身是中国人民解放军铁道兵第七师三十三团，组建于 1948 年，1984 年兵改工并入铁道部，改编为铁道部第十七工程局第三工程处，后改名为中铁十七局集团第三工程有限公司。公司所承建的工程质量合格率达到 100%，优良率达 95%以上，其中有 182 项被评为优质工程，有 6 项被评为国家、省（部）级优质工程，内昆铁路花土坡特大桥、京九铁路泰和赣江特大桥、上海奉浦特大桥还荣获我国建筑行业最高奖——鲁班奖。

采访即将结束时，由于前一天是国际妇女节，记者与项目徐书记和孙总工不禁聊起他们的家人。孙总工感慨地说，其实在这些荣誉的背后，隐藏着无数公路建设者家属的默默付出。他告诉记者，3 月 8 号，他又一次在遥远的汉中给妻子发了一条短信。他笑着对记者说，就这么个职业，选择了就得干下去。

或许，正是由于这种对职业的追求和不畏艰辛的精神，才让中铁十七局三公司所有项目人员能够取得如此骄人的成绩，谱写出如此动人的乐章！

打破常规创精品

——记十天高速公路汉中西段路基 20 标中交二航局二公司

■作者　曾遂全

路基 20 标项目经理秦州

如果在一个“工期紧，任务重”的项目中，十天半月大家都见不着项目经理，后果会怎样？按常人思维，通常的结果就是军心涣散，工期延误。然而，这个假设却在汉中西 H-C20 标中得出了截然相反的结果：在比其他标段晚开工三个多月后，2011 年，20 标在全线中最先完成了梁板的安装，比业主要求的进度提前了近一个月，并且在全线率先完成基础施工中所有 475 根桩基混凝土浇筑，受到了业主以及总监办的一致好评。

实践走出新认识

H-C20 标全长 14.3 公里，由中交二航局第二工程有限公司（以下简称中交二航局二公司）承建。全线共设桥梁 15 座（含互通主线桥梁），天桥 5 座，通道 22 道，涵洞 28 道，渡槽 7 道，设汉中北服务区 1 处、汉中北互通式立交 1 处，新建一级公路连接线 3.3 公里，改建一级公路连接线 5.1 公里。

2009 年 5 月 23 日，秦州直接被中交二航局二公司从渝湘高速项目调到汉中，任 20 标的项目经理。尽管上一次，他在大山里吃了整整三年的苦，但对于他来说，这一次面临的挑战丝毫不轻松。接手面前这 14.3 公里的标段，首先他要面对两个实际情况：一是整个项目的工期短，并且情况复杂；二是他要面对一个平均年龄在 28 岁左右的年轻团队，这些人都没有太多高速公路施工经验。

5 月 25 日，秦州领着年轻的团队，拿着刚从设计院领来的图纸，迈出了踏勘现场的第一步。这一步，他们没有选择汽车，而是选择了步行。从标段的开头走到结尾，整个 14.3 公里无一遗漏。

对于这种走路踏勘的方式，秦州认为很正常，他说：“因为光看图纸只是理性认识，而步行踏勘可以对整个工程有个感性的认识，同时，能够第一手掌握施工现场的大致情况，并且通过图纸与实际情况的比对，针对一些地方，可以向管理处提出合理化建议。

事后证明，这次踏勘取得了不错的成效：整个标段增加了涵洞 8 处，取消两处，并且项目部还向业主提出了膨胀土不适合填方的建议。

挑灯夜战寻对策

其实，这次步行踏勘，秦州还有另一个目的。他明白，18 个月的工期很短，而要在这么短的时间内完成项目，如果没有有效的组织，很可能会造成工期的延误。所以，他想通过这次踏勘，结合团队的实际经验，对整个工程日后各方面事宜进行前期策划。这种策划在秦州眼里，正是日后项目能顺利完成的关键。

按常理，有了这种前期策划的操作模式，过不了多久，项目部就能拿出实施方案开始施工了。但是，计划永远赶不上变化，此时的秦州并未料到，接下来的近 100 天，让他刻骨铭心。

修路征地是大多数公路工程都会遇到的。如何协调牵涉到的各种关系，对工程项目而言，属常规性工作。虽然，通过图纸和踏勘，秦州认识到了协调工作可能会遇到很多困难，但实际情况还是超过他的想象。

“协调的难点就在于，很多施工地段都是跨越水库和鱼塘的，村民在水库中养殖了大量的鱼苗，再加上水库也是附近大片农田的灌溉水源，所以初期村民阻力很大。”秦州说。

为了尽快解决这个问题，他和当地的村委领导专程走访当事村民，做思想工作，甚至用上了“白酒外交”的策略。

2009 年 9 月 17 日，20 标段终于打下第一根桩，而此时，距离他们进场已经过去了三个多月。

除了协调难题，另一个需要前期解决的问题就是如何在雨水充沛的平原微丘带，保证路基填筑的进度及质量问题；再加上要把原来的借土填方设计，变更为砂砾填筑，这都给项目组织和协调带来很大的难度。

在那段时间，秦州屋里的灯常常开到深夜。他告诉记者，那几个月的睡眠很不好，经常半夜三更起来，琢磨协调、策划和组织等事情。

创新思路保建设

人是执行决策的关键，如果人认识不到位，执行力度不够，再好的策划也会流于形式。面对团队的年轻化，秦州很有信心。他说，虽然团队年轻，很多人没干过高速公路，但是他们很有冲劲，并且愿意全身心地投入到工作中去，这在态度上就为今后的成功奠定了基础。

另外，在专业技能的提高方面，秦州也有着自己的方法。他告诉记者，平时项目部会经常组织培训，内容包括设计、技术、安全交底和解决疑难问题。首先让每位工程技术人员了解每个细节的设计意图，然后再通过他们告诉施工人员，并且要保证让每一位施工人员都了解。

秦州有时也会亲自上阵，告诉团队人员思考和解决问题的一些方法。他经常说的一句话就是：“办法总比困难多”。

针对全线施工点多面广的特点，秦州决定采用首建制的方法，以达到整个标段的标准化和规范化。所谓首建制，就是每遇到一个技术关节点，都会让一个队伍先施工，完工之后，让所有相关队伍来观摩，如果是个成功的工程，大家就会知道怎么做才能成功；如果是失败了，当着所有施工队的面，把工程砸掉，找到其中的原因，避免出现类似问题。秦州说，这就让理论培训和实践有机地结合，从而帮助我们实现预期目标。

正式开工三个月后，失眠换来的全新管理思路得到了回报。2009 年 12 月，20 标项目部路基施工从进度、质量及标准化施工均位于全线前列，被评为全线亮点工程。12 月 2 日，由汉中西管理处组织，总监办、各驻地办及全线 43 个合同段的项目经理、总工近 150 位嘉宾来到 20 标现场，观摩他们的路基施工。通过这次观摩会，管理处还将 20 标路基标准化施工推广到了汉中西全线标段。

实际上，秦州认为，自己的这些管理思路，也是受到公司规范建设的影响。据了解，中交二航局二公司在工程建设领域，坚持科学管理与文化管理的有机融合，通过导入 ISO9001 质量管理体系、ISO4001 和 OHSAS18001 标准，建立了持续改进的质量、环境、职业安全健康一体化管理体系，同时，和国际惯例成功接轨，打造了一个强劲的工程管理平台。

轻松耍出成功来

2009 年 12 月 31 日，20 标项目部所有员工都欢聚在一起，用热腾腾的火锅驱走冬季的寒意，那天，大家用欢声笑语送走了满是收获的 2009 年。

第二天一早，所有项目部人员都集合在一起，他们要用二航人独有的方式来迎接崭新的 2010 年。9 点多，他们从 20 标段的起点王家山村出发，历时 5 个半小时，再一次徒步走完全线 14.3 公里。项目各部门同时对沿途所有桥梁、小型构造物、路基施工进行了质量、安全检查，同时将发现的质量、安全问题第一时间通知作业队，进行整改，将隐患消除在萌芽中。秦州说，通过这样的活动，既娱乐了员工身心，又对工程现阶段质量、安全隐患进行了有效的排查。

可是，就在徒步走完全线的几个月以后，大家见到项目经理的机会就越来越少了，有时，十天半月才见一次。秦州笑着对记者说："我也是年轻人，也爱玩，经常出去耍耍，一般一个月回来两三次，主要是开会或者制订月计划，落实由下面的人负责。""但是这么紧张的工期怎么办？"记者反问。秦州收起笑意，严肃地说，我们有一套严格的以周保旬，以旬保月的制度。即使我人不在，项目工程部每天也会一早把前一天工程进度通过短信发到我手机上。一旦发现问题，我就会及时与负责人沟通，了解原因，提出解决办法。而且，虽然我平时不管落实的事，但一旦回来，第一件事就是去现场，召集相关人员了解实施情况。

秦州认为，组织一旦进入常规化以后，项目就不会遇到什么大问题了，即使遇到问题，也有一套有效的解决机制，而这套机制不依某个人的意志为转移。当然，问题确实没有说得那么轻松。记者后来了解到，整个20标全段就涉及两百多个变更方案，并且由于填筑的砂砾要从周边的河里起运，高峰时期，一天要200多个大车，拉一万多立方米。

2011年1月26日，20标段在全线25个标段中率先完成基础施工中所有475根桩基混凝土浇筑，受到十天高速公路汉中西管理处和总监办、驻地办的一致好评。

不辱二航人钢铁英名

作为一家多次荣获“鲁班奖”、“詹天佑奖”、美国“尤金·菲戈”金奖、“乔治·理查德森大奖”、国家优质工程银质奖、中国市政工程金杯奖及部、省、市优质工程奖的企业，秦州认为，20标段项目部所取得的成绩实至名归。

从进场布线的第一天到完成征地拆迁的喜人局面，从路基回填的快速推进到钻孔作业的艰难起步，项目部全体员工同心完成了一次充满艰辛之旅，由最艰难、最紧迫的进场征地拆迁转向了渐趋顺畅的后续施工阶段，全体员工舍小家保大家，全身心地投入，充分发扬了二航人的优良传统和钢铁素质。

修一条公路 复一片新绿

——记十天高速公路汉中西段路基 21 标陕西路桥一公司

■作者 曾遂全

路基 21 标项目经理梁栋（右一）

十天高速公路陕甘界段沿途路过的所有村庄几乎都有几个典型的变化：一些弃渣场复耕后，原来不能种或者一年只能种一季庄稼的土地而今却能种上两季；原来不宽的村村公路如今很多人谈笑宽敞了；原来由黄土筑成的沟渠现在很多变成了由水泥和石块砌成的大水渠。这几个变化在 21 标的 14.012 公里路段中，体现的尤为明显。

作为 21 标的承建方，陕西路桥集团有限公司第一工程公司（以下简称陕西路桥一公司）是一家全国建筑百强企业，拥有 16 项重大科研成果，成功建造了我国第一条沙漠高速公路——榆靖高速公路，并获国家建筑工程鲁班奖。

在整个十天线上，陕西路桥一公司已经是老面孔了，从汉中东一直干到了汉中西。虽然这次在汉中西的十几公里中，没有特别困难的工程，但在项目常务副经理刘宝平眼里，要把每一个细节做好，并得到业主和老百姓的支持和赞誉，也绝非一件易事。

弃渣场 摇身变成好耕地

刘宝平需要面对的第一个细节就是弃渣场的复耕问题。他告诉记者，原来复耕的好坏很少有人关注，近几年随着大家环保意识的提高，人们对复耕问题越来越重视，不但要解决征地问题还得要复耕好，让老百姓满意。

阳春三月，在 21 标办公室主任丁金华的带领下，记者来到了勉县宗营镇郭湾村附近的一片刚刚填好的复耕地。与周边育着小麦苗的庄稼地比起来，这块大约 30 亩（2 公顷）的土地还略显年轻。丁金华告诉记者，眼前的这几十亩地原来都是烂泥塘和低洼地，有的是荒地，有的只能种上一季水稻。

而今，这一切焕然一新。

放眼望去，30 亩（2 公顷）复耕地依山势平缓而下，构成一片小梯田，梯田周边全新修建的水渠就像一条蜿蜒的长龙穿行其间。虽然与周边的翠绿相比，这块地还显得突兀，但丁金华告诉记者，清明节过后，水渠开始放水，农民就要在这块地上开始种庄稼了，到那时，这一片都将是绿色，很难分清哪些是原始地，哪些是复耕地了。而且，这些地也能像周边的地一样，既能种水稻也能种小麦。

说话间，一位村民拉着板车路过，见我们正说这块复耕地，便饶有兴致地一同说起来。她告诉记者，眼前的这块复耕地原来是一片狭长的泥塘，当时征地并未全部征完，而是留下了一小段。看到如今复耕的情形，她觉得有点可惜，“当初应该把整个泥塘都给征了”。

能够得到村民如此高的肯定，在常务副经理刘宝平眼里，这源于业主的高标准和项目部的严要求。高标准在于进场之初，业主就对弃渣场的复耕专门请设计院进行过规划，在弃渣场的防护、排水以及复耕后的环保、绿化方面都有一系列的规范，而且，作为附属工程，这项工作有专门的水保验收和监理，一切都要按设计图纸做。

严要求更为具体的表现是，在征用这些地之前就必须把“弃土预计堆多高，绿化复耕怎么做，灌溉渠怎么修，弃土场的挡墙、防护怎么做等等，都要先向老百姓说明并得到认同才能征用”，刘宝平说。

另外，为了把 72 万立方米膨胀土改造成适合种各种庄稼的好土，21 标项目部一方面把弃土场原来地里的黑土先挖出来储备；另一方面，也向外界购买一些好土。虽然在汉中好地贵如油，要取好土很难，但刘宝平带领团队还是想方设法，甚至找一些土建公司购买好土。而且为了让这些买来的土能更符合复耕要求，还要对其进行一次施肥改良。

复耕的过程细碎而关键。必须按不同的坡度，把土填到不低于 40 厘米厚度，基本保持与周边的地相平齐，然后再进行平铺、翻松和旋耕，同时，周边再修上与之配套的水渠和田坎。

为了赶今年的春播，复耕工作从去年 8 月就开始，7 个弃土场共 242 亩（16.13 公顷）地一直陆陆续续地进行着。

路基 21 标项目副经理贺伟

村村通　旧貌换新颜

由于 21 标地处平原带，通过的村庄比较多，公路的修建避免不了遇到干扰。

就在记者来的前几天，在 21 标施工工地上发生过这样一个故事：有几户村民的房屋不在拆迁范围之内，离红线还有 50 多米，但他们认为施工造成他们的房屋墙壁裂缝，于是，阻挠施工。“其实那些裂缝施工前就有，并非完全由我们造成，但一时也辩驳不清，于是我们只有请房屋鉴定机构来做鉴定。”刘宝平说，最后鉴定结果显示，房屋主体结构并未损毁，裂缝主要是 2008 年地震造成的，我们的施工振动只是加剧了裂缝的扩展速度，并不是裂缝形成主因。最后经过鉴定协调，比较简单且都满意地解决了问题。

另外一个故事则发生在一位 73 岁的老奶奶身上。在办公室主任丁金华的本子上这么记录的：奶奶今年 73 岁，她生在巴山，长在巴山，从十几岁嫁到婆家，就爬坡、挖坑、栽树、施肥、浇水，为了一家人的生机，她硬是在荒坡上开出了这片果园。可是，自打施工的白灰线画出之后，她几乎每天都要爬到山坡自家的果园里坐上半天。

她曾经惴惴不安地问一位来测量的工程师：“同志啊！这园子可不可以给俺留下？这可是我们家的命根子、摇钱树啊！”老支书听了，在一旁耐心地劝说道：“老嫂子，这是国家的重点工程，设计好了的公路哪能随便绕弯呢？就是绕个小小的弯，国家也要浪费几十万，何况高速路绕过这片果园是急弯，将来行车也不安全。”

可是，奶奶想着果园能让家里的黑白电视换成彩色的，能攒够孙子上初中的学费，她还是犹豫了。

老支书再一次来到奶奶家，说道：“政府考虑到每个农户的困难，都给了相应的征地费，要知道，修这条路国家花了不少钱。如果过于计较个人利益，不拆房、不让地，这公路就永远修不成，我们这儿就永远是穷山沟。”说完，老支书长长地叹了一口气。

奶奶的心被深深地打动了。她取出两张照片，告诉孙子：“这是爷爷的照片。那年你爷爷进山砍柴，山高路陡，不小心摔死在山沟里。这是你爸爸的照片，因为怕果子烂掉，拖着病身子往城里挑，累死在山路上……”

奶奶的思想通了。她毅然带着孙子，提上马灯，拿上斧头，上了山。先让孙子在爷爷、爸爸的坟上磕了头，然后又下到果园，像抚摸自己的孙子一样，抚摸起那一颗颗自己亲手栽下的树，最后毅然地举起了斧头……

刘宝平说，类似的故事很多。的确，高速公路的修建在给人们带来益处的同时，确实也给沿途的一些百姓造成了影响。所以，他觉得，作为施工单位，遇到类似问题除了按政策给予百姓合理的补偿外，更多的还是要尽心竭力地处理好每一个细节。

在勉县宗营镇郭湾村的一处涵洞底下，记者看到这样一幕，原本在涵洞口有一条与其笔直成45° 角的路，而如今，却又在旁边新开了一段拱形的路。丁金华告诉记者，这种改法虽然将笔直的路变成了弯路，但也让出洞和进洞的人有一段缓冲距离，降低了出行风险。

实际上，这仅仅是地方改路的一个小缩影。在 21 标段里，这样的改路达到 18 公里，远远超过了他们路基的承建距离。而且除了这种优化弯道之外，其中还有 10 公里来自于乡村公路的扩建。比如，原来被切断的一些土路，

经过改造后要附上水泥路面进行硬化；原来四级 3.5 米宽的村村通公路，切断改造后至少会修到 6 米。刘宝平说，虽然改造后比原来的路会绕远一点，但路的质量却是大大提高了。而且有些路，地方计划了五六年，但由于资金不到位，路一直没修，我们一来，恰恰解决了他们的问题。

除了改路，改渠的事也不少。十天线是东西走向，而汉中地区的灌溉水系是南北走向。和其他地方不同的是，汉中平原的灌溉水系非常发达，就像人体的毛细血管，即使山再高，都会有相应的灌溉水渠。所以，为了保证灌溉需求，水渠的改建也花费了不少，统计下来，改渠达到了 7.85 公里。

最终算下来，刘宝平告诉记者，为了方便人行和水行，21 标的涵洞和通道由原来设计的 68 道增加到 97 道。“如果把桥也算进去，平均不到 150 米就有一个构筑物。”

21 标工程结束了，业主在文明施工、环境和进度等方面获 26 次共 541.95 万元的奖励，这是对项目部所有人员辛勤付出的回馈。前不久，刘宝平参加了汉中西段管理处组织的一次“质量回头望”活动，他看到原来项目部复耕的那些地，老百姓都种上了庄稼，绿油油的一片，充满了希望。

既无天时，也无地利，面对12.15公里的68个防护边坡，面对全线的膨胀土，面对18个月工期中8个多月的雨季，中铁三局集团第二工程有限公司（中铁三局二公司）汉中西项目部同心协力、不畏艰难，谱写出一段铁军神话。

众志成城化难题 坚韧务实迎胜利

——记十天高速公路汉中西段路基22标中铁三局二公司

■作者 曾遂全

路基22标项目经理王明

2010年7月的一天，在中铁三局二公司22标工地上，一段片石混凝土边坡出现了滑塌。项目部经理王明赶到现场，他已经记不得这是整个标段边坡的第几次滑塌了。为了治理这段边坡，“我们在里面加上钢筋骨架”，王明告诉记者。可是他没想到是，一下雨，这种钢筋骨架还是没能治住滑塌，最后没办法，不得不把这段边坡用C15片石混凝土罩住。

王明说，即使使用C15片石混凝土，也有过滑塌。出现这样的情况，就只能整段都用石头浆砌起来，然后再用混凝土做成表面，等于是用石头重新再造一个坡。

给王明造成这种困扰的是汉中地区特殊的膨胀土，这是一种吸水后显著膨胀、失水后显著收缩的高液限黏土。这种土质，性质极不稳定，常使建筑物产生不均匀的竖向或水平的胀缩变形，造成位移、开裂、倾斜甚至破坏。在22标全线的12公里当中，大多数路基和边坡都是膨胀土。在王明的记忆里，这里的膨胀土一下雨就特别黏，一点承载力都没有，人走在上面脚都拔不出来。

雨季不坐等

其实，作为一家承建过京沪高铁、武广高铁、崇遵高速、黄延高速，具有丰富经验的公司，王明刚开始认为自己的团队建设这样的路基工程并没有什么难度，但是进场不久，他就彻底改变了这种看法。

2009年5月，项目部开始进场。可是就在进场后的第二个月就遇上了长达四个多月的雨季。王明清晰地记得，那时的雨淅淅沥沥，几乎没停过，最夸张的是一个月下了22天。通常，遇到这样的天气就应当停工，而且即使雨过天晴，还得等三天，等膨胀土路面晒干后，才能继续施工。

为了不耽误工期，王明还是要求队伍强行施工。但是，由于下雨，路基边廓线的边坡底部如果挖开了又防护不上，就会出现滑塌，所以那四个多月，施工队只能做涵洞、桩基和墩柱等混凝土工程。

即使那样，难题依然存在，首要问题就是没有路。不像其他标段平行于国道，22标全线一边是阳安铁路，一边是秦岭，整个12公里全平行这条铁路，要施工就得全线修便道。可是，打便道就要用石料硬化。石料铺在地面上，一遇上雨就下陷，大车一过就碾出车辙，而且还容易翻浆，必须用石料一次次、一层层地不断往上垫。

接下来，摆在王明面前的问题是，材料怎么进来?

眼前的这条阳安铁路修于 20 世纪 60 年代，留的涵洞式过路道口非常小，22 标沿途只有四个口能进大车，而且限高 3.8 米，很多车都过不去。“没办法，我们只有在铁路口把材料卸了，再分两三个车运进去。”为此，项目部还专门做了个材料库，用来中转材料。

由于地处山区，路基还没做，整个标段的地形上下起伏。受到纵向坡度太大的影响，很多运料车和混凝土车都上不去，只能生拉硬拽。即使这样的投入，还是出不了太多活，有的时候甚至干了一天，进度也没什么变动。

王明笑着说，那时因为进度慢，在管理处是挂了名的。

旱季争分夺秒

雨季一过，22 标就打响了抢工战斗。那段时间，路基基本上是 24 小时进行，边坡防护也得干到大半夜。“我们不惜一切代价，上人，上设备，一定要把工程赶出来。”王明说，赶工的时候工地上最多达到 1500 人，几乎一根桩一个钻机，没有供电，全都是用的发电机。

那段时间，领导班子成员轮流值班，作为项目经理，王明每周也得值两个夜班。他说，值班就是整宿不能睡，必须在线上跑，而且手机 24 小时必须保持畅通，以便突发状况时及时处理。

王明说的突发情况，很多时候就是出现了滑坡。22 标段作为汉中西线防护边坡最多的标段，12 公里中防护边坡数量达到 68 个，其中上边坡和下边坡各占 34 个。膨胀土分布不均匀，有的在边坡的最上面，有的在边坡最下面以及中间都有出现。

另外在坡率方面，“其他地方的边坡一般是 1:0.75 或 1:1，咱们这儿已经放缓到 1:1.75 甚至 1:2，但是还是很难防护住。”王明说。

如今回头算算，22 标的边坡大的优化就有七八次。比如在优化边坡的坡率方面，就把一些 1:1 的坡率改成 1:2

路基 22 标项目部班子成员

或 1:1.5；另外就是优化防护形式，把没有防护的改成衬砌拱，出现滑塌之后，又把衬砌拱改成片石混凝土。总之，优化在持续进行。

为了防止滑坡，王明说，只能是及时做好雨后防护，塌方后及时处理、及时封闭，禁止地表水流进边坡地带冲刷边坡。

22 标在防护边坡的外观上也费了不少功夫，坡的顶面、底面都根据目标挂线施工，在外表收面时要求工人认真仔细。另外在养护上也十分注意，夏天盖上养生棉，然后在上面洒水，以增加强度。

与王明聊天时，记者注意到，他的办公室就是卧室，只不过简单地用窗帘和柜子拦着，整个屋子显得干净而有序。对于这种“爬起来就是工作，躺下去就是休息”的生活，王明已经习惯了。他说，为了尽早完成工程，很多人都像他一样，司空见惯。

这种抢工期的绩效就是，利用 2009 年 10 月至 2010 年 5 月这段时间，完成了整个路基挖方、填方、防护工程的 70%。

敏而好学铸新功

除了不断抢工期，王明不忘加强团队的学习。在 22 标的会议室，有块小黑板，这块小黑板是每周五晚上用来给大家讲课用的。讲课的内容就是针对项目管理和施工生产过程中存在的新问题新情况、项目管理的经验、解决技术难题的心得等等。而且这个职工夜校还有一些硬性要求，比如作为领导班子成员，必须有一个人参加，再比如无论施工多紧张，每天都必须抽出一小时的时间组织培训。

王明告诉记者，作为一家先后荣获两项鲁班奖、两项国家质量金质奖、一项国家质量银质奖等诸多大奖的企业，要保持领先地位，就得不断学习进取。

古代作战，讲究天时、地利、人和。而在22标的这场战役中，漫长而持续的雨季让他们失去了天时，难缠的膨胀土让他们失去了地利，然而，22标项目部的所有人员靠着众志成城、迎难而上的“人和”取得了胜利。

22标的路基开工比其他标都晚，但却是第一个全部做好交工的标段。王明回首这过去的一年多，感慨颇多：“回头看，这个项目真难，但通过大家的努力，我们总算挺过来了，真的很不容易！”

挡墙勾缝 岁月“勾”痕

——记十天高速公路汉中西段路基23标中铁一局四公司

■作者 李俊兰

路基23标项目经理汪胜利

23标项目经理汪胜利，习惯早起到工地转转，察看工程最新进展，也权当“晨练”。

这天早上，在堰河大桥挖方段一侧，试验项目工程师魏仁龙正同几个人在护坡前比比划划地商量着什么，他走过去看了一下。

这一看，十天线汉中西工程增添了一项精细化施工内容。

这一看之后，此地便成为汉中西管理处“浆砌挡墙勾缝技术”现场推广会的会场。

老帅征战汉中西

说到23标、说到挡墙勾缝，就不能不提这位汪胜利，在鏖战汉中西的十八路诸侯中，那是一“票”人物。

在汉中西，他的“名头”最多，有人喊他“汪书记”，有人称呼其“汪总”，还有人见面就喊“老领导”，就连管理处崔文社处长也笑称他是“老大”。这并非客气，因为他“前身”是中铁一局副总工程师兼洛湛铁路常务副指挥长、中铁一局五公司董事长、四公司党委书记，手下曾统领五千多员工。如今年过五旬淡出一线，领军四公司一路人马出任汉中西23标项目经理。

浓重的陕北方音，赤红脸庞，头顶的三千黑发已经一根根地脱落在新中国的铁道线上。除了“没进藏、没进疆”，足迹踏至大江南北，扳着手指历数参战工程：大京九、大秦铁路……中国各省的路网交通他全熟，人称“活地图”。

那天，项目部几个人到勉县办事，午饭时怎么也见不到汪总身影，半小时后，他手拿两本杂志回来了，原来去了书店。平日聊天，汪总开口便是国际国内大事、改革攻坚、贫富差距——当年台上讲话留下“后遗症”。

不过在汉中西，“老革命遇到新问题”，让汪总挠头的是“晴天一把刀，雨天一滩泥”的膨胀土。

膨胀土，号称筑路工程的“癌症”，是一个世界性技术难题。膨胀土在我国分布广泛，但也秦巴山间的陕南为烈。汪总此前征战云南等地时曾与膨胀土打过交道，但没遇到过“这样式儿”的膨胀土：“一下雨，三天干不了活”。偏偏这汉中地区雨季漫长，汪总不免为此长吁短叹：施工队的生活费要照发，每天的机械租赁费就要10万元。

23标承建汉中西主线工程7.25公里，勉县连接线4.38公里，其中10座主线桥、2座匝道桥，此外还有2座天桥、1座渡槽、40多座涵洞。正常情况下，这些活对于“老一局”算不得什么，但是自打征战汉中西以来，汪总总说“下雨，就睡不好觉”。

一夜电闪雷鸣，暴雨如注。天刚亮，大伙儿就得拿着铁锹去排水，否则若形成堰塞湖，将威胁老百姓生命财产安全。

那一次，排水工程还没完善，山上的泥土被雨水冲下，“糊”到老百姓田里，“清理了个把月”，还赔偿了当季的稻田收入。

2010 年 7 月中旬，连续降雨导致路基便道损毁，20 余处挡墙、护坡、截水沟不同程度地被冲毁，桥基、挖孔桩基础灌水，直接经济损失达 479 万元。

施工便道泥泞难行，导致挖掘机、混凝土罐车、吊车等机械难以进入施工场地，“轮子在厚厚的泥巴上打滑”，严重影响施工进度。

工期拖延，业主自然不满，那次崔文社处长来项目部开会，提出批评，汪总说自己头上直冒汗。一边怨恨：“这土质太烂！”一边自嘲：“不骂不进步！”

打抗滑桩固边坡、掺白灰“改良膨胀土”、倒排工期、责任到人……2010 年 12 月 25 日，23 标克服重重困难，终于，互通主跨线桥全幅胜利合龙，10 座大桥全部架通，捍卫了“老一局”的荣誉。

汪总说：“干了一辈子工程，汉中西最难干。”

他常说：“咱大单位，丢不起人！”于是，项目部的各项管理工作从严要求，从内业档案到宣传资料、工地标语牌，均井井有条。

但是，他没有想到，平地冒出一个浆砌挡墙勾缝技术，竟在这卧虎藏龙的汉中西“炫”了一把，为中铁一局赢

得新的赞誉。

“勾缝师傅”全线教学

魏仁龙是“铁二代”，他的父辈参加过阳安铁路、广汕铁路工程建设。他自己参加工作15年，在大京九线湖北麻城铁路边坡施工时，他就尝试过让挡墙勾缝美观一些。他说：“过去，这道工序没人重视，基本上都是乱勾缝，讲究一些的就做细致一点。”

2010年4月，那是汉中平原油菜花海接天连地的季节。汉中西管理处一直强调的精细化，被这位不善言辞的陕北汉子装在心里，他琢磨的正是“咋样把这挡墙缝子勾好？”于是在堰河大桥边坡旁，与高明辉、李凤萍、王庭庭、李秀萍几个人鼓弄起来。没想到，刚一起步就被到工地转转的汪总发现，并参与进来。

魏仁龙说，边坡挡墙选用的片石要平整、有强度，用细砂浆砌好，凹缝比石头低1厘米，而他自制的工具“压子”，将钢筋砸扁刚好是1厘米。

凹缝规范，颜色才漂亮。他们尝试过给凹缝涂白色，但是缺乏立体感，“我们图省事、图便宜，若用黑墨汁，效果不错，但是下雨掉色”。汪总提议用黑漆，不掉色，试验结果是有光泽、美观，但是风吹日晒“掉皮”。再试验，黑漆＋橡胶水，比例为1:0.3，终于大功告成。

汪总连声称赞“好看！”施工步骤也总结出来：砂墙面用砂浆抹平——“压子”压出凹缝——“溜子”压光——刮毛——描漆，一套新技术产生。

总监办高级驻地魏威对此事给予热情扶植和大力支持，首先在他负责的22标至25标范围内，主持召开了小型推介会。

5月初，23标常务副经理邵海瑞通知魏仁龙：汉中西管理处全线的现场推广会在堰河大桥举行。那天，崔文社处长、宫建平总监理、全线25个施工单位的项目经理和总工，齐聚23标“示范墙”前。魏仁龙和他的伙伴们不免有些紧张，邵副经理叮嘱：“平时咋勾还咋勾，每道工序都做仔细点就行！”

推广会上，崔处、宫总先后发言，均对这项技术和“这种精神”给予肯定和表扬，并由此提出：挡墙勾缝全线统一标准，规范化施工。

23 标赢得一项美誉：“样板缝子”。

可是现场会后很快就接到一些单位反馈，回去照做了，但是“勾不成”，没有那效果。管理处领导研究决定让 23 标魏仁龙等人登门送“技”，全线“教学”。

汪总派出一辆奥拓，每日接送这几位“缝子师傅”到各项目部传授技术，略阳段山高路远就住旅店，这让他们有一种兴奋感。

那“压子”、“溜子”都是用钢筋自制的工具，简单实用，多带上几套上路，教技术，还送工具。传授技艺毫无保留：墙面片石图案错落着好看，压缝时稍稍倾斜一点就有立体感……魏仁龙夸赞“徒弟”们：“真有灵光的，一看就会！”

很快，管理处颁发红头文件，奖励 23 标浆砌挡墙勾缝技术 10 万元。

那一天，现场见到魏仁龙和他的伙伴们，打个“地锚”、套根绳子正弯腰在一面斜坡上，几只压子、溜子散落在工具袋旁的草地上。

汪总说，窑洞就是石头码的，我们陕北汉子都会砌石头。

但这次，在十天线汉中西段、在国家重点工程上，“陕北汉子”却砌出了名堂。

汉中西工程结束后，十几万筑路大军势必风流云散，但是这一面面几何图形的浆砌挡墙将永久地留在汉中平原和山城略阳的隧道口、大桥下，向往来行人无声地讲述一个平凡的“勾缝”故事。那一道道勾缝虽然细小、不起眼，然而它却是辛勤的纪念，是岁月的留痕。

“只争第一，不做第二”

——记十天高速公路汉中西段路基 24 标中交二公局东盟营造公司

■作者　李俊兰

路基 24 标项目经理李建强

在风景秀丽的天荡山风景区，有个干净整齐的院落被满目绿色簇拥着，这就是十天高速公路路基 24 标项目经理部。工程已近尾声，喧嚣已然退去，只有公司的旗帜在微风中飘动。

承建十天高速公路路基 24 标段的东盟营造公司曾有过骄人的业绩，沪宁、杭甬、安川等众多的高速公路建设留下了他们的辉煌，名声大噪江浙高速公路建设市场的东盟营造公司，此次却接了一个棘手的工程。他们承建的路基 24 标段地处山区城乡结合部，工程施工需要穿过厂矿企业区、居民区以及农民自办的农家乐度假区，尽管东盟营造经验丰富，但如此庞大的拆迁工作量却使其一筹莫展。此外，24 标负责承建的隧道是全线从平原过渡到山区的第一条隧道，过渡地段都是土山，山体矮且遍布松土和软质千枚岩，施工过程中最容易塌方，风险可想而知。面对这样复杂的一个工程，项目开工三个月后，第一任项目经理即被公司调离，重任落在了有过山区公路建设经验的项目经理李建强肩上。

李建强走马上任，习惯了接到项目后独自前往实地查看地形的他，完全没有想到，情况比他预想的还要糟，李建强告诉记者：“那天下着雨，我撑着伞，当走完前半段，我想应该可以看到主线了，但是看不到，红线里全是房子，而且都是‘5·12’地震后盖的崭新的房子，居民、厂矿、农家乐，还要经过天荡山风景区，协调拆迁之难一看就心乱。当时我对队伍不熟悉，进场已经两个月了，我们经理部的管理人员还在临时简易棚子里吃饭，还住在临时驻地。从驻地建设到队伍选择，前期都缺乏统一安排和全面部署。当时其他标段的梁都开始预制了，而我们还停留在起点。施工场地内杂草丛生，我来到这里的第二天晚上，管理处开会，因为建设速度太慢，把我们 24 标严厉地批评了一顿。”

尽管工期紧，任务重，进度落后，李建强并没急于大干，而是着手项目策划，他知道山区项目最重要的是前期策划，用他的话说：“我宁可第一个月坐在办公室里研究方案，也不为抢时间盲目干。先策划，后实施，研究透了争分夺秒干。”李建强把自己封闭在办公室里，用一星期时间写出详细的工程策划书，其中列出了工程的重点和难点，分析地形地貌、剖析优势劣势，寻找可利用资源，甄选有山区施工经验队伍的标准，他知道，这些看似微不足道的细节，却在项目实施过程中关乎成败。

做好了最基础的准备工作，李建强和他的 24 标将要面临的艰难险阻才刚刚开始。

路基 24 标项目部班子成员

百折不挠治滑坡

24 标承建的三条隧道，长度都在 250~330 米之间，经验告诉他们，隧道越短越不好施工，而且从平原过渡到山区的山体通常比较矮，山体覆盖层非常薄，几乎全是土，施工过程中极易塌方。遍布在山体上的软质千枚岩，看起来是一片片的石头，实际上非常薄，一掰就断，遇水则变成泥。由于特殊的地质环境，这条隧道是全线工程中邀请专家论证最多、召开研讨会次数最多的项目。尽管有着丰富经验的铁路隧道专家都皱起了眉头，但施工企业却别无选择。面对一不能用炸药，二不能用挖掘机的复杂地质环境，李建强决定采用最原始的人工挖掘方式。于是，作业面被分为三层，最上层的工人手拿羊镐一点点刨，刨进十几米后，将洞口固定住了，再用挖掘机。尽管李建强戏称“这个地方省炸药”，但工程进度非常缓慢。正常情况下，机械作业每天可掘进 2~3 公里，而现在一天只能掘进 50 厘米，15 名工人倒班在现场作业，一个月也只能掘进 7~8 米。由于分成三个台阶作业，第一层台阶上的工人连腰都无法直起，第一层挖好后，立上工字钢，喷混凝土进行固定支撑，才能继续挖中间层，难度如此之大的工程，考验的是项目负责人的智慧和执著。

尽管计划周全、预案详细、措施得当，在施工过程中，仍然出现了一次又一次的险情。施工之初大家准备在山边修整出一块平地做料厂，刚挖到一米多的时候，整个山体轰然而下，50 多米的古滑坡牵一发动全身。为解决滑坡问题，24 标的工程技术人员想了很多办法，如坡面加固、打抗滑桩，结果，连抗滑桩都因山体拉开不断向前移动，于是一个不行，再打第二个、第三个，终于，滑坡问题在不懈抗争中被征服了。

2010 年 9 月的一天，管山梁左线隧道正在施工，换班时间，工人们都在洞外吃饭，挖掘机还在作业，突然，洞内支撑的工字钢发出“咔咔”的响声，挖掘机的驾驶员感觉不对，便迅速将机械开出洞外，刹那间，距离山顶 56 米的山石一下全部坍塌下来，所幸没有人员伤亡，但处理这起地质造成的意外，却耽误了近 3 个月的工期和进度。

路基 24 标项目部全体成员

2011 年除夕之夜，本是鞭炮齐鸣、家人团聚的时刻，李建强却带领着他的团队仍然奋战在施工现场。

大爱通心助拆迁

拆迁，是工程建设者最头痛的事。利益，争执，冲突，劳神，磨人，耗时。与以往不同，此次拆迁更多了一份心痛，眼望着一排排重建不久的新房——那不仅仅是一般意义上家的承载，更是“5·12”大地震之后，抚平当地农民伤痛、重燃生活新希望的火苗。可如今为了国家道路建设，刚刚住进去不久的新房就要被推倒，怎不心疼？这份难舍之情，感同身受。李建强带领负责拆征的人员，用人世间最美好的情感——无疆大爱，化解愤怒，解开心结，全力帮助百姓，重建家园，获得了当地百姓的理解和支持。

李建强回忆当时的情景：“凡是红线内需要拆迁的居民户、建筑物、厂矿企业、农家乐、鱼塘等，我们都逐个统计。统计完后，我们马上开会讨论研究，然后几个领导挨家挨户了解情况做工作。当了解到不愿动迁的原因：有的是赔偿款没到，有的是赔偿标准老百姓不接受，有的厂矿企业还没进行损失评估，另外桂花基地到底值多少钱、经济林赔偿没有标准；还有就是虽然当地政府很支持，赔偿款也给了，但如果房子拆了没地方住，盖房找不到宅基地，那问题一样得不到解决。”

了解到这些情况后，项目部积极寻找宅基地后，派出机械、人员、车辆，帮助百姓挖地基、盖新房、搬家。尽管如此，当看到房子被推土机推倒之时，老百姓还是眼含热泪。黄家沟的王书记曾是一名军人，他抑制不住眼泪对李建强说：“国家修路我们要支持，老百姓的感受我也能理解，我们村委会承诺，除国家给予的拆迁补偿外，我们再给老百姓一定的补偿。”听了王书记的话，李建强感动地拉着王书记的手：“感谢你们的支持，这个补偿由我们项目部来出，我们尽量多给乡亲们一些补偿。”这一刻，情感的交融发自内心。

拆迁过程中，有这样一个故事：一个三口之家，儿子当兵在外，家里只有老两口居住。老人难离老房，不肯搬家，坐在爆破现场阻止施工。为了老人的安全，施工作业停了下来。施工负责人代本祥了解到老人家的情况后对老人说：“施工这两年时间，我就是你们的儿子，家里的活交给我！”果然，老人家里多了一个挑水的身影，重活累活，代本祥下班之后就来干，风雨无阻。看着这么好的年轻人，老人流泪了，他们不再阻挡施工，连拆迁补偿款都没要就搬走了。老人搬走之后，代本祥依然有空就去帮老人干活，买水果看望老人家。李建强说：“人心都是一样的，只要你真心付出，矛盾是可以化解的。”

“要想富，先修路，小路小富、大路大富、高速路快富”，讲出这些修筑高速公路、拉动一方经济、造福一方百姓的道理很容易，然而李建强要的是从百姓切身利益出发，在修大路的同时，尽可能帮助百姓改路、改渠，解决他们的实际困难。一年前的这里还是另一番景象，而如今，项目部出钱出人出机械，帮助百姓把原来晴天一身土、雨天一身泥的土路变成了水泥路，而且修到各家院门口。水库后面的山上，一个农户承包了核桃林，以前只能推着小推车上山收果子，现在开汽车上下山。百姓动情地说，如果不是李建强他们这个项目部，俺可能要一辈子走土路。

精细化管理保质量

施工过程中，为确保工程质量，24 标更是宁可增加成本，也要坚持严格而精细化的管理。项目部采用先首鉴、后推广的作业方式，例如在挖桩之前，先对每一个挖桩地点进行详细勘测，能不能挖？怎么挖？都与经验丰富的施工队负责人一起研究，先挖一个桩作为样本，全面了解周边地质情况后，再进行大规模挖掘，这样可以避免不必要的浪费和损失，也可以节省时间、加快进度。李建强将自己的施工管理经验整理成一套项目管理规范，从项目部的视觉识别系统，到制度、规范、精细化管理、标准化管理，共分为 7 大模块，76 个规范，涵盖了项目策划、生产组织、技术质量、合同成本、物资机械、安全环境、行政后勤等全部操作流程，这本实用性强的技术规范，成为公司培训的专业化教材，并在中交二公局全面推广。

严格执行项目管理规范，有利于企业制度化管理。在施工过程中，李建强制订了清晰的项目现场管理规范，总工程师、质检部长、现场工程师各负其责。为确保质量，项目部要求每个工艺都要填写流程认可单，详细注明采购原料、检测数据、重要性级别，并据此进行考核和出现问题后的追责。曾经做过工厂质检部主任的李建强，将这一工厂质量流程化管理的方法运用到工程建设当中，确保了工程进度和质量。

越是赶进度越要保安全。安全部采取了组织识别施工现场内的危险源并进行危险等级评估、制订应急预案和措施、对安全防范进行研究等措施。如挖桩孔，施工结束之后要围挡起来，以防有人不慎跌入；施工地区附近医院的急救电话人人都要熟记于心，以便出险抢救。为最大限度降低和转移风险，项目部还为施工队人员购买了意外保险。有位项目经理这样说过：“不出安全事故，就是在为企业节约成本、创造效益”。

24 标全体人员平均年龄 28 岁，是一支朝气蓬勃、敢想敢干的队伍，尽管他们还需要时间去历练自已、积累经验，但他们勇于拼搏、锐意进取的精神，使他们拥有了最大的财富。这些年轻人用爱、用热情、用智慧、用拼搏完成了一个个看似不可完成的任务，他们用行动展示了东盟人的风采，那句响亮的口号——“只争第一，不做第二”透出的豪迈与信念，必将使东盟走得更快、更远。

百折不挠创奇迹

——记十天高速公路汉中西段路基25标中铁五局四公司

■作者 王 蕊

路基25标项目经理余小林

项目经理余小林，四川南充人，重庆交院毕业，从事交通工程建设28载，做了十多年项目经理，兰州—武威高速、乌鞘岭隧道等道路工程建设都留下了他的足迹。此次在十天高速公路第25标段的建设中，他和他带领的团队更是作为进度最快、业绩突出的标兵单位，再次展现出他们不畏艰险、顽强拼搏的亮丽风采，圆满地完成了施工任务，并多次受到业主单位的表彰。

运输马队请上山

25标负责承建4.7公里路段，其中桥梁占到了3公里，包括控制性工程——1.88公里长的咸河特大桥，空心墩达到49个，最高的空心墩高达59米，整个标段建设场地处于平原到山区的过渡段，土质松软，加之该地区处于地震带，在进行土建施工时，很容易发生滑坡，桩基施工异常艰难。由于桩基设在山坡上，无法修便道，施工材料只能采用最原始的方式，一点点靠人背肩扛，但是如果一直采用这样的方式不仅人力难以持续，速度也太慢，难以保证工程进度。余小林正在一筹莫展的时候，他打听到，附近山区一个偏远的小村子里来了一支从四川来的运输马队，刚刚卸下货物准备返回，他二话不说，跑去租下了十几匹马用于运输。于是，在施工现场，出现了这样的场景，一匹匹马驮着施工原料艰难地爬上山坡……他们就是这样，想方设法，克服困难，争取时间。

百折不挠克顽石

然而困难才刚刚开始，在桩基施工过程中，25标的施工非常艰难。由于是群桩，桩基数量非常多，又是处在片岩、千枚岩地质中，最初施工的工具采用冲击钻，项目部采购了8台400千瓦的发电机用于冲击钻供电，每天仅油费就2万-3万元。更让人挠头的是由于石头异常坚硬，冲击钻不但打不进去，还吸锤，每天24小时的进度只有20-30厘米。为了解决这个难题，项目部又从外地定制了锥型锤，试用效果也不理想，接着他们又尝试采取正循环和反循环钻机，还是不行，最后从总部调运过来一台直径1.8米钻头的悬挖钻机，先用直径1.2米的钻头挖，挖下去后再用直径1.8米的钻头挖，实在挖不动了再用冲击钻冲，就这样，几种方法结合使用，终于突破了难关，加快了进度，保证了施工计划的顺利进行。

综合治理古滑坡

25标负责施工的桩基还有一个特点，以桥为主，整个工程是顺着山边走，有些桩基在半山腰上，由于受地形限制无法建梁场，只好将梁厂建在山脚下。然而怎么把做好的梁运到山上再安装到50多米高的桥柱上，在陕西根本找不到完成这项工作的工具，新的考验又接踵而来。经过大家集思广益，他们决定自己动手，花 400 万元制作了一个可以提拉 150 吨重、提升 60 米高的自动提升龙门机，有效解决了施工难题。

除桥梁施工的难点之外，隧道施工也面临着前所未有的困难。尽管 25 标负责承建的隧道仅有 800 米长，隧道施工本身的技术难度也不大，但由于受施工的季节和气候影响，加之该地段地质复杂，隧道的出口又遇到一个古滑坡，工程进度受到影响。项目经理余小林无奈地告诉记者："2010 年 7、8 月份下大雨，当时大桥的墩柱都已经完工，在准备架梁的时候，技术人员对墩柱进行了施工前的再次测量检查，发现沟底的墩柱偏了，当时就把大家吓傻了，不可能啊！之前，在项目规划设计和勘察选址时并没有发现，怎么会出现这种问题，这是从来没遇到的问题。大家开始找原因，请专家进行现场勘察论证，最终发现隧道和桥都处在古滑坡上。"

针对出现的新问题，技术人员立即会同有关专家和管理部门，根据当时的地质情况，提出了"抗"（增建抗滑桩），"填"（反压回填），"毁"（毁桥重新做路基）等几种解决方案。经过 3 个月的现场研究、钻孔勘察和论证，最终确定了增建抗滑桩、沟底反压回填、桥台加固等治理方案，整个古滑坡的变更治理总共花费了 2000 多万元。

洪水来袭巧避害

2010 年 7–8 月，在咸河特大桥施工过程中，汉中爆发了百年一遇的洪水。那天晚上八九点钟，洪水来势凶猛，山洪夹杂着从上游冲下来的树木和杂草将便桥堵死，水位迅速上涨，洪水瞬间就把十多吨重的钢便桥冲走，梁场和施工驻地都淹没在洪水中。涨水的时候，有十多个工人还在隧道里打钻，由于每逢下雨的时候，按规定项目部都会安排专人巡逻，因此发现险情后项目部迅速组织人员撤离。当时便桥已经被冲毁，人员根

本无法撤离险区，只好组织工人先往上游走，到达水量小的地方后，用吊车把工人吊到安全地带。洪水过后，梁场和施工驻地一片狼藉，到处都是五六十厘米的淤泥，项目部全体人员用了两天的时间才将施工现场清理完毕。就是这样的洪水灾害，在施工的七八月间先后出现过两次。

如此复杂的地质环境，如此大的施工难度，如此难以预料的突发事件，考验的是项目部的施工策划、组织管理和应对能力。项目经理余小林坦言：“我干了28年的工程，当了十几年的项目经理，这么复杂的问题还是很少见的。这就对整个施工过程中施工方案、施工节点的控制要求非常高，任何一个节点出了问题，整个标段的工作将前功尽弃。因此，我们在施工前期做了充分的准备，重点抓施工方案的制订，抓施工流程、施工组织，合理安排施工时间等，根据方案倒排工期，做到了计划合理、管理到位，组织安全有序。”

的确，由于25标承建的咸河特大桥施工难度大，被业主单位列为控制性工程。后来，看到25标段的施工组织能力、施工进度以及施工质量，完全放心的业主将这个桥梁变更为非控制性工程，这是一种肯定，也是一种信任。

让余小林感触颇深的，是管理处给予他们的全力支持，这与他们取得的成绩密不可分。余小林告诉记者，从工程一开始，管理处就非常重视，成立了工作组，对施工单位遇到的问题和困难，都给予积极的配合与帮助。不管是什么事，不管是什么时间，只要是项目部一个电话，他们都会在一个小时内赶到现场，帮助解决问题。

25标段提前圆满地完成了任务，百折不挠是余小林和他的团队克难制胜的重要法宝。

当历史进入到21世纪初的2009年，陕南这片热土，再度成为筑路大军鏖战的演兵场，十(堰)天(水)高速公路汇集各路精兵，拉开了大战的序幕。在陕南地区汉中市一个高山环抱的乡镇里，有一支队伍以“愚公移山”的精神跨越重重阻隔，开辟出一条陕南道上的“标杆路”。安全管理、文明施工、科学规范成为业主赞扬的口头禅，工程质量、文明施工、综合测评、信誉评价连连突出重围，拔得头筹。他们就是中铁十一局二公司十天H-C26标项目团队。

铁军“亮剑”十天线

——记十天高速公路汉中西段路基26标中铁十一局二公司

■作者　杨晓梅

路基26标项目经理魏超

走进十天高速的日子正是踏春的好时节。漫山的油菜花已经在阳光下绽放着娇嫣的身姿，农家屋前、秦巴山上的杏树早已按耐不住春的召唤，粉白的花朵娇媚动人。中铁十一局集团第二工程有限公司(以下简称中铁十一局二公司)承建的十天高速H-C26标段，就掩映在一片油菜花和杏花丛中。

在这美好的春光里，我们踏进了位于309公路旁的26标项目部。一进小院，外边那春光美景便被院里紧张的气氛所取代。刚刚落座，项目经理程定祥的第一句话便是：“在工地我们没有节假日的概念，说实话，也没有心情去欣赏美丽的风景。春天正是干活的黄金季节，我们必须要在雨季到来之前加班加点连轴转才行！”

跨步进场　开局争先

2009年5月，征战多年的项目经理程定祥接到公司一纸调令，火速上马十天高速公路，他毫不犹豫组织精兵强将开进陕南这片热土。开工伊始，业主要求：一要上得快、上得猛、上得好、跑步进场，要创造条件早开工，边安家边生产，施工生产两不误；二要高标准、高质量、高效益。临时工程标准高，正式工程标准更高。公司要求：上的快、干得好、重质量、争信誉、创效益。为此，程定祥带领他的团队以铁军的精神在进场仅一个月取得的成绩就受到业主的高度赞扬：铁军别样红。

2010年3月，程定祥因有新任务，公司将其调往其他项目。“半路经理”魏超被公司精挑细选上任该项目担任项目经理。对这突如其来的任命，有人替魏超捏了一把汗。十天项目可谓“先天不足”：地理条件差，所有的桥隧均处河缘山边，施工相当困难，并且工期短，任务重，所有施工材料涨价，总体亏损的可能性很大，接手此任务无疑给自己套上了“紧箍咒”，付出的时间和精力难以想象，况且要是干不好，不仅声誉扫地，公司受损，自己还要担很大责任。“明知山有虎，偏向虎山行”，这个烫手的“山芋”魏超还是勇敢地接了。一向敢闯敢干的他自此担起这副“经理”的重担。

场地狭窄 精卫填海

26 标合同段地质复杂，结构疏松，极易塌方和滑坡。陕南的雨季时间长，雨势凶猛，容易形成山洪。

为了减少环境造成的不利影响，进场初期，26 标项目部几经勘察，终于在两山夹一沟的狭窄地方找到 309 道路旁一个农家小院，作为两年号令三军的指挥所。项目部的住所问题总算解决了，可在这么狭小的空间里，梁场建在哪里？ 26 标段所处位置一边是山一边是河，高速主线位置多处于沟和河道中，项目部组织人员多方勘探、调查，实在找不到一块开阔的地方建梁场。时间一天天的流逝，项目部领导班子看在眼里，急在心上，怎么办？梁场建不起来，何谈工程进度！思忖良久，“精卫填海”的故事浮上魏超的心头——“填”！一声令下，机械、人员换班不停工，用了一周的时间，在一片山洼地里填了两万多立方米土，硬生生的“填”出了一片主梁场。

项目部、梁场的问题都解决了，可是真正的硬仗才刚刚拉开序幕。

暴雨袭来 众志成城

26 标的施工路段中，七里沟隧道设计为单洞分离式隧道，左右线间隔 24 ~ 27 米，属短隧道，净空 11.25 米 ×5.20 米（宽 × 高），左线起讫桩号为 ZK404+460、ZK404+810, 全长 350 米，Ⅴ级围岩 299 米，Ⅳ级围岩 40 米，明洞 11 米， 左线进出口均位于 R=1040 米圆曲线上；右线隧道起讫桩号为 ZK404+395、ZK404+810，全长 415 米，Ⅴ级围岩 325 米，Ⅳ级围岩 70 米，明洞 20 米，右线进出口均位于 R=790 米的圆曲线上。

断层宽约 30 米，对洞口的稳定性和隧道施工有较大影响。隧道前连陈家沟大桥，后接焦家沟大桥，位置独特，是两座大桥桥台施工和架梁的唯一通道，也是全线的重点控制性工程之一，它能否按期顺利贯通，直接影响着 26 标项目部的整体施工计划，也会影响汉中西项目的整体进度！

路基 26 标项目部班子成员

在七里沟隧道的相关文件中，我们看到了这样一段文字："七里沟隧道进口上方是残坡积含碎石粉质黏土，下伏强风化绿泥石片岩，左线进口强风化玄武玢岩，右线进口混碎石粉质黏土。"

从这段文字不难看出，要打通这条隧道，难度就在"残坡"、"碎石粉质"、"强风化"上面。面对这样的破碎不稳定山体，怎样才能按期安全地打通隧道?

2010 年 7、8 月份，汉中地区连遭 3 次强暴雨袭击，26 标合同段路基上边坡多处滑塌，箱梁预制场被淹，七里沟隧道右线进口山体滑塌。面对暴雨的袭击，业主着急了，监理头痛了，可合同段参建人员的信心却没有受挫。

没有天时地利，26 标却有人和的法宝。经理魏超以过人的魄力，带领项目部全体成员，众志成城，与暴雨、洪水进行了顽强的斗争。

2010 年 7 月 16 日晚上开始的暴雨，一直持续到了 17 日早上的 5 点。那天上午，施工人员发现右边隧道进口的仰坡上，出现了一道细细的裂缝。裂缝距离隧道口大概 8 米，横向延伸长约 5 米。发现这一险情后，项目部立即组织施工队对裂缝处进行喷锚防护处理，并进一步观察记录。

7 月 18 日未发现异常，可到了 19 日上午，原来进行了喷锚处理的裂缝处再次开裂，并且裂缝长度由原来的 8 米延长到了 13 米。

问题越发严重，大面积的坍塌，随时可能发生……

7 月 19 日晚，整个坡面全部滑塌。宽 21 米，高 10.2 米，纵向斜坡长 15 米的滑塌，将施工完毕的七里沟隧道进口套拱全部压垮掩埋……

接到七里沟隧道进口山体发生滑塌的报警后，26 标项目部应急救援领导小组立即启动《坍塌施工现场处置方案》，项目经理魏超、书记穆飞军、副经理邹辉、总工于洋带领项目各部室主管及现场管理人员，立即赶赴施工现场。他们当机立断，机运部孙立海安排了 3 名专职电工增设施工现场临时照明设施。工程部赵卓、唐华安、储召启，安质部李明波、袁金柱，试验室田云、罗文安对塌方情况和存在的安全隐患进行现场初步查勘。应急救援疏导组由项目书记穆飞军带队，将现场施工人员疏散至塌方范围外 50 米的地方，并在塌方体下方的 309 省道靠近山体一侧，挂设了安全警戒绳；两端分别增设了装载机 2 台、交通警戒人员 4 名，确保了 309 省道通行不受影响。

在项目部组织人员紧急抢险救援的同时，魏超将七里沟隧道右线进口塌方事故上报给十天高速公路汉中西管理处和中铁十一局二公司应急救援指挥办公室。

7 月 20 日凌晨 3 点左右，紧急抢险告一段落。这次滑塌虽大，但无人员伤亡，也没造成位于塌方体下方的 309 省道的堵塞和破坏。

7 月 20 日清晨，魏超再次带领工程部赵卓、唐华安，安质部李明波、机运部孙立海、测量队王明哲、试验室田云、物质部冯超、计划部袁俊，对滑坡情况及损失进行详细查勘，对受损物体、机具进行查勘；副经理邹辉带领李明波、孙立海对现场存在的安全隐患进行了一次详细的排查，清除了安全隐患，确定了临时安全防护的增设；项目书记穆飞军带领办公室、财务部、协调办对第三方受损情况也进行了核定，对抢险所需物资进行了增补。测量班王明哲组织测量班人员对七里沟隧道及山体位移情况继续进行观测。

因为应急方案完善、处置得当、人员部署合理，使这次隧道口坍塌事故得到了最快、最有效的处理，并且没有耽误一天的工期。26 标按时按质完成了七里沟隧道的贯通。

开工必优 一次成优

自 2009 年 9 月 20 日进洞到 2010 年 5 月 28 日止，中铁十一局二公司 26 标项目部以"不畏艰险，勇攀高峰，领先行业，创誉中外"的理念，以"开工必优，一次成优"的管理目标，精细管理，文明施工，用 8 个多月的时间贯通了七里沟隧道，为相邻的两座大桥架梁奠定了基础，同时也标志着 26 标十天项目部的施工进入到一个新的阶段。

功夫不负有心人。像这样团结一心、战胜困难的例子在 26 标的施工中比比皆是，他们克服了地质条件差的影响，战胜了暴雨的袭击，如期完成了业主下达的施工任务，并于 2011 年 8 月 22 日实现了全幅贯通，得到了十天线汉中西管理处和公司的赞赏。

压力往往使弱者无法逾越，却使强者愈挫愈勇。为了工程的每个细节，为了解决施工中的每个难点，为了材料价款补差和弥补几次暴雨洪水的损失，敢于“亮剑”的魏超想方设法优化方案，不厌其烦找业主、管理处和监理搞变更。

狭路相逢勇者胜，更何况是“智勇双全”！这个“半路经理”魏超带领着他的团队用奋力争得的屡项第一，为“亮剑”精神作了最圆满的诠释和证明。

在这份证明中清晰、明确地记录着：十天高速公路汉中西段路基26标项目部自2009年9月以来，多次在主线安全质量进度综合评比中拔的头筹，全线重难点施工段提前完工，为十天高速能按时通车争得了宝贵时间！

在业主眼里，由老将吕长德带领的27标凝聚力、战斗力最强；
在总监眼里，27标的护栏是全线最好的；
在设计代表眼里，27标的墩柱是全线最漂亮的；
在27标全体员工眼里，陕南之行、十天之战是一生中最值得记忆的！

老将出马

——记十天高速公路汉中西段路基27标中铁十五局五公司

■作者　杨晓梅

路基27标项目经理吕长德

2009年5月底，在汉中市勉县茶店镇五里湾村，十天高速公路路基27标在紧邻309省道的路旁，租了三个小院作为项目部，自此，80多人的管理队伍进驻这里，开始了两年多的奋战。

如今，项目经理吕长德站在即将竣工的茶店互通立交桥上，思绪万千！总工仲福增、质检部部长郭亚红、质检部副部长苏小平、工程部部长张修奇、中心试验室主任臧省伟、安监部部长蒋华、物资设备部部长李献强、计划合同部部长杨家玺、财务部部长孙荣慧、综合办公室主任张梅初、技术主管王振、陈灿、程毅、朱伍元……一个个熟悉又亲切的面孔在眼前涌现！两年里，这些与自己奋战的战友、兄弟，看现场、出技术方案、商讨施工安排、优化施工组织设计、建梁场、打墩柱、架梁板、战洪水……一步步走完这4.9公里的路程、一次次彻夜不眠的忧虑和思忖、一份份成熟完善的方案、一回回对工程的建言献策……点点滴滴，有辛酸、有泪水、有智慧、有付出、有担当，时至今日，都化成了无比的欣慰和自豪！

迎难而上 反败为胜

27标主要有四座大梁，一座互通立交，一座隧道及路基防护挖填方26万立方米等，中标价位41377万元。按照常理，这些施工量对于中铁十五局五公司来说，并不是什么难事。2009年7月开始，汉中西管理处劳动竞赛进度考核，前三个月考核时，27标一直遥遥领先，可是到了第四个月，他们的成绩开始下滑，到了当年的12月便一落千丈，成了全线的倒数第三。这尴尬的境地，让这支打过许多硬仗、胜仗的铁军一时“气馁”。

为什么施工成绩一路下滑？时任项目经理心里明白，是队伍技术力量薄弱拖了项目部的后腿。管理处的大会小会上，27 标都是被点名批评的标段。那段时间，用项目总工仲福增的话来说：“心情焦虑，糟透了！”

因为工程严重滞后，汉中西管理处多次给五公司发函，要求尽快改变现有局面。中铁十五局五公司为了尽快赶上进度，彻底扭转被动的局面，从公司抽调了一名具有 20 多年道路建设经验的“老公路” 吕长德走马上任。

2010 年 4 月 12 日，吕长德成了十天线汉中西项目 27 标的项目经理。

这个自 86 年大学毕业后，一直从事道路施工的优秀项目经理，到任后的第一件事，就是徒步查看标段承建范围内的地形地貌、地质构造。没有路，就在河道里走；不到一周时间，他的脚步便在这 4.9 公里的地段内走了几个来回。反复查看后，经验丰富的吕长德心中有底了。

2010年4月20日，这个日子对于27标来说，是一个真正意义上的转折点。晚上8点，吕长德召开了全体职工大会，宣布了倒排工期，制订节点计划，分片包干、现场技术人员 24 小时值班制、新增三个桥梁施工队、增加部分机械设备等措施。吕长德还当场点将，并对现有主要领导进行了重新分工，陈江书记主要负责茶店互通立交桥、贺春雷副经理主要负责大寨子沮水河大桥、胡秀峰副经理主要负责七里沟大桥或陈家嘴大桥、仲福增总工主要负责路基和隧道、段世定副经理主要负责预制梁板。相互协调、通力配合、齐抓共管、合作有力！攻难点、排险点、抓重点，各项工作全面开展。时至凌晨，这次“转折会议”才算结束。走出会议室的大门，27 标的职工们毫无倦意，对未来充满了信心。第二天一大早，所有人员按照各自的分工、奔赴各自负责的路段，开始了新的征战。

自此以后，27 标每五天召开一次生产工作例会和施工调度会，由分管领导汇报五日进展情况，对存在的问题，集思广益找出解决的方法，再根据进度，安排部署新的工作。特别是对控制性工程进行细致的分析，以确保按时保质保量完成既定计划。

发扬当年的铁道兵精神，结合实际开展形式多样的劳动竞赛或技术比武活动，27标整体工程施工步入正轨，不久，27 标在全路劳动竞赛中的排名上升到第六名；在以后的施工建设中，多次综合评比屡创佳绩，累计获奖 720 多万元。

说起这次翻身仗，吕长德觉得，作为一个项目经理，就应该把全部精力放到工程上，要经常到一线监督施工进

路基 27 标项目部班子成员

度与质量；而责任心、道德品质、组织协调能力与经验的结合又是啃下硬骨头的保证。

英雄辈出 抗洪抢险

就在 27 标反败为胜，迎头赶上的时候，一场突如其来的暴雨，又让这个集体经受了一次新考验。

2010 年 7 月，27 标桥梁下部工程正在紧锣密鼓地进行，大部分施工材料、机械都在河滩里停放。21 号晚上开始下雨，虽然雨前项目部已经接到了管理处和汉中市的雨情预报，可是这场 60 年不遇的大雨还是让大家始料未及。

如注的暴雨倾盆而下，施工全面停止。

27 标茶店互通立交所处位置，西面是白河，北面是黑河，两河汇聚的东南面就是沮水河，标段所在的施工地是江河的交叉口，雨季来临、洪灾发生时是最危险的地段，大部分桩基施工都在黑河中、白河中、沮水河中！

21 号晚上，吕长德经理连夜召开紧急会议，对项目部人员进行了安排部署，从项目部抽出 40 人，施工队抽出 100 多人，分 7 个抗洪抢险小组，专人进行 24 小时雨情监测、各小组负责人 24 小时巡查标段，在陈家咀拌和站、中心拌和站、茶店子特大桥、茶店互通立交桥施工区等最危险的地段都设立了监测点，进行不间断的雨情报告……

22 号，暴雨依然不停地下着，眼看着河里的水越来越大、越来越高，处于河滩里的施工器械、堆放的施工材料面临着被淹没、掩埋、冲走的危险。项目部立即行动，由项目部副经理、各部室主任带领项目部全体人员及 7 个抗洪抢险小组冒着暴雨，绕道进入工地，抢运器械和材料。在茶店互通立交桥 19 跨桥下，总工仲福增忧心忡忡，雨还在下，从河中央抢运模板的人员一趟趟地走过没膝的河水，水越涨越高，从没膝迅速到没过腰际、没过胸口……

在茶店互通立交桥主线第 21 跨到 27 跨之间，是当地磷矿小区的护岸墙，因为施工需要，施工作业时在这段护岸墙上开了四处豁口，以便于墩柱的施工。就在这时，暴雨来袭，洪水从这四个豁口开始向小区内灌水，小区内有二十多户居民，一所小学。24 小时雨情监测点的值班人员发现了这一险情，如果这四个豁口不能及时堵住，后果可想而知。接到险情报告，吕长德立即做了紧急部署，由项目部 40 人组成的第六、第七抗洪抢险小组冒雨前往事发地点，两人一组，装沙袋的装沙袋、码砌的码砌，不到 3 个小时，豁口封堵住了，险情排除。

到了 7 月 23 号，雨势未见减小，白河、黑河、沮水河的水猛涨，这场 60 年不遇的大暴雨形成的洪水，淹没了 27 标段所在地的 3 个钢筋加工厂、两个拌和站；茶店互通立交桥一匝道 3 座现浇梁支架被冲跑、十几台钻机被洪水吞没……暴雨给这项目部造成了 3000 多万的损失。

突如其来的暴雨，考验着 27 标的战斗力。

在项目经理吕长德、项目总工仲福增的带领下，27 标全力投入到抗洪抢险当中，涌现了胡秀锋、贺春雷、杨家玺等一批抗洪抢险英雄，他们连续 40 多个小时，冒着暴雨站在最前线，指挥并参与了抗洪抢险。

洪水不但给项目部造成了 3000 多万的损失，同时，让这个进度略有起色的项目部受到了再一次的重创，洪水过后，一片狼藉，恢复生产迫在眉睫。

清理现场、重建营区、检修机具等工作在吕长德的带领下有条不紊地进行着，在很短的时间内，就全面恢复了生产。

精细管理 精益求精

质量是工程的生命，一个没有质量的工程，是谈不上进度和安全的。27 标对于质量的“严”，在全线是出了名的。

茶店子特大桥右幅 47 号桩基灌桩时，因为导管堵塞 3 个小时，导致断桩现象，质检部副部长苏小平和现场技术主管张天波发现了这一问题。

众所周知，在桩基灌注时，混凝土浇灌必须连续进行，否则，就会导致凝结部位不能凝固成为一体而出现桩基断桩。如果不做处理，通车后发生桥塌车毁的事故是早晚的事。

苏小平和张天波把这一情况迅速向时任质检部部长仲福增做了汇报，仲福增立即赶往现场，实地查看——问题严重，他做出了返工重做的指令。桩基施工队队长心疼了，熬夜、加班、赶进度，辛劳不说，还得打掉桩基，重新再做，仅经济损失就达十多万元，两相僵持，施工队长把电话打到了项目经理吕长德那里。

了解了始末，吕长德毅然决定——返工！

挂了电话，施工队长的眼泪就流了下来。

但是，工程建设可以流汗、流泪，却绝对不能“留憾”……

两年多的时间过去了，战胜征地拆迁滞后、地方阻工严重、特大洪灾袭击、施工设计变更、建设资金紧张和自身改组发展等诸多不利因素，27 标精诚团结，攻坚克难，争分夺秒，拼抢工期……这一幕幕动人的故事像过电影一样浮现在吕长德的眼前。回首两年里和这些兄弟姐妹们并肩作战，风雨同舟的点点滴滴，这个山东男人，筑路大军中的老将，也禁不住热泪盈眶了……

地处地质灾害防治重点县，7.3 公里路段，260 多个变更，超过 80% 的隧道变更率，8 次遭遇洪水灾害，365 天昼夜赶工……面对这一切，中交人只用了一招，那就是 100% 的努力。

突击奋战秦巴山 团队精神在十天

——记十天高速公路汉中西段路基 28 标中交二公局三公司

■作者 曾遂全

路基 28 标项目经理李克刚

隧道复杂，十米一变更

很少人会在隧道施工中，遇到十米一变更的情况，而中交二公局第三工程有限公司（以下简称中交二公局三公司）在十天线汉中西段的施工中遇到了。

中交二公局三公司承建的 28 标位于略阳县境内。该县地处陕甘川三省交界地带，矿产极为丰富，地形地貌总体轮廓为高山峡谷，地质构造极为复杂，滑坡、崩塌、泥石流等地质灾害较为频繁，是陕西省汉中市地质灾害防治重点县，也是陕西省防汛重点县。

28 标地处略阳与勉县交界处，共 7.3 公里，其中路基、桥梁、隧道各占三分之一。标段中有两个隧道，四个洞，共 2.69 公里，各位于标段的开头与结尾。

茶店隧道正好位于标段开头，也是两个隧道中难度较大的一个。它处于 F11 断层带上，从隧道的洞口看去，可以很明显地看到，山好像被劈成两半的样子。28 标项目部梁仲德告诉记者，这个断层带带来的问题就是地质松散。

这样松散的地质在一进场就带来难题：2009 年 7 月，茶店隧道刚开挖就塌方了一次，主要是洞口的岩石过于松散，开挖一震动就引起塌方。为了解决这个问题，28 标项目部只好在洞口做了 100 多根毛锁，而且每根都有五六十米深，这一下就耽误了三个月。

这仅仅是个开始，越往内走，地质越复杂。

除了地处断层带之外，修公路之前，茶店隧道下方原来还是一座磷矿，虽然公路的修建使其停止开采，但丰富的矿物质带来的复杂地质依然影响着隧道施工。

用项目工程部梁仲德的话来说，复杂程度可以用“十米一变更”来描述。“而且左右两个并行的隧道，因为在同一断面，它的地质条件按道理是相同的，但在我们这，却可能出现很大的差异。”

项目总工满永平也是第一次遇到这种情况。他告诉记者，在一般隧道施工中，遇到山体外部是土、里面是岩石，或者外部和内部都是岩石很正常。但在略阳施工时，往往山体外部是岩石，再往里开挖 100 多米就会忽然出现膨胀土层，这是很奇特的现象。

隧道地质的复杂程度也远远超出了当初设计者的意料。面对这些问题，项目部唯一能做的就是变更设计。这种变更既有正的，也有负的，但大多数还是因为地质太差而做的正变更，因为对后面的地质不清楚，每次只变更 10 米。

现在算来，两个隧道的变更达到 100 多个，占了整个项目变更数量近一半，整个隧道的变更率高达 80%。变更最频繁的时候，梁仲德几乎天天要去找负责变更的工作人员，时间一长，“他看到我都有些烦了”，梁仲德笑着说。

不断地变更影响了隧道施工进度。满永平说，如果遇到地质条件好的话，每天可以前进两三米甚至五米，地质条件不好的话，每天只能前进一米。

但是，在 28 标还有这样一句话：“不坍就是进度”。这里的“不坍”就是指在隧道施工中不塌方。满永平说，一些复杂的岩层施工，必须采取稳妥可靠的方法，在保证不坍的原则下再考虑加快施工进度。

为了赶进度，隧道施工从进场那天起就没停过，几乎是 365 天昼夜不停。工地上采取两班倒，技术员每天 12 小时都得在现场盯着，即使是项目经理和总工，平均每天至少也得有 8 小时在施工现场。梁仲德告诉记者，很多同事来了，一两年都没回过家，而且对这样的工作强度，同事们早已习惯。他开玩笑地说，“其实偶尔也会想，找一份像你们这样至少能稍微休息的工作多好！”

据了解，此前茶店隧道预计的工期为一年，也就是从 2009 年 7 月开工到 2010 年 7 月结束，可是复杂的地质条件将竣工推迟到 2011 年 1 月。也就是说，这种昼夜不停的工作状况，一干就是一年半。

战胜洪魔，抢救生命线

7.3 公里标段中，除了两座隧道，还有 4.7 公里的 6 座桥，其中大桥 5 座，中桥 1 座。由于 28 标又处于黑河与白河的交界，所有桥梁施工的便道都是沿河搭建，频发的洪水给项目部带来不小的麻烦。

2009 年，进场后的第二个月，28 标施工线上就遇上了 50 年不遇的洪水。

如今在 28 标的施工记录中，仍然保留着那段与洪水搏斗的描述：2009 年 8 月 16 日至 21 日，陕南地区普降大雨，

部分地区大到暴雨，江河水位上涨，特别是汉江、白河、黑河、嘉陵江、白水江等江河沿线，山洪暴发，水位上涨速度较快。21 日凌晨 4 点钟，项目部接到上游 30 公里以外防汛报警信息，上游水位已上涨至两米以上，项目部在第一时间通知各施工作业组，立即组织人员进行材料、设备抢救，并立即启动项目应急预案。由于洪水上涨速度较快，来势较凶，上午 7 时许和下午 14 时许，白河与黑河水系洪水相继到达 28 标施工区域，洪水上涨至 4 米左右，造成项目部钢栈桥被冲垮，部分钢筋笼及声测管、钢材被洪水卷走，路基防护及路基被冲毁，便道、便桥被毁，钻机、发电机等设备被冲倒，损失惨重。据当地水文观测点消息，此次洪水为 50 年不遇。当天下午 17 时 30 分，项目部召开防汛紧急会议，安排部署夜间防汛值班人员以及项目部和各施工点人员撤离方案，要求撤离时有组织、有纪律，不得个人私自行动，部门负责人清点人数，确保每一位员工安全撤离；分管现场领导负责各施工作业组人员的安全撤离，做好姓名登记，确保每一位人员安全撤离。

一年之后的 7 月 22 日，28 标再一次遭到了洪水的袭击。当天夜间至 7 月 23 日 10 时，汉中略阳、留坝地区出现一次大范围、强降雨过程，致使白河、黑河水位暴涨，最高水位接近 4 米，项目部莫家山黑河大桥、金刚坡白河大桥、驿坝河 1 号白河大桥的材料和小型机具全部被毁，同时莫家山大桥 1 台塔吊、1 辆吊车被洪水冲倒损坏；茶点隧道项目部被洪水浸泡，项目部所有施工便道在这次洪水中全部被冲毁，材料无法进场，设备无法到达工地。24 日下午 14 时左右，突降暴雨，历时一小时，箱梁预制场遭洪水侵袭，施工瘫痪；路基边坡被洪水毁坏，出现新的滑坡、塌方；正在进行抗滑桩施工的山体出现新的裂痕。

项目部立即启动防汛应急预案，召开防汛紧急会议，组织防汛巡查抢险队，对高边坡、隧道、抗滑桩、拌和站、炸药库等重点部位进行巡查，严格执行防汛值班制度和 1 小时报告制度。

7 月 28 日，为尽快恢复生产，28 标项目部迅速行动抢修骆家院子白河大桥施工便道。这条承担着高家坎白河大桥、金刚坡白河大桥、驿坝河 1 号隧道、驿坝河 1 号白河大桥以及高家坎与金刚坡桥间的路基施工的通道，也是项目材料、机械设备进出的主要通道，是项目施工的生命线。

满永平向记者介绍说：“自项目进场以来，28 标遭遇洪水灾害有 8 次，损失高达 560 万元。但我们的团队没有被洪水吓到，为了能够有效控制并减少洪水对项目的损失，我们也总结了很多经验，比如洪水期通常是 6-8 月份，我们会提前做好准备，观测天气状况，并且在现场 24 小时派人值守。到了七八月份，就要与上游几十公里外的人建立信息网，一旦发现河水上涨的情况，立刻通知我们，通过这种方式，有效地避免了很多损失。”

治理塌方，与死神擦肩

和很多标段遇到的问题类似，28 标同样遇到过边坡滑塌方问题，所不同的是，这种滑塌不是一两千立方米，而是上万立方米。

记者与满永平来到正在施工的一处边坡上，他指着 18 米深的锚索说，28 标段全线共发生过三处边坡滑塌，一处是 2010 年年底，还有两处是 2009 年年底。为了治理这些边坡，项目部变更了很多方案，增加了抗滑桩和锚索。

满永平还记得，在治理边坡的方面，还出现过一次险情。那是 2010 年冬季的一天，满永平接到汇报，说在一处边坡出现了钢绞线往外蹦的现象。经过现场勘察，满永平认定坡体有比较严重的滑坡趋势，于是命令相关的人员和设备进行撤离。下达命令不久，他便赶往另一段工地，刚刚离开五六分钟，就接到电话，说刚才的坡体滑坡了。

当时，梁仲德就在距离滑坡四五十米的另一段边坡上，他亲眼目睹了那一刻。他说，当时就像地震一样，边坡上面还有 20 多个工人，很多工人都已经绝望了，认为跑不出去。幸运的是，之前整个坡体都用了锚索加固，整个坡体是滑下来的，而不是塌下来，所以没有造成人员伤亡。

"像遇到这样的情况，肯定又需要变更，以增加防护等级。"满永平说。他粗略算了算，三年时间，隧道、桥梁、边坡等方面的变更多达 260 多个，其中超过 300 万的变更就二三十个。

团结拼搏，勇夺大奖

作为一家拥有四十多年历史的企业，中交二公局三公司足迹遍及全国 19 个省、市、自治区，先后参与了以沪宁高速公路、京沪高速公路、润扬大桥、苏通大桥、泰州长江公路大桥、西安咸阳国际机场高速为代表的一大批国家、省级重点高速公路项目的建设。数项工程获得"鲁班奖"和"詹天佑"奖，并先后获得"全国优秀施工企业"、"全国模范职工之家"、"全国文明号"、"守合同、重信用企业"、"先进集体"和"文明单位"等荣誉称号。

满永平认为，28 标项目部取得的成绩完全源于企业的优良传统以及精益求精的作风。

经过全体员工的团结拼搏，28 标赢得全线首家钻机开钻、首根桩基灌注、首根立柱完成施工、首片盖梁完工数项领先等荣誉，2010 年，在业主召开年度工作会议上，项目部荣获"2009 年度特别优秀项目经理部"称号，数次获得业主嘉奖。

秦巴山中铁军魂

——记十天高速公路汉中西段路基 29 标中铁十七局四公司

■作者　杨晓梅

路基 29 标时任项目经理马瑞忠

当北国还是一片肃杀的季节，我们奔袭一千多公里，来到了春风早到的秦巴山脚下。一片金黄、翠绿中，十天高速公路正在如火如荼的建设。H-C29 标项目施工现场，大黄院白河特大桥雄壮的矗立在眼前，驿坝河桥隧相接，蜿蜒伸向远方。

中铁十七局四公司担负施工的 6.855km 的汉中至略阳 H-C29 合同段，在 18 个月的总工期内要完成 7 座大桥、3 座中桥、1 座隧道和 1128 片箱梁预制的架设任务，压力之巨可以想象。“挤时间、抢进度、抓质量”，这是我们在施工现场听到最多的话语，他们是这样说的，也是这样做的。

一个个热火朝天的施工场景，机器轰鸣，施工队员精神饱满，这壮观的气势，给人一种鼓舞，一种积极向上的奋进力量。我们在内心里深深地敬佩这群为国家重点工程建设而拼搏抛洒的建设者。他们手中挥就的，是一个伟大民族复兴之魂，而成就的，则是这个时代的经典之作。

“多一点点”

成功的秘诀就是简单的四个字：凡事比别人“多一点点”——多一点努力，多一点自律，多一点实践，多一点疯狂。“多一点点”就能创造奇迹！H-C29 标项目经理马瑞忠和他的队伍所做的就是比别人多了这“一点点”，就收获了比别人“多一点点”的回报。

H-C29 标合同段位于陕西汉中勉县和略阳县交界处，2009 年 5 月，项目经理马瑞忠、党工委书记金满义率领他们的队伍进驻这里，开始了秦巴山中的攻坚战。

谁料，一进场就遇到了施工地形复杂、沿线地表物多、施工人员少、设计图纸不到位、地方关系复杂、征地拆迁滞后、暴雨洪涝不断、道路狭窄行车艰难等诸多困难，但马瑞忠没有退却，他说：“再远的征途，也要从第一步迈出”。

两边是高高的秦岭、巴山，中间是河道，施工场地极其狭窄。在这种情况下，施工便道就成了项目是否能够顺利开工的第一步。可在这无路、陡峭的大山里，如何才能在最短的时间里修通便道呢？这是摆在马瑞忠面前的第一道“坎”。

精心调配吊车、推土机、挖掘机、混凝土罐车、龙门吊等机械设备，数百名施工人员迅速展开了施工临时设施建设。不分昼夜的劳作，马瑞忠的队伍在短短的 32 天时间里，完成了包括施工便道在内的所有临时设施建设，具备了施工生产能力。

路基 29 标项目经理梁海灵（右一）

2009 年 6 月 22 日，一阵热烈的爆竹声中，驿坝河 2 号大桥第一根桩基率先开钻。随后，大黄院特大桥、驿坝河隧道等重点工程相继开工，自此拉开了跃马秦巴的序幕。

顺利开工并不意味着一帆风顺。七八月份正是陕南多雨时节，7 月 23 日，一场突如其来的暴雨侵袭了陕南，洪水将钻机冲翻、机具淹没、便桥冲垮，已经施工一半的桩基全部损毁，整个工地一片狼藉。几个分管施工现场的副经理顶不住压力，纷纷败下阵来。马瑞忠忧心忡忡，工期一天天的逼近，队伍的信心严重受挫，洪灾却似猛兽，这第二道“坎”，就这样摆在了马瑞忠眼前。

危难之际，中铁十七局四公司选调具有丰富施工管理经验的贾晓青前来助阵。说起贾晓青，公司内部没人不知、无人不晓：1979 年进入铁道兵队伍，有“硬骨头”、“高原牦牛”之称。军人出身的他深知“服从命令是天职”，接到公司派驻增援十天项目的紧急通知，他不顾身体不适，二话没说，告别妻儿，昼夜兼程赶到了秦巴山中。

贾晓青的到来让马瑞忠如虎添翼。马瑞忠作为将帅，有着指挥淡定、总揽全局的优势；贾晓青作为坚强后盾，有着多谋善断、虑事精细的品格。一个冲锋陷阵，既兢兢业业，又和善严谨；一个管理队伍，协调得当，滴水不漏。他俩把项目部这盘棋下得攻防皆备。

研讨工作重点，明确人员分工，将进度细化到每一天、每一个环节。班子成员分片包点，现场抓落实。在便桥便道被冲毁、部分工程材料报废、停工整顿的严峻形势下，项目领导班子组织分段抢修，马瑞忠在抗洪一线连续奋战数小时，打捞机械、材料，疏散人员；贾晓青则带着 108 名员工，冒着滂沱大雨与洪水搏斗，抢修便道、整修项目部、检修被洪水淹没的器械……近 20 小时没吃一口饭，终于恢复了生产。

面对难以抗拒的自然灾害，他们同进同退、并肩战斗，马瑞忠说：“一支团结、和谐、无畏的队伍是可以战胜一切困难的”。就这样，在十天项目的两年时间里，他们用坚定信念、铮铮铁骨抵抗了 8 次特大洪水的袭击。

一个项目部仅仅能够战胜洪水是远远不够的，按期完工、按质完工才是根本目标。如何与时间赛跑，成了马瑞忠面临的第三道“坎”。

几乎每天他都“泡”在工地，一旦发现问题，立刻组织人员优化施工方案。项目部制定了严密、科学、合理的工作制度，实行 24 小时三班倒作业。路基连同桥梁共有 50 多个施工队、40 多个作业点同时施工，工地上发电机、挖掘机、推土机等机器轰鸣声不断，“大干 100 天，决胜十天线”的施工热火朝天。

质量是工程的生命，干了一辈子工程的马瑞忠比谁都明白其中的道理。在抓紧工程进度的同时，他更重视工程质量控制，在每个分项工程开工前都要做好技术、质量标准交底，严格施工中的质量自检、互检，坚持施工后讲评，使各道工序始终处于受控状态。标段内部分桩基位于白河内，施工难度大，马瑞忠要求各个环节的技术人员及时掌握地质情况，做好桩位复核，并根据实际情况由总工确定是否采取放缓钻进速度、加片石调偏、增加泥浆稠度防止塌孔等措施。由于过程控制严密，300 根桩基质量检验全部为优。

群星闪烁

在艰苦的施工期间，29 标涌现了一批工作积极、成效显著的好职工好干部，他们以实际行动，践行着加入“铁道兵”时的铮铮誓言，犹如灿灿群星，在秦巴夜空闪烁。

技术能人——胡耀虎

合同段内有桥梁位于白河之上，又在巴蜀山脉群山之间，施工场地狭窄，桥梁双柱墩使用传统支架法施工无法展开。29 标原项目总工，现任项目副经理胡耀虎带领攻关小组，率先尝试了操作方法简单便捷的“抱箍法”施工，不仅加快了施工进度，而且比传统工艺提高了两倍工效，成本大幅降低，这一工艺实验成功后，其他山区标段也纷纷效仿。

胡耀虎是个技术能人，他的“胆大心细”、“心灵手巧”让 29 标频频获得殊荣。29 标工程具有曲线多、横坡变化频繁等特点，箱梁架设平整度难以保证。胡耀虎带领职工成立了“梁板架设表面平整度控制”攻关小组，从垫石施工过程控制、箱梁架设前进行垫石复核、采用环氧树脂砂浆找平等三方面着手，解决了这一难题，业主组织全线参建单位在王家湾白河大桥召开梁板架设现场观摩会推广。

不仅如此，针对桥面铺装顶面平整度较难控制、钢筋网片定位不牢固的问题，由马瑞忠牵头，胡耀虎组织技术人员到兄弟单位参观取经。经过总结实践，他们采用钢筋头支垫、三次拉毛工艺，推出了桥面铺装施工精细化施工方案。在全线使用半幅桥面铺装浇筑时，29 标率先自制全幅桥面铺装振动梁，在保证全幅桥面铺装平整度及整体质量的前提下，不仅减少了混凝土接茬，而且节约了人力物力，加快了施工进度。为此，业主再一次组织全线参建单位在大黄院白河大桥召开了现场观摩会。

能征善战——胡志明

毛家坪大桥最高墩 40 米，位于悬崖峭壁之间，中间是河床，连羊都上不去，根本不用说机械设备了，几家劳务队看了扭头而去。胡志明带领职工在山上安营扎寨，吃住在工地，45 个工人硬是把钢筋一根一根抬上去，驿坝河大桥一个月内完成了 13 个盖梁和 8 个墩柱的建造，创造了铁军奇迹。“再大的困难也难不倒我们胡队长”——这是贾晓青给他发的短信，胡志明自豪地保存在手机里。

善打硬仗——李俊淼

刚组建机械队时，准备建第二制梁场的路基还差两万多立方米没有填筑，业主要求 10 天内必须保质保量完成。该路基位于乡级公路黑伍路旁边，铁矿运输车辆出入频繁，施工干扰大。期间运输土方要过三次便道，近 3.5 公里，而便道都在河槽部位，车辆行走极其不便。3 个外部劳务路基队见施工困难大，马上漫天要价，抬高劳务单价。项目经理马瑞忠当机立断，要求机械队长李俊淼啃下这块硬骨头。

李俊淼拍着胸脯拿下了这个活。管理人员两班倒，人停机不停，各道工序有序进行，累了、困了就在车里休息。他带领队员仅用了 9 天，就圆满完成了施工任务，十天高速公路汉中西管理处崔文社处长大加赞赏，发奖金 8 万元。

由于管段全面开花，机械设备不能集中发挥作用，李俊淼和项目领导商定，实行划段管理，将全线分成 8 个管段，提前沟通上报计划，合理安排，配合使用，同时根据工程不同特点进行调配，将机械使用率提高到最佳状态。在李俊淼的带领下，机械队为整个项目顺利进展保驾护航，29 标的安全、质量、进度在十天高速公路全线名列前茅。

"新人"——吴新文

2009 年毕业于兰州交通大学的吴新文，参加工作 4 个月就独自负责重难点工程大黄院白河特大桥。大桥桩基 180 根，最大深埋 29 米，大部分桩基位于河槽卵石层，施工过程中极易发生偏孔。为了保证施工质量，他虚心向老同志请教，重新翻开书本刻苦学习。桥板放距、张拉、注浆等工序，一个细节做不到位就将影响到整个桥梁的受力。为此，他时刻保持警惕。每天连续工作 10 多个小时后，晚上还要回到宿舍做资料。有一次，他在夜间值班时不小心摔倒，脚被钢筋扎穿了，项目领导要他安心休养，可他却惦记着自己工地上那"一亩三分地"，坚持拄着拐棍上工地。由于工期紧，为了保证每一个节点工期的完成，参加工作以来，吴新文没请过一天假，他所负责的大桥被业主评为样板工程，创造了日架梁 8 片的施工记录。

"每次我们马总检查完工地，都会拍着我的肩膀说，小伙子干得不错。我是一个刚分下来的新员工，领导都很关注我的成长。他们的信任和关爱，这种情义使我有了拼搏的动力和必胜的信心。"采访中，吴文新由衷地说出了心里话。

勇于挑战——曹洛阳

和吴新文同年毕业的校友曹洛阳，在单独负责驿坝河隧道之后，主动要求负责桥梁技术工作，接触自己从未涉及的领域。

2010 年 2 月 12 日是他的生日。晚上，他一个人坐在山坡上，吹着冷风，拿着手机，思想在不停地斗争。参加工作已经五个月了，负责的隧道施工一切正常，望着眼前的驿坝河，想向项目领导申请负责驿坝河 2 号白河大桥施工的技术管理工作。可没有这方面的经验，领导肯定不放心，然而不去尝试，下一个项目还是没有经验。想了很久，小曹鼓起勇气给马瑞忠打了电话，电话那头传来的是坚定的回答："好的，相信你能干好。"他悬着的心放下了，心情异常激动，他说这是他收到的最好的生日礼物。小曹平时就是个有心人，在施工隧道的空余时间内，他总要去大桥施工点学习，积累桥梁施工经验。大桥施工过程中，马瑞忠不仅经常打电话发短信关心他的工作和生活情况，还专门安排经验丰富的技术人员对小曹加强指导，帮助他顺利完成了该大桥的施工。

十天线建设中，29 标涌现出了很多像胡耀虎、胡志明、李俊淼这样的忠于职守、爱岗敬业、创造奉献的"建设明星"，他们以其独特的星光装点了十天高速公路的壮美，在陕西的道路建设工地上彰显了铁道兵时期形成的"特别能吃苦、特别能战斗、特别能奉献"的铁军之魂和"敢打硬仗、敢打恶仗、敢于胜利"的光荣传统和作风，不仅在陕西人民面前树起了光彩的企业形象，也为企业的辉煌续写了新的篇章。

第一家单幅架通桥梁，奖励10万；
第一家双幅贯通桥梁；
第一家最快完成全部施工任务；
第二家完成隧道贯通；
在这些成绩的背后，30标对生态环境保护的贡献更不容忽视。

绿色十天　生态典范

——记十天高速公路汉中西段路基30标中铁一局五公司

■作者　杨晓梅

路基30标项目经理何以东

中铁一局五公司承建的十天高速公路H-C30标，承建范围主线全长3.57公里，连接线6.272公里，其中包括五郎坪互通立交1座、隧道1座、桥梁13座、涵洞32道、路基挖方187万立方米、填方40万立方米、防护10万立方米，工程总合同造价3.1亿元，工期18个月。施工期间几经变更，工程实际造价3.35亿元。

在这一系列枯燥的数字后面，隐藏着一个难解的课题：30标所施工的路线，要经过村镇、古树、耕地和丹江口饮用水的发源地——汉江。如何既要完成施工任务，又要保护生态环境，30标的建设者们给出了一个完美的答案。

两全其美保古树

2009年12月，30标技术员闫建勇进行路线复测时，在五郎坪到两河口的连接线附近，发现了一棵700年的古树。五郎坪桥的第十跨墩柱正好位于五郎坪连接线的路中间，而古树占据了半幅路面。这在以前根本不是问题，管它几百几千年的什么古树，砍了便是，但在生态环境保护备受重视的今天，在施工的线路上发现了700年的古树，等于说原设计出现了问题，施工无法进行了！

改主线五郎坪桥，造价太大，办法只有一个——改连接线五郎坪1号桥。可五郎坪1号桥怎么改？如果向河中央偏移，现在设计3跨的桥就得改为8跨，造价增加12万；如果向河外延偏移，势必要砍掉位于黑河镇五郎坪村口的这株七百年的古麻柳树。还有一个办法，就是移植古树。可要移动这棵古树，据专家估计，成活率几乎为零，这在当前是万万行不通的。为了寻找切实可行的方法，管理处副处长王超、勉县工作组组长熊鹏和30标的项目经

距今700年的古麻柳树

理何以东、项目总工刘强以及中交一院的工程师们一起，多次前往现场，寻找解决之路。

2010年9月，线路走向终于敲定，五郎坪1号桥向河外侧移动8米，降低五郎坪1号桥的高度约3米。桥高由原来的8米，降低为现在的5米，并且将原来途经古树那一段路基线形由C形改为S形，既保护了古树，又解决了设计缺陷，还降低了工程造价10万元。同时，为了保护古树，30标为古树做了浆砌挡墙。

一举三得保民居

H-C30标连接线有一段线路，要从五郎坪村陈家坝组的3户人家中间穿过，其中最近一户离爆破场地距离仅14米，距危险源较近，存在安全隐患，为此，当地村民坚决制止爆破施工。

按照原设计，右侧是4级32米高的边坡，如果施工，一来，要开挖3246立方米的挖方量，破坏山体及自然植被；二来，如果使用爆破开挖，势必会影响周边3户居民的安全，而用机械开挖的话，施工噪声、粉尘等，都会影响居民的生活。

项目经理何以东和项目总工刘强在现场多次勘察，商量解决问题的方法。总工刘强做出了一个科学合理的改线方案，并与设计代表张发贵做了沟通。刘强提出了这样的方案：取消石方开挖和边坡防护，增加路肩墙，保护生态、保证居民的安全。刘强的设计方案，不仅减少了挖方工程量、节约了大量投资、缓解了来往车辆通行，还将道路的曲线半径由120米变更为180米，将原来的转弯半径扩大了，增加了行车的舒适度和安全性。

经过一个月的沟通和协调，中交一院的专家、领导来到现场，经过勘察了解，最终确定——改线！

这一改线，不仅保障了居民安全，取消了 4 级边坡 3000 多立方米的挖方量，保护了当地的生态，同时也节约了投资。从下面的一组数据中不难看出改线后的“一举三得、皆大欢喜”。

优化后节约投资 30.4 万元，节约工期 90 天。其中节约 M10 浆砌片石 1200 立方米，共计 24.2 万元；节约挖石方 3246 立方米，共计 6.2 万元。

优化后可间接减少亏损 15.3 万元。其中，若爆破开挖 3246 立方米，成本 15 元 / 立方米，共计 4.9 万元；若机械开挖 3246 立方米，成本 32 元 / 立方米，共计 10.4 万元。

护水源保耕地

白河是汉江的支流，而按照设计图纸，30 标的 6 个弃渣场全部是在白河两岸。弃渣场的位置引起了 30 标项目部的重视，施工按照设计弃渣，势必会对白河和汉江造成极大的污染。而南水北调工程，直接调的就是丹江口水库的水，也就是汉江的水。如果因为施工污染了水源，造成的损失和后果不可估量。

弃渣场的防护被提到了重要的位置，一定要做好防护，保证水源安全。

30 标项目部建好以后，班子成员集体开会，一致决定，改变以往的施工顺序，先征弃渣场的土地，然后再开始复测、进行主线的征地拆迁，只有弃渣场先行建好，才能在主线施工开始后，确保水源能够干净、不受任何影响。

6 个弃渣场，占地 6.67 公顷，2009 年 6 月进场，9 月全部做完了弃渣场挡墙防护。是整个十天线 25 家路基施工单位中，第一家做完了弃渣场防护挡墙的标段。

30 标整个线路都是白河边走向，属于秦巴山区，这里耕地少，人均占有耕地面积很少，而水田面积更少。

30 标构件数目共计 570 片，这需要两个梁场。其中一个梁场（李家坪园坝子白河大桥梁场）建在了河滩地，不占用任何耕地面积，而李家坪白河 1 号桥梁场却迟迟不能确定位置，投标时确定的梁场位置是一大片水田。6 月正是水稻生长的季节，一大片绿油油的稻田让 30 标施工人员不忍心占用，而李家坪村的村民们更是极不情愿，因为这一片水田是全村人的主要粮食产地，一旦征用，他们的粮食来源就成了很大的问题。“不忍心”造成的后果就是工期的后延，怎么办?

30 标的时任总工李芳拍板决定：“把梁场建在主线路基上！”

这一拍板，绿油油的水田保住了，却给 30 标的施工建设带来了极大的困难，工期太紧，如何科学、合理组织安排生产，才能保证工期不延误?

后因单位人事调整，刘强接手了项目总工的职务也接手了这个难题。他每天看地形，看图纸，与技术人员一起商量如何加快路基施工，尽快将李家坪白河 1 号桥梁场全部建起来。路基成型的部分，梁场已经在使用，面积虽小，但是能解燃眉之急，如何保证施工工期，除了加快剩余路基建设进度外，刘强在现有梁场的基础上又增加了 3 套模板和 12 座梁板预制台座。虽然增加了 72 万元的成本，但 30 标在预定的时间内完成了全部架梁和梁板的预制任务。

30 标在施工建设和生态保护方面双赢，完美地解决了这一难题。

秦巴山水间

略阳篇

LUEYANG COUNTY IN HANZHONG CITY SHANXI PROVINCE

略阳，位于嘉陵江上游，秦岭西段南坡。因其地处秦蜀要冲、陕甘纽带，自古乃接秦连陇达蜀之咽喉，故史来一直是兵家必争和商旅辐辏之地。嘉靖《略阳县志》载：“此地为用武之地曰‘略’，象山之南曰‘阳’，故名‘略阳’”，此乃略阳县名由来三版本之一。

略阳，一个承载厚重历史的陌生名字，一个放吟千古绝唱的文化高地，一个书写当代筑路奇迹的施工工地。

华夏先民在略阳繁衍生息，可追溯到四千多年前的新石器时代，自西汉元鼎年间划定行政区域至今，已有两千多年历史，古老、久远、沧桑，算得上厚吧?

东晋初年，白马氐人杨腾在此始创仇池国——一个氐人地方割据的政权，仇池国灭亡后，公元312年至578年，杨氏后裔又在此建立了武兴国，另有史斌称帝、吴曦称王，共三建王朝，够得上重吧?

如果你对仇池国、武兴国感到陌生（因缺乏文字记载而被史学界漏记于“五胡十六国”之外），你一定听说过历史上崇拜牛羊的氐人和羌人，即使没听说过羌人，那也一定听说过羌笛——“羌笛何须怨杨柳，春风不度玉门关”。略阳，历史上就是氐人、羌人两个北方游牧部族的聚居地。

“青泥何盘盘，百步九折萦岩峦”、“万古仇池穴，潜通小有天”……略阳不只有历史的厚重，更有诗仙李白、诗圣杜甫、诗魂陆游等文豪留在这里的千古绝唱。柳宗元如椽巨笔记兴州江运，吴道子浓墨重彩描绘嘉陵风光，武则天略阳造字隐含帝王玄机，吴玠、吴璘略阳抗金齐名岳飞……多少文人墨客、仁人志士以及达官显贵，泽被着这里山水的滋养和民风的沐浴，也为这方富山盛矿的宝地绵延着文脉。

然而，曾几何时，连接略阳这颗历史文化璀璨明珠的却是网友发帖所称的“全中国最烂的公路”。

开发大西部，略阳通高速。这下好了，十天高速公路通达略阳，不仅地下“富山盛矿”、地上“杜仲之乡”让略阳张开经济腾飞的翅膀，更有灵岩夕照、白崖樵唱、嘉陵晚渡、药水疗疾等“略阳老八景”以及灵岩晚照、南山宝塔、江神古庙、八渡风光等“新八景”让略阳迎接八方游客，正可谓“扼三水，兴州雄踞，今貌怎比！镇六峰，略阳奇崛，旧颜何寻？”

真的到了那一天，人们可曾记得，当年十天高速公路通达略阳背后的种种曲折，修筑十天高速公路的种种艰辛以及那些筑路者感天动地的故事——

这条路 是略阳人民的生命线

——访略阳县委书记唐勇

■作者 李俊兰

略阳县城四面皆山，初到，你会讶异于它的狭小与局促。

但是略阳县委县政府办公楼，却又令许多富庶地区的办公场所自愧不如：它枕山抱水。

山是有滑坡护网的凤凰山；水是日夜流淌的八渡河水，再往前不过百十米，这八渡河便与环城而过的嘉陵江汇合，一路欢闹，出陕入川。

略阳县委书记唐勇，善思辨、好口才，谈起略阳的山川风物、谈起十天高速公路对于略阳发展的意义，一如他门前的汩汩河水；不过说到那场震惊世界的“5·12”汶川大地震，地震重灾县略阳挺过的那些撼人心魄的日日夜夜，他竟语塞、哽咽，泪流满面，令忙于记录的笔者一时尴尬，不知所措。还好，他到里间屋平静片刻，再回来继续谈这条路，谈略阳发展的远景，就像河水打了个漩涡，依然滔滔向前。

“端着金碗讨饭吃” 略阳受制于山路闭塞

本想开门见山直接切入采访主题——十天高速公路建设，但唐勇书记却好像秉承常规性的介绍套路，先从略阳县的地理位置、人口与物产谈起。

略阳县是汉中市的西大门，自北而西与甘肃省的徽县、成县、康县接壤，自古便是秦蜀陇“咽喉要冲”。地处秦岭南麓、嘉陵江上游，全县人口20万，是典型的山川地貌。

略阳的山却不是一般的山，拥有丰富的地下资源，金铜铁镍等矿体、矿点140多处，其中镍矿藏在陕西、在西北甚至在亚洲都名列前茅。由于矿产资源储量大、品位高，与勉县、宁强形成矿藏富集的“金三角”，曾被共和国第一任地质部长李四光誉为亚洲的“乌拉尔”。略阳在清乾隆年间即开办铜厂，民国时期冶铁已初具规模，新中国成立后兴建的略阳钢铁公司是陕西省最大的钢铁企业，在整个西北地区钢铁行业排名“老三”。据资料介绍，略阳的铁矿储量可持续开采270年。近年，金矿、磷矿、镍金矿、磷肥厂星罗棋布，“富山盛矿”名不虚传。

略阳县“金三角”的美誉，还不止于地下宝藏，地上生物资源如中药材也足以傲人：杜仲、天麻、银杏……特别是名贵中药材杜仲，全县“地存”3.87万公顷，为全国最大的杜仲基地。故此，原全国政协副主席杨汝岱题词“杜仲之乡”。

县域内还有丰富的水资源：西汉江、嘉陵江以及白水河、黑水河、褒河等十数条河流。

但是这个资源大县，却是国家级贫困县，这也是唐勇书记和历任略阳县领导的纠结所在：略阳“端着金碗讨饭吃”。

唐书记说，资源的富有没能转化为民生财富，交通落后是制约略阳经济社会发展的瓶颈。县域内大山林立，沟壑纵横，进出略阳只有一条309省道，通行能力一度非常差，部分山区是四级公路，还有砂石路。

“5·12”汶川大地震，致使横穿县城东西的309省道严重损坏，有网友发帖称其为“全中国最烂的公路”。雨雪天气山路湿滑，堵车的长龙绵延数公里；即使天气晴好日，由于盘山路弯多、坡陡、路窄，车祸也难以避免。

随着西部大开发战略的实施，不断增长的车流量与通行能力严重“不对等”。或者说，与其物产相比，略阳的道路基础设施长期“欠债”。唐书记说，略阳在交通基础设施方面，需要“突破性大动作”。至此，唐书记便为十天高速公路的“出场”，做了充分铺垫。原来，他的谈话是守着“起承转合”章法的。

“十天线”走略阳　12公里保卫战

那一晚，时任县长的唐勇把自己“喝大了”。接待西安来的客人，他却把这接待酒喝成了“喜酒”，这一天他接到来自北京的电话：12公里连接线保住了！

事后，他用“心花怒放”来描述当时的欣喜之情：“不停地喝酒，旁人以为我对客人热情，其实是咱自个心里高兴。”他说，前后历经三年时间，心里的一块石头终于落地。

这十天高速公路对于略阳，来之不易，可谓一波三折。

“争线”早在三年前。

2006年夏，十天线尚处于勘察设计阶段，道路如何走向，当时有两种主要选线方案：从汉中市北上留坝、一个斜线直达甘肃省凤县然后至天水，此为留坝方案；从汉中市蜿蜒西去，经勉县、至略阳，然后从略阳县城沿嘉陵江北上抵达甘肃徽县，再至天水，此为略阳方案。

略阳县委县政府在确定“十一五”规划时，即明确提出“资源大开发，公路需先行”和“敞开四面山门，建设开放略阳”的思路，国家开建十天高速公路无异于一个天大的机遇，于是在汉中市和陕西省的“两会”上，略阳相关人士一次次反映、呼吁：十天高速公路选线略阳。

唐书记详解“争线”的几个理由：沿线服务的人口总量、工农业生产的经济总量均大于“留坝方案”；路网建设更趋于合理，略阳是陕西省高速公路的“死角”……县领导与相关部门同志多次奔赴省、市做专题汇报，并做了大量项目论证工作，终于使十天高速公路勘察设计采纳了略阳方案。

高速路带动区域经济发展就一定要留“口子”，设计方案确定了吴家营、五郎坪、白水江三座互通式立交桥。

就在此时，发生了震惊世界的“5·12”汶川大地震，略阳与汶川同处龙门山断裂带，是国务院公布的第一批地震重灾县，温家宝、习近平等中央领导曾经冒着余震危险亲临略阳抗震救灾第一线。

这场地震也促使县领导重新审视、思考规划中的十天高速公路。唐书记说：“我们对高速路的认识深了一层，较之经济发展，人是最重要的。”于是在征询一些道路专家的意见后，略阳县提出在十天高速公路建设中增加一条联通县城东西 12 公里的连接线，送报上级审批。

县领导清楚地知道，此事获批比当初争取“选线”还要难。因为国家高速公路的建设原则是“近城不进城，地方道路自己修”。“不要说国家发改委和交通运输部，就是在陕西省发改委那里也通不过”。而他们得到的信息是：12 公里连接线造价高，“砍线”已成定局。

晓之以理，于理无据，只有“动之以情”这一个办法。为此，唐书记说他两次“冒犯官场规制”，程序外“抢话”陈情。

一次在西安，陕西省发改委召集的会议上，交通运输厅一位领导特意提前打招呼：“唐县长你就别说了”，出席会议的有厅级领导和多位县长，“没有县长发言的程序”。但他还是站起来表示：“占用 2 分钟时间，长话短说”。

决策前，交通运输部专家组专门到略阳现场考察。“那天，交通运输厅厅长、设计院长陪同，根本没我发言的份儿，我还是抢话说。”他向专家汇报：地震中县城 8 万群众逃生，只有一条 309 省道，309 一堵，略阳就是一座孤城、一座死城。经过地震，将 12 公里连接线纳入设计方案，这条东西连接线是县城 8 万人口的逃命路，是生命线，是灾难发生时的生命通道。8 万人呐，那不是用多少钱能衡量的！他看到白发苍苍的老专家点头认同：“县长说的才是理由呢！”

送老专家上车时，他还在强调连接线的重要性：“要不然，我们略阳 8 万人的安全就给‘ken（坑）’了！”他自知：“我这话说得够狠、够重！”

专家回到北京决定连接线的命运，等待“宣判”的日子，大家总会有忐忑不安，直到县交通局长史定国从北京打来电话：12 公里连接线保住了！

唐书记说："咱在这岗位上，如果把这么重大的机遇丢了，咱是罪人！现在也不能说是功臣，但是良心得安。"

有了这12公里东西连接线，从汉中去甘肃的客货车辆就不必穿过狭窄的略阳县城，会极大地缓解县城内的拥堵；同时，相当于略阳有了一条"绕城路"，对于略阳长远发展意义重大。

后来，陕西高速集团的老总来到略阳，对唐书记说："陕西省就没修过这么长的连接线！"

一位普通驾驶员评论：如果靠略阳自己的基础设施款项"10年也修不起"！

所以，这"选线"争夺战和"12公里保卫战"，足以让县委书记唐勇"没事儿偷着乐"。

灾难换来机遇　高速路成腾飞大通道

"这十天高速公路争取来不容易，建设更不容易"，唐书记两次在全县干部大会上发出动员令：全县上下积极配合高速公路的建设。

此时地震恢复重建已一年多，高速公路沿线一万多间新房，老百姓刚刚住进没几天，就面临二次拆迁。但是这些群众顾全国家建设大局，舍小家顾大家，涌现出许多感人事迹。不能否认，高速公路征迁补偿标准偏低，也增加了工作难度。唐书记说："但是省里不能专门为咱略阳制订一个补偿标准吧，咱只能立足长远、牺牲眼前或局部利益，只能靠干部多做工作。"

涉及征迁的县乡干部夜以继日地付出，流汗也流泪，但也确有个别干部不作为甚至掣肘，县委果断做出调整和处理。虽然也有一些磕磕绊绊，但是汉中西管理处的16个标段还是顺利进驻。唐书记逐一到各标段走访、慰问，并与崔文社、范克虎、王超、高武林等几位处领导成为好朋友。

唐书记说他内心有一个憧憬："汉中西高速路开通那一天，将对筹建这条路有贡献的专家、建设者和做出很大牺牲的农民代表请到略阳来，大家很好地开一个会，表达我们的感恩之情。另外对付出艰辛劳动的县乡干部给予褒奖，我们不能忘记支持这条路的人。"

唐书记最后介绍说，目前县旅游局正在围绕高速公路建设制订新的旅游产业规划。随着几座互通立交桥建成，势必形成新的生产流通格局，鱼洞子乡、黑河坝乡也开始了"撤乡并镇"的新农村建设。他信心满满："十天高速公路是略阳县的一条致富大通道，略阳张开了腾飞的翅膀。"

从“倒数第一”到“全线第一”

——记十天高速公路汉中西段路基 31 标中交二公局萌兴公司

■作者 王 蕊

他们没有闪光耀眼的名字，却在各自的岗位上默默耕耘；
他们没有华丽动人的外表，却有着一颗颗真诚火热的心；
他们虽没有感天动地的壮举与业绩，却以不懈的努力书写着高速公路建设的辉煌。
真正走入他们的事业，你才会理解付出的可爱，
真正走入他们的世界，你才会懂得什么是豪迈。

路基 31 标项目经理李强

十天高速公路路基 31 标是一个桥隧比例高达 85%、承建 28 座桥梁和 3 座隧道（其中双联拱隧道 1 座），单幅长度为 13.75 公里的特大型项目。2009 年 6 月进场后，项目部就遭遇了建设资金紧张、征迁步履维艰、材料价格飞涨、油荒导致电力供应不足等一系列工程建设难点。由于前期对山区高速公路的认识不够全面，困难估计不足，31 标连续四个月排名倒数第一，项目部面临被业主清场的危险，挫败失望情绪弥漫。然而，他们没有轻言放弃，相反却激发了他们的斗志。2010 年 5 月，31 标全体参建人员在公司领导班子的带领下，纵身而起、跨越艰难、一路鏖战，终于在 2010 年 11 月管理处组织的全线劳动竞赛考核中，一跃成为全线第一，并且连续数月排名始终保持前三名，被业主评为 2010 年度优秀项目经理部。从“倒数第一”到“全线第一”，这其中经历了太多的艰辛与付出。

严密组织，扭转败局

31 标以桥梁为主，由于地处川道，施工场地狭窄，想找一块平地建钢筋加工厂都很困难，加之受雨季洪水影响，当其他标段纷纷开始架梁的时候，31 标段的基础施工还没完成。同时，因为没有存梁区及导运困难，使得大批完成的预制梁架不起来。紧迫的工期已经过去了 5 个月，业主严格的质量要求又不容忽视，2020 片梁的高额任务量，使 31 标面临着前所未有的考验。

在 3~5 个月内，安全、保质、如期完成 2000 多片梁的生产、导运和架设，既是工程进度的要求，也是必须完成的艰巨任务。项目部决定，以梁厂管理为突破口，根据桥梁的位置、形式及运输条件进行规划设计，迅速建起了全线最多、规模最大的预制梁厂。项目副经理张晓鹏告诉记者：“三个预制梁厂最大的占地 80 亩（5.33 公顷）。第一个梁厂是建在主线的路基上，受地形限制，当时我们根本找不到可以建梁厂的地点，而大桥又比较高，运梁也

困难，所以必须建在桥头。这样建的好处是运输方便，但是施工组织相对复杂，因为路基上场地狭小，没有地方存梁，预制好了马上就要拉上去，这就要求预制和安装的协调必须到位。第二个梁厂，场地大，工厂化施工，便于推广精细化管理，我们当时设的精细化管理的点就在这里。但是这个梁厂距离架设点远，运输距离长，要规划一个存梁区，安排好导运。第三个梁厂建在廖家沟里面，地形狭窄且与主线高差较大。但如果在其他地方预制，50 多吨重的梁根本拉不上去，而且桥在全线控制性工程三花石隧道的进口，没有地方建，只能在桥下建预制厂。从预制厂到桥上有 20 米的高差，我们根据詹天佑铁路工程设计中的原理，采用人字路运输，为运梁车两头增加了牵引功能，提高了效率，节省了时间。”

在第二个预制梁厂，项目部率先采用先进的预制梁喷淋养护工艺，而传统工序是在已经预制好的梁上盖布，由人工不停洒水，但是频率和均匀度都无法保障。经过仔细钻研和反复论证，项目部决定采用喷淋式养护，由设备自动调节喷洒间隔时间和次数，减少人为因素影响，有效保障了预制梁的质量。管理处在此召开了预制梁精细化管理现场会，组织全线施工单位参观、推广。与传统方式相比，这种新工艺的推广既确保了工程质量，又节省了成本。

由于设计合理、组织到位，这个看似普通、平凡的标段创下了单日混凝土浇筑超千立方米、预制箱梁 19 片、架设 21 片、单月进度产值 4120 万元的神话。

31 标承建的关帝门隧道是十天项目全线唯一一个双连拱隧道，原设计为 A、B 两个单洞，经过优化变为双连拱隧道，尽管隧道只有不到 200 米，但设计改变后，施工管理难度大大增加，加之进出口均处于强风化千枚片岩之上，坡面陡峭、土石体松软易滑动、进出洞条件差，施工控制更是难上加难。但 31 标积极筹划，严密管理，勇于实践，锐意进取。自 2009 年 11 月 13 日破土动工以来，项目以“管超前、严注浆、短进尺、弱爆破、快支护、勤量测”为指导，按照“安全第一，抓质量，赶进度”原则，制订了完备的施工组织设计方案和安全应急预案，根据量测结果及时反馈支护信息，确保了支护措施安全合理。

这些年轻的公路建设者，用智慧化解了一个又一个难题，诠释着他们不畏艰难的奋斗理念：“我们能！”

强化制度，严格控制

太多的教训警示着工程建设者，没有质量的工程是犯罪工程。项目副经理张晓鹏坦言：“一般抢工期的时候，施工质量是不好保证的。”在全线抢抓工程进度的压力下，如何保证工程质量成为难点。公司为项目部配备了经验丰富的质检团队，以预制场精细管理为突破口，从场地标准化建设、钢筋骨架模架定型绑扎、混凝土规范施工等方面全面提升质量管理水平，建立健全以项目经理为核心的质量管理体系，以首件工程为样板，严格技术交底制，强化“三检制”，正确处理质量与进度关系，在确保安全、质量的前提下，加快工程进度，做到目标明确、事先预控、措施有效、适时调整、确保工期。

从高达20余米的桥梁施工到9处跨地方道路的施工，再到需爆破施工段落紧邻的地方群众聚集区，如何保障施工安全，减少安全隐患，责任重于泰山。为此，项目部制订了一系列严格得近于苛刻的安全管理措施，使得他们在施工过程中，确保合理有序和万无一失。项目部落实安全生产责任制，规定管生产必须先管安全，布置生产任务的同时必须布置安全防护措施，考核生产目标必须同时考核安全目标。与此同时，一方面加强全员的培训，另一方面按照法律法规及施工组织设计，制订足够的安全防护措施和施工安全及应急预案，规定在施工组织设计之外以及特殊时期、特殊工序时，每一个增加项目都必须上报安全预案。

工程质量是百年大计，也是施工企业的生命，精细化管理和负责任的态度使31标圆满完成了各项施工任务，得到业主和公司的高度赞扬。

盘活资金，创新管理

建设过程中，特别是路基项目，资金短缺现象较为普遍，大宗原材料形成产值需要一定过程。如何把资金盘活，把有限的资金用到关键的地方去，怎样通过银行的产品延缓关键的大宗原材料支付，减少资金压力，项目副经理张晓鹏说：“项目部通过利用银行的一些产品，比如银行的承兑、保理业务，可以把支付压力往后延半年以上，这就把整个建设资金盘活了。资金通过有效管理，可避免资金链断裂导致的停工停产、延误工期等问题。以前经常是干着干着，不是没钱买这个了，就是厂家不给供原材料了。由于国家政策的变动，很多施工企业的资金链都出现了问题，施工受到影响，而我们不会。”

不仅如此，现代企业管理同样让31标有效提高了工作效率。萌兴公司各个施工标段全部实现了办公OA的现代化管理。报表系统、管理系统、收发文件、宣传报道、视频会议的网上应用，带来的管理效率提升，成为企业成本控制的有效方式。项目管理人员即使出差在外，只要登录OA账号，就可以看到哪些邮件没有处理，哪些是处理了但还没有督促到位的，而以前一份文件从公司寄到项目上，要经过很多流程，从邮寄到处理过程最快也需要七八天。

身先士卒，凝心聚力

“6·22”洪灾发生时，项目部办公区进水达50厘米深，项目部没有一个人退缩，大家齐心协力将电脑、内业资料等物品移到高处，将损失减到最低。当“7·23”洪峰再次来袭时，项目经理李强不顾个人安危，亲自到施工现场指挥挖断施工便桥排洪，确保了便桥两侧老百姓的耕地不被洪水冲毁。这是一支不畏艰难、能打善战、屡建勋业的团队，他们坚决刚毅、身先士卒、无私奉献，他们废寝忘食、只争朝夕。他们兵者能有一身汗、将者定会满身泥，在最辛苦的施工第一线，你很难分出他们谁是员工，谁是经理！

没有鲜花，没有掌声，在飞尘相伴、洪灾突袭和严寒酷暑考验中，他们先后组织了“全面打开桥梁施工局面”、“工序转换攻坚战”和“以梁场压桥梁下部，以下部促箱梁预制”等三次主题大干活动，奋力保证了31标在质量、进度、安全、廉政、环保等各项指标都跃升至十天高速全线前列，荣获陕西高速集团汉中西管理处“优秀项目经理部”等称号。项目部全体参建人员用自己的拼搏进取，一举甩掉了后进的耻辱，树立起了萌兴路桥人崭新的形象。

这就是十天高速公路31标项目经营管理团队，他们用满腔热血、爱岗敬业、无私奉献书写着光辉篇章，他们用优质工程建设成果来诠释他们的青春年华。33岁的项目副经理张晓鹏，这个为家乡修路感到无比自豪的陕西年轻人在演讲稿中这样写道：“美国前总统肯尼迪就职演讲时说过，‘不要问美国为我们做了什么，而要问我们为自己的国家做了什么。’是的，不要问企业为我们做了什么，而要问我们为自己的企业做了什么。我相信，个人价值的凸显，会让我们对生活的感触更加真实而快乐，会使我们对生命的领悟更加深刻而澄澈……”

决战三花石 凿洞筑长龙

——记十天高速公路汉中西段路基 32 标中铁隧道股份有限公司

■作者 李俊兰

路基 32 标项目经理蒙晋

短信祝酒

三花石特长隧道左线是 2011 年 8 月 2 日凌晨两点钟打通的。前一晚，32 标项目经理蒙晋就已经心里有数，所以他给汉中西管理处崔文社处长发去短信，约请几位领导次日过来“喝杯庆功酒”。老蒙言辞恳切：“32 标太不容易了！”

崔文社处长没推辞：“再忙，这趟酒也是要喝的！”

全长 5.4 公里的三花石隧道是十堰至天水 750 公里线路的“最长隧”，是汉中西工程自上马那一天起就被格外关注的“控制性工程”，也有人称之“卡脖子”工程。戴上“控制性工程”这顶帽子，每天的隧道掘进度、二衬进展等都要上报管理处，工程科小罗还在管理处网站上为三花石隧道专门开设页面“形象示意图”。于是，左洞、右洞的掘进尺度，二衬进展，离贯通还有多大差口，就一目了然。如今掘进的“断头”如期、安全地连接上，崔处说他心中的一块石头“裸哈（落下）”了。

举起第一杯酒，崔处的祝酒词出人意料，他将两则手机短信念给大家听。前不久来三花石隧道视察的陕西省交通运输厅总工程师冯明怀得知贯通消息，短信语：“太好了，十分高兴！辛苦了！谢谢兄弟们！”

时任陕西高速集团副总经理栾自胜，主管十天线工程建设，他虽然刚刚学会“编短信”，却发来“长篇大作”：“喜闻三花石隧道左线贯通，心情非常喜悦，向同志们表示亲切祝贺和衷心的感谢！希望你们再接再厉，继续努力，夺取今年通车目标任务的全面胜利！栾自胜在安康特发此信。”

座上掌声四起，气氛一下子就热烈、欢快起来。现代通信工具不仅快捷而且奇效，很快，这两则短信就被大家相互转发。

崔处还带来一份“见面礼”——管理处红头文件，授予 32 标“按期贯通奖”、“竞赛优胜奖”和“协作配合奖”，奖金总额 83 万元。

众人雀跃。这让老蒙想起，早在 2011 年 6 月 23 日，三花石隧道右线打通时，他就曾捧起过同样一份红头文件——32 标获得“提前贯通奖”、“竞赛优胜奖”、“协作配合奖”，奖金总额高达 186 万元。

面对如此“大满贯”荣誉，有人说，32 标是汉中西全线的“最大赢家”。

只有老蒙知道，32 标三花石之战的一波三折、酸甜苦辣，他已经是项目的第三任经理。

于是那一晚，这庆功喜酒，给他喝高了。

开山有术

老蒙说自己是“临危受命”。

他的前任肖辰裕经理，堪称一员猛将，可惜积劳成疾，抱病离开“三花石”。

三花石隧道位于略阳县鱼洞子乡王家村，略阳是“5·12”汶川地震重灾县，山体破碎，地质条件差不言而喻。而32标所属中铁隧道股份有限公司则是一支响当当的“铁军”，有着骄人的过往：闻名遐迩的大瑶山隧道、西汉高速“秦岭一号”隧道……

于是，当“中铁隧道”遇到三花石，注定是一场硬仗。

果然，山门未开，山威显现。

2009年8月下旬，右线隧道刚刚开工，工人们正在准备“第一茬”爆破，一场特大暴雨，导致山体大面积滑坡。那些千枚岩遇水膨胀，一溜一溜地顺着山势下滑，工人们“话糙理不糙”地称之为“拉稀”，而“止泻”的办法是加密、使用超前小导管注浆和进行钢拱架安装、打锚杆挂网及喷射混凝土稳固山体。

隧道开挖后共穿越5个断层破碎带，结构复杂，给施工带来很大困扰，以至“半个月没有进度”。洞渣主要是绿泥石英片岩、千枚岩，看上去像一层层的硬石，其实完整性极差，那千枚岩拿到手里就是一团粉末，有些比纸还薄。后来，32标摸索出“微台阶、短进尺、强支护、勤量测、快衬砌、多循环”的施工方案，针对性强，局面开始改观。

2010年10月老蒙走马上任时，首先面临的是工期压力，“每天都在那里细抠掘进米数”，直到采用“一洞超前施工、横洞接应”技术，增加了一个掌子面，工效明显提高。

三花石隧道的监控室就在洞外，实施24小时“过程管控”，作业面情况、装渣现场都通过摄像镜头，直观地反映到监控室电脑屏幕上。此外，项目总工王新还提到业主单位陕西高速集团的一个特点，那就是对先进检测仪器的重视与使用，譬如“地质雷达扫描仪”，能直接检测到二衬内里是钢筋还是空洞，准确率达100%，并委托第三方进行检测。还有驻地监理对掘进、支护、衬砌、防排水的全程监督，使隧道工程质量有切实保障。

此外，“巷道式通风”技术的使用、一台6吨洒水车现场作业，都使隧道内的施工环境得到改善。陕西省交通运输厅领导、陕西高速集团领导多次莅临隧道作业面视察，32 标遂成为文明施工窗口单位。

挪用“私款”

那天早上 7 点钟，项目经理蒙晋就从驻地出发，车上同行的还有财务总监和项目总工。千呼万唤，今天管理处终于要拨付一笔工程款。头天晚上，老蒙就给高武林副处长发短信：“抠过来、卡过去，150 万实在转不开，求您个情给 200 万好了。”没有得到回音，老蒙一夜都没睡踏实，早早赶去管理处，也好斡旋一下。

老蒙是四川南充人，出来工作 30 年，依然一口浓重的川东方言。不知高武林副处长是怎样与他交流的，反正到 11 点钟时，200 万元如老蒙所愿划拨到 32 标账户上，“管理处对咱控制性工程，毕竟还要倾斜一下嘛！”赶回项目部已是中午 12 点半，他没想到，两位债主早已在院子里等候多时。

老蒙说：“总得吃了午饭再说吧？！”

于是，从吃过午饭一直到月上东山，这位蒙经理一拨又一拨地接待登门讨债者，只听他在办公室里，一会儿哇哩哇啦地大声争吵，一会儿又和风细雨言语凿凿：“再等等，下礼拜我还到管理处要钱去！”

工作 30 年，他担任过项目经理、支部书记、工会主席，筑路挖洞，攻关克隘，头一次遭遇令他一筹莫展的难事：国家调控政策银根从紧，工程款“缺口”一千多万。他知道，即使比他官大三级的人，对此也“无话可说”。

其实，早在资金链断裂之前，他在 2010 年 10 月就任 32 标项目经理时就曾断言：“我们这三花石项目肯定亏本了，只不过是亏多、亏少的问题。”

2009 年 5 月，中铁隧道公司投标三花石隧道项目。开标后才知道，同一条隧道，与 33 标“对打”，长度等同，却比 33 标报价低了 8000 万元。

还有让老蒙郁闷的事，就是投标时把这三花石山体“看走眼”。原本以为隧道内的碎石多为片岩，可以成为混凝土的母材，成本可由此降低。孰料洞石基本都是强度极差的千枚岩。总工程师王新说：“强度在 60 兆帕以上才可以用于混凝土，可这些千枚岩平均强度还不到 20 兆帕。”于是，不仅“以洞养洞”的算盘落空，还得额外支付弃渣运输费、弃渣场租用费，这笔账算下来大约 1000 万元。

如此境况下，也“逼”出多项节流措施。以往施工时，通风机、高压电设施全部在洞外，几千米长的通风管道、高压线路造成大量“风损”、“电耗”，若将这些设施转移到隧道内的人行横洞、车行横洞，不仅减少损耗，还能优化作业面的通风效果，“空气更新鲜”。

不过最令这位项目经理头痛的还是资金问题，他说每日“如坐针毡”。

水泥欠款已达 400 多万元，供应商从西安过来要账，老蒙自然拿不出钱来。供应商将电话打到西安，第二天 3 辆散装混凝土大卡车开到三花石。左洞口、右洞口各堵一辆，另一辆则摆放在施工便道上，从上午 9 点钟一直堵到深夜 11 点。对此类上门“阻工”者，老蒙说只能反复做工作，好话说尽，允诺“共渡难关，将来还合作”。

因欠款而被“停供”，32 标也到了无米下炊的地步。这边“停工待料”，那边有工期压着。于是“想尽各种办法，维持生产”，这家停供，立即联系新一家。

老蒙说：“账上最少时只有 184 块钱，这还不能对外说。”食堂总要开伙，去勉县买油买米买菜，赊账近二十万元。

所以获批 200 万元工程款自管理处归来，打发走 5 拨债主，老蒙开始在一张纸上写写画画。急用资金：水泥 100 万、钢材 20 万、左线开挖队 80 万、右线衬砌队 50 万……算下来，至少需要 600 万元。于是纸上又画出一道道“连接线”：水泥、钢材部分支付；农民工优先，因为“孩子开学要用钱”。

老蒙说自己以前从来不为钱操心，“工资卡放老婆手里，有多少钱也不过问”。自今年以来，他突然“收权”，把工资卡攥在手里。现在卡上有多少钱，“蒙太”反而不清楚。那天一位工人做防水层时伤了手骨，送县医院治疗，账上没钱，老蒙拿出工资卡结算医疗费用……七七八八加起来，老蒙说已经“挪用”近 20 万元。

别看老蒙五大三粗，那“蒙太”却是个灵秀的女子，工资卡上的钱也是纳入家庭财政计划的：他们在南充买下新房，还欠 15 万元房款没有缴纳。

总工三哭

32标项目部距隧道不远，山洼洼里安营扎寨，低头山抬头还是山，用总工王新的话说："视野超不过50米就被山挡回来"。条件差、生活单调在他看来都不算什么，最受折磨的是对家人的思念与歉疚。

忙碌一天后，他常在傍晚河边散步时跟家里通电话。2010年9月时近中秋节，爱人在电话里追问"你几次说回，到底啥时回来？"王新很为难但只能如实相告："最近回不去了"。没想到电话旁的4岁女儿先就不高兴了，每次挂线前，女儿都要叽叽喳喳地同他说上一阵，这次却死活不接电话："不理爸爸了！"王新的心情一下子变坏，对女儿的种种愧疚也涌上心头："女儿出生以后，玩具、衣服、鞋帽，我从来没给买过。"他答应过女儿回家团聚，可隧道外的桂花大桥正处于合龙当口，作为总工怎说得出"请假回家"？！四周山峦沉入夜色，他蹲在河边，泪流满面。

今年春节前，他回到渭南与家人团聚。爱人在县交通局工作，平日一个人带孩子，同事多有关照。于是趁此机会与几位同事聚聚，表达谢意。几杯白酒落肚，王新打开话匣子："别看在外面当总工好像挺风光，其实心里挺苦的，父母有病照顾不上，孩子生病发烧不在身边，一个人在外边承受压力，心里有话没法跟别人说。"同事中也有一位总工，他说是"过来人"，心有戚戚。两个大男人簌簌落泪，到后来搭着胳膊、抱着头号啕大哭，倒是王新爱人在一旁劝慰："没事呀，这不是都过来了吗？！"

一次，跟农村的父母通话时得知，母亲眼睛不舒服，看不清东西。王新说："等我回去，带你去西安大医院。"这一等就是两三个月，待他回家带母亲去西安就诊，眼底已经出血，打针、吃药，恢复很慢。又一次，母亲说头晕得厉害，此时正处于前一任经理因病"撤退"、蒙晋经理还没到任的"断档期"，800多人的施工队伍需要安排、调度，他抽空带母亲去了西安，办好住院手续，便返回项目上。白天在隧道里、大桥上忙碌，晚上一个人坐下来，母亲病情即上心头。他想起小时候，家里日子艰难，父母省吃俭用供自己读大学，很是愧疚。"那些天我电话打得特别勤"，纯朴的父亲反而劝慰儿子："你把家里事搁开，放心家里头！"这让他心里更加不好受，眼泪擦了又流。

王新还提到实验室主任黄平，平日不善于表达，工作20年，其间有五六年没有回家。2010年春节，工程师李强强不能回家过年，妻子抱着不满周岁的孩子从宁夏老家来三花石工地看他。先坐汽车到银川，改乘火车到西安，从西安再换乘火车到略阳，略阳下车再搭客运汽车到二河口镇。李强强从二河口镇将娘俩接到项目部，这一路行程走了三四天。

正是这些筑路人的艰辛与付出，才叩开山门，使三花石隧道造福一方。

奋战三花石　中铁展雄姿

——记十天高速公路汉中西段路基 33 标段中铁十八局五公司

■作者　王　蕊

路基 33 标项目副经理黄立恒向陕西省交通运输厅冯西宁厅长汇报工作

三花石隧道全长 5.4 公里，属特长隧道。33 标段包括右线 2695 米，左线 2717 米。这对于具有丰富铁路隧道施工经验的中铁十八局集团第五工程有限公司（以下简称中铁十八局五公司）来说，施工技术上并没有太多的难点，难点在于施工组织管理和安全保障。

记者不止一次听说，不论是公路还是铁路上的隧道工程，开工之前，都要举行一个特别的仪式——杀猪敬神，祈愿施工能够顺利平安。尽管这样的仪式带有浓重的封建迷信色彩，但却也透着一种暗示：自古以来，隧道施工就是个危险与风险俱在的事。用施工人员的话说："头上始终顶着石头，心里总不踏实"，也道出了隧道施工的安全管理责任重大。然而，仅靠美好的心愿远远不够，封建迷信更于事无补，科学而严格的管理才是防范危险与风险的良药。三花石隧道施工中，中铁十八局五公司采取了一系列的安全措施，从危险品管理到施工过程中的严密组织、安全监督、应急预案等都做了详细部署并狠抓落实，确保施工安全。

33 标项目部常务副经理黄立恒介绍说："隧道施工作业需要放炮，一次放炮需要 300 公斤炸药，掘进时，有二十几个工人在洞中作业，在安全方面，我们必须杜绝隐患。炸药是由地方供给，给我们送到现场。经过地方公安部门审批，我们将炸药库建在远离施工现场和居民区、人烟相对稀少的沟里，设有防护铁丝网，公司派专业人员看管，同时采取人防、犬防的防护措施，要求不少于 5 个人、2 只犬，24 小时巡逻保护。库区门都是安全门，炸药取用需要严格登记。除了常规防护，库房的四个角还装有监视器。"

在工人的驻地，也有严密的安全管理措施，杜绝一切安全隐患。屋里不准私接电线，禁止使用烧水用的电加热器、电炉子等。

隧道开挖，打眼、放炮、支护的进行，项目部每天派出 4 名专职安全员在工地上巡视，严格执行进出洞登记制度，谁几点进去的，几点出来的，必须有详细的记录。项目部要求工人进洞必须佩戴安全帽和照明工具。有的工人抱有侥幸心理，天气热，干活累了，就把帽子扔在一边，此种行为一旦被安全员发现，将对个人处以 200 元的罚款。常务副经理黄立恒说："头顶上随时可能掉下石子，不戴帽子随时有生命危险，这样要求和管理是对项目负责，也是对工人负责。"

隧道施工中安全管理是重中之重，由于公司的高度重视，管理措施到位，监管严格规范，整个施工过程中没有发生一起安全事故。

地质问题是隧道施工最不可预见的。陕南的地质情况特殊，滑坡较多，千枚岩遇水变成泥容易造成坍塌，施工地点曾出现了 5 个地质断层，这种地质条件容易出现安全事故。2010 年 10 月 20 日前后，虽然技术人员进行了前期探测，但是超声波探测工具只能探出前方地质发生了变化，而具体是围岩破碎还是有溶洞涌水却无法预见。项目部立即指令放慢速度，担心出问题，技术人员再次打了 5 个超前探孔，溶洞里多年沉淀黄泥水一下从小孔中流出。技术人员初步判断，溶洞应该在右侧方向，项目经理让工人先停工撤出洞外，水流了一天多之后，项目经理带着总工开车进洞，发现探孔位置的黄泥基本流完了，但就在这一瞬间，由于巨大的压力，一个石子从探孔里飞了出来，一下击穿了汽车的前保险杠。项目经理黄立恒想起来还有些后怕："我们有经验，不敢正对着孔站。事后想想，幸亏打到车上，要是打到人的话，就像一颗子弹，一定会把人射穿。"他们由此判断出作业面后面有很多水。事实上，水整整流了五天。由于采取排堵相结合的措施得当，保证了施工安全进行。

在对施工人员的管理中，33 标也采取了一系列激励措施。由于三花石隧道由两家施工单位分别从两头开挖，为了调动大家的积极性，加快工程进度，业主设置了一个中心节点，承诺哪边先到达节点，将给予 100 万元的奖励。而 33 标则对下属施工队承诺：一旦获得业主的奖金，全部下发给施工队，不仅如此，项目部还再拿出 50 万作为奖励。施工人员的积极性一下被调动起来了。

32 岁的项目副经理黄立恒一心扑在项目上，很久没回家了，他说："走了也不放心"。 2003 年桥梁隧道专业毕业后，他修过永咸高速、毛川高速、黄延高速，并在工地上结婚生子，孩子的名字就叫黄延，很有纪念意义。孩子上学了，却很少见到爸爸。前不久，黄立恒回天津开了几天会，连着 3 天接送孩子上下学，黄延高兴得见谁都介绍说这是我爸爸，这种天真的兴奋、得意的骄傲深深触动了黄立恒内心深处的那份酸楚。黄立恒说："没有时间照顾孩子，没有看着他一步一步地成长是一种愧疚，但是，作为一名公路建设者，为了道路畅通的那一天，为了让想团聚的尽早团聚，为了让想见面的更快见面，我们情愿付出和奉献，我们无憾。"

秦山汉水抒中交豪情

——记十天高速公路汉中西段路基 34 标中交一公局

■作者　杨晓梅

路基 34 标项目部班子成员

他们来自于我国公路桥梁建设史上多项“第一”的缔造者中交一公局；他们承担着十天线汉中西段工程量最大标段的建设工作；他们在秦山汉水之间用中交人的方式再次书写下一段经典。走近他们，记者感受到的不仅是灾难面前显现的铁军本色，更有困难面前的壮志豪情。

灾难来临之时

时间回溯到 2010 年 7 月 23 日，34 标段所在的八渡河流域水位突然上升，八渡河迎来了百年一遇的大洪水。由于高速公路设计有沿河谷选线的原则，施工所在地的水文情况直接关系着项目的安危。

虽然，在汛期到来之前，项目部已经针对八渡河流域雨季特点咨询了当地年纪大的人，并就雨季施工及安保工作做了详细地安排。但是从 7 月中旬就持续的暴雨，致使八渡河的水位迅速上涨，形成了巨大的冲击力。针对此次连续的暴雨，项目部综合断定洪水必将于不久后到来，因此果断采取了应对措施。

以项目经理赖庆招为组长的抗洪救灾领导小组，分成夜班和白班两班值班制，全天候对工地进行巡查，及时发现和排除险情。安排专人对八渡河以及下游嘉陵江水位进行观察，发现水位异常立即通知项目部，后勤部门及时将购置的雨衣、水靴、手电筒、食品等物资，发放给工地现场管理人员和工人，为抗洪救灾工作提前做好后勤保障。

组织人员对存放于八渡河流域低洼处的物资、设备进行转移，组织临时住在河道附近的人员将这些物质和设备搬迁至安全处。此外，救灾领导小组还组织挖掘设备对八渡河河道壅塞处进行拓宽，扩大河道过水面积，并组织人员对施工便道、便桥等进行维修加固，保证道路通行。

时间紧迫，自接到抗洪救灾领导小组的命令开始，所有项目员工冒着大雨立即投入到各自的工作中。水靴、雨衣、手电、忙碌的身影与急促的雨声交织在一起，"快！""再快！"成为此刻的主旋律。

三天不分昼夜地抢物资、排险工作，终于将大部分物资和设备转运至安全位置，所有人员和机械也都撤离至安全位置。虽然保证了大部分物资财产的安全，但八渡河河道里一根桩基的灌注一直牵动着大家的心。

这根钻孔桩位于八渡河河道的中心位置，钻机安放在河道中临时筑起的小岛上，7月21日钻孔完毕进行清孔，当时大家已经断定洪水肯定会很快来临，但是，如果就此将钻机挪走，钻好的桩必定被掩埋，前期的工作和努力就会白费。经过抗洪救灾领导小组和钻机操作工人的协商，大家决定要跟洪水赛跑，争取在洪水来临前将这根桩基灌注完毕。

7月23日凌晨，现场技术员自检各项技术指标满足设计及规范要求后，报监理工程师进行检查，经监理工程师检查合格后，天已经快亮了。当时，八渡河河水水位已经开始有上升的迹象，项目经理、项目总工以及工地现场负责人亲临现场，决定争取在洪水来临前将该桩基灌注完毕。大家立即组织拌和站进行混凝土搅拌，另外组织吊车、装载机、挖掘机等就位，以便在桩基灌注完成后撤离设备。

7月23日早上6时，桩基灌注开始，眼看着河水水位上升得越来越快，大家心急如焚。项目经理在桩基灌注现场指挥，将各个工序衔接时间缩短到最小，各工种人员和机械也极力配合，终于在上午10时完成了桩基的灌注。这时候，河水已经漫过钻机所在的小岛了，大家还来不及擦一擦额头上的汗水，项目经理又组织大家对钻机进行撤离，各机械手早已就位，撤离的方案也已经确定，在大家通力合作下，钻机也在小岛被冲毁前转移至安全位置。

7月23日11时，洪峰来临，赖庆招望着凶猛的洪水，又看了看转移出的物料及设备，惊出了一身冷汗，三天的不眠不休终于打赢了这场攻坚战。

情定十天线

经历了百年一遇的大洪水，十天线的中交人也于这一年迎来了第一场工地集体婚礼。

2010年11月10日，工地上到处洋溢着欢乐与祥和的气氛，"彩虹飞架汉中，情定十天高速"的集体婚礼在34标的工地上隆重举行。上午10点，邢小蕾、刘洪莲，郭军峰、陈雪莲等五对新人在现场200多位领导同事的簇拥下，伴随着《婚礼进行曲》执手踏上幸福的红地毯。

这五对新人都是项目中的佼佼者，既有致力于工程技术服务的基层岗位青年干部，也有耕耘在经营管理岗位的项目中坚，他们来自五湖四海，有共同的追求、共同的理想，终于喜结良缘。

婚礼上少了奢华，却多了浓情蜜意。五对新人在自己奋斗的地方许下了相伴终生的诺言，他们的青春，他们的爱情，他们的幸福因路而生，也会因路而不断延伸。

"你们为了路桥事业，一心扑在工作上，无暇顾及家人；为了十天高速早日建成通车你们贡献了自己的青春和才华，你们的青春与时代共舞，你们的幸福因路而久远！"婚礼上项目经理赖庆招的一席话表达了所有人对新人的祝福

与敬意。

朴实的事物往往是最真实的，这场婚礼就如同筑路人的爱情一样虽朴实无华却倍感真实。远离都市的年轻人，住着简陋的工棚，吃着大锅饭，平凡中建立的感情因为泼洒的青春与共同的目标而持久深远。

凝聚的力量

十天线汉中西段工程34标有一个有趣的绰号“高乐高”，因为它的难度系数非常大。陕西的公路建设项目在全国来说都是要求标准比较高的，更何况十天汉中西段的进度、技术、质量要求是全省的最高标准，而34标又是十天线的控制性标段。

全长8.451公里的工程项目中，有大中桥梁23座，隧道2座，涵洞12座，还有4.4公里的路基工程，30多万立方米的填方和70多万立方米的挖方工程，40多处的边坡防护工程等。

承担项目建设任务的中交一公局四公司是一支在全国交通行业叫得响的队伍。回顾中交一公局的历史，参建的工程获得中国建筑工程“鲁班奖”7项、获得中国土木工程“詹天佑奖”6项、获得国家优质工程银质奖13项……辉煌业绩不胜枚举。中交一公局四公司一路凯歌高奏。目前，贵州、四川、陕西、湖北、湖南等处都留下了他们建设的身影，创下了不凡的业绩。但再多的成绩也是历史，这次承建工程量如此之大的陕西十天项目是对他们实力的又一次检验。

即使经验再丰富，他们也不敢有丝毫的马虎，针对如此大的工程量，四公司投入的人力物力可以说是空前的，而在这期间所体现出的凝聚力也充分体现了这支队伍的战斗力。

项目总工王震雄告诉记者：“为了出色地完成任务，我们投入了大量的设备。23座大中桥梁有1709根桩基，2010年仅钻机就上了160台。去年，因为电没有完全拉通，为了赶工期，共计花费1800万元购买柴油，用80台大型发电机组同时发电作业。由于施工地点是在河道里，我们投入了12套满堂支架设备。全标段共需要2809片梁，由于经过路段长，所需要梁的类型多样，仅模板就需要26套。我们所处的地形号称陕西的地质公园，地形复杂，山体易碎，极易滑坡，大型滑坡地段就有10处，使用的大型抗滑桩就有148根。需要56种不同规格、不同尺寸的水泥柱子，仅购买模板就花了2800万元，找模板厂家就找了8家。”

王总竹筒倒豆子般说了一大堆的数字。工程量大就意味着管理难度也随之加大，如何通过有效的管理形成凝聚力，考验着一局四公司，也考验着项目管理部的每一位管理者。

自中标伊始，四公司的领导就极为重视，把此项目作为整个公司的重点项目。工程初期，中交一公局四公司的党委书记到现场坐镇指挥，亲自调配人员与设备。一般项目的领导班子最多包括项目党委书记、项目经理、总工、副经理四五个人，而本项目却安排了 10 名经验丰富、多次被公司表彰的业务和管理方面的精英。如此大而复杂的工程任务，也在考验着这些精兵强将的实力。

全路段有 200 支来自不同地区的施工队伍，最高峰时工地上有 3500 多人，这就要求协调工作必须到位。如果没有统一的计划安排，必定会乱成一锅粥。为了确保农民工的权益并调动他们的积极性，项目部对包工头采取扣除 10% 的民工滞保金，以确保农民工的辛苦劳作所得。

由于所处地区地域狭窄，不利于“安营扎寨”，但又无可选择。全标段的 6 个梁场所在地都没有存梁区，这就要求各项目各环节之间必须衔接准确，否则就会对工期造成延误。因为一旦梁生产出来，而一线施工的地方又没有上梁的准备，那么生产出来的梁就被迫停放到梁场，没有存梁区的梁场就无法开始下一个环节的生产，从而延误工期。要保证无存梁，就必须做到每个环节的无缝对接，而这考验的正是管理者的水平。

重压面前总能激发中交一公局四公司的力量，这次也不例外。在经历了工程量大、管理难度高、工期紧、技术要求高等困难后，他们又一次创造了经典，并成为山区高速公路建设的一个典范被载入史册。

两招制胜

——记十天高速公路汉中西段路基 35 标东盟营造公司

■作者 佟小鲲

路基 35 标项目经理陈世轩

35 标的管理团队，是一群生龙活虎的年轻人，他们凭借年轻人永不服输的特质和“仗义为人”营造的和谐氛围，使工程进度一直领跑全线，让业主颁发的“流动红旗”一直在此标段飘扬。同时，他们又有着与年轻人不符的“老成”，在工程管理上善于精打细算，以“低成本，零缺陷”为管理方针，创造了不菲的经济效益。

营造和谐保进度

2009 年，当 33 岁的项目经理陈世轩带领这支项目管理团队和施工队伍一路风尘、从东北哈大（哈尔滨至大连）高铁项目转战陕西的时候，他内心还是一阵“窃喜”：所有人员都是原班人马整建制迁移而来，经历过极其严格的高铁建设的历练，管理者之间的磨合、管理者与施工队伍之间的磨合都趋于成熟，区区只有 5.25 公里的全长、8 座桥隧、20 万立方米路基挖方的公路建设任务何足挂齿。开工伊始，他们确实凭借着这些先天优势，在全线最早启动——十天汉中西段开工典礼的第一声礼炮，就在他们 35 标鸣响。但没过多久，那个鸣响礼炮的地方——那座互通立交就不再属于他们，而划给了 34 标。于是，他们不再“得意”，且越来越发现，业主对工程进度、质量、精细化的要求非常之严，汉中西管理段的要求简直可以和高铁媲美！于是，他们开始认真研究对策，研究制胜的法宝。

几年的南征北战，使他们深深懂得：项目建设进度要领先于人必须有个良好的施工环境，必须得到当地百姓的理解、合作队伍的给力、兄弟标段的配合、业主的大力支持。于是，他们开始弹奏起“四方和谐”的音符。

2009 年刚进场的时候，正赶上严冬，拆迁户都住在条件极为简陋的临时过渡房里。陈世轩他们看在眼里疼在心上，实在不忍心看到百姓因为给他们让路而挨冻，于是他们买来了煤炉和煤，与乡政府和县协调办的有关领导一起，将这些煤炉和煤送到了 46 户拆迁户的手中，让百姓们感到了冬日的温暖。吴家营村部分村民住在山后面，因为这一段河面没有桥，他们出山必须淌过八渡河。可每年 6、7 月洪水泛滥，八渡河水位上涨，湍急的河流让百姓驻足，经常是一两个月不能出山，造成食品和生活日用品的短缺，给当地百姓带来了不尽的烦恼。项目部决定出资 10 万多元在八渡河上搭建一座桥，便于百姓出行。

项目刚进场时，庄稼还没有完全成熟，秸秆上挂的还是青玉米，可工程建设任务紧迫，容不得等到玉米完全成熟就得全部砍掉，老百姓看到将到手的收成就要化为乌有，都站在田间地头抹起了眼泪，项目部的人员见此情景也极不忍心，最后经过商议，决定按市场上成熟玉米的价格全部收购。百姓闻听此言，激动得再次抹起了眼泪。喜了百姓，可苦了项目部的员工。那些天，饭桌上餐餐都是煮熟的老玉米。

项目部的诸多善举，换来了35标工程建设的一路绿灯。

截止到完工，没有出现阻工、上访、民扰等影响施工的事情。

如何协调好项目部与劳务合作队伍的关系，更大地调动他们的积极性，提高民工队伍的战斗力，也是加速施工进度的关键。项目经理陈世轩说“我们推行一种‘服务意识’，就是给我们的施工队伍创造一个良好的施工环境，他们的事情就是我们的事情，我们从来不会将自己看成一个管理者，我们的任务先是协调，然后才是管理，给他们提供技术支持。”他说，项目部每周都有例会，每次最先讨论的问题就是项目部提供给施工单位的服务是否有误，如有不妥立即纠正。项目部提倡一种“无隙管理”，要求管理人员和施工队伍之间不要有缝隙、偏差。陈世轩说：“在我们项目部没人敢说‘这件事和我没关系，不归我管。’必须让下面的工人体会到每件事情都有人管，如果管理人员都相互推诿，互相扯皮，施工单位就无所适从。”正是因为有了这种与协作队伍的无缝连接关系，更确保了35标施工质量和进度。

2010年略阳一带暴发的特大山洪，为35标营造和谐“邻里”关系带来了机会。35标和36标项目部之间相距8公里，山洪暴发，36标被围困在里面，2000多名参建人员和当地老百姓被隔绝在沟里，断了蔬菜和粮食，情况万分危急。35标也受了灾，且由于手机断了信号，700多人的队伍一连喝了几天的雨水，最后第一个跑出去给略阳工作组汇报的人，是被吊车吊到对岸的。35标虽然受灾也很严重，但他们毕竟地处山沟的沟口，灾情要比沟里不知音信的36标好得多。两难当头，35标的项目管理者顾不上抢救自家的财产和考虑自己的安危（当时项目部后面的一座小桥也被洪水掏空），立刻组织人马，坚决落实管理处下达的死命令：必须在两天之内把35标境内4公里的道路抢通！于是，整个工程全部停掉，项目总工、书记、两名副经理每人带领一班人马、一台挖掘机和装载机，分段包干，千方百计抢通了 1 公里道路。就这样，经过连夜奋战，终于用最短的时间，在破碎的山体和洪水留下的泥浆中，抢通了这条 4 公里的生命线，将蔬菜和粮油一点点地运了进去。“洪水无情人有情”，35 标积极救助 36 标兄弟和百姓的感人事迹在全线流传开来。

他们不仅对兄弟标段如此，关键时刻还主动替业主分忧。陈世轩说：“项目从进场开始，业主方面就给了我们很大的支持和帮助，为我们工程的顺利开展不遗余力。当业主方资金压力较大时，我们公司的领导说，现在正是业主困难的时期，我们该扛的就要扛起来，资金由公司先行支付也要保证施工进度。”

35 标正是因为营造了和谐的“四方关系”，工程一路顺风顺水，在业主历次评比中都得到好评。翻开他们 2010 年底的工作总结，几行数字跃入眼帘：路基挖方 20 万立方米全部完成；桥梁下部全部完成；预制箱梁 1744 片全部完成；隧道单洞进尺 910 米，剩余 30 米。可知道，此时离全线竣工还有十几个月的时间呢。

精打细算出效益

陈世轩他们一班人，不仅凭借着进度、质量的不俗业绩，屡屡在汉中西项目管理处的考核中获嘉奖，还坚持“低成本，零缺陷”的管理理念，在物资采购上精打细算，在历经了洪水袭击、材料价格上涨、经营成本增高等多重不利的情况下，仍然实现了项目经济效益的最大化。

自 2010 年 1 月，十天线汉中西管理处狠抓进度、质量、安全，并成立了考核小组，每月制订月度施工计划，月底对全线各施工单位进行考核，并设立相关奖惩制度。35 标针对业主下达的施工计划，合理安排，积极落实。至 2010 年底，他们在业主的历次考核中均位居前列，得到业主劳动竞赛奖金 390 万元，节点工程奖金 246 万元，累计增效 636 万元。

35 标的物资采购人员，个个都是谈判高手，砍起价来一点不手软，材料供应商要想多从他们手里挣点钱，还真挺难。一开始，他们就与供货商签订了自己永不吃亏的合同：价格遇涨不涨，遇降则降。这一招，让他们在后来材料价格普涨的情况下，始终处于“任凭风吹浪打，我自岿然不动”的境地。2010 年，在全线地材价格普遍上涨的情况下，黄沙价格始终按采购合同价执行，碎石单价由最初的 120 元降至 80 元，水泥价格 (P.O.42.5) 由最初的 480 元 / 吨降低至 395 元 / 吨，P.O.52.5 由最初的 520/ 吨降低至 460 元 / 吨。

项目部桥面铺装钢筋网片全桥需 1300 吨，采购人员经过多方了解调查，采购成品钢筋网片的成本要比现场加工钢筋网片的成本高得多，在巨大的差额面前，他们决定不购买成品，给厂商提供钢筋原材料委托其加工。经过与加工厂商几个回合的磋商、谈判，最后厂商终于同意将加工场地设在 35 标地段内。项目部通过采用这种委托其加工的合作方式，将此项成本降至最低，经测算，此合作方式节约资金 110 多万元。

自 2009 年进场至 2010 年底，陕西市场钢材平均网价为 4136 元 / 吨，采购人员经过认真比对，先款后货与先货后款价格上存在一定的差距。为了节省成本，他们寻求公司的鼎力支持，在钢材采购时大部分采用承兑汇票购买。这样一来，实际钢材的采购平均价格仅为 3925 元 / 吨，平均每吨节约 211 元，全段累计采购钢材 17206 吨，实际节约资金 363 万元。

2010 年陕南地区普降暴雨，接连带来的两次特大洪水给 35 标带来了巨大损失。洪水过后，他们立刻组织人员细致排查、登记全线各工区和工点的受损情况，并精心策划，收集相关原始材料及照片影像资料，通过聘请相关评估部门对整个标段的损失情况进行细致分类、估损，制订了一套完整的保险索赔方案，经过多次谈判，最终保险公司赔付的金额达到 160 万元，弥补了洪水带来的各种损失。

项目经理陈世轩、项目总工张智朋、项目副经理曾华祥和毛志花他们狠抓生产、积极策划、建优质工程、创造了良好的经济效益，获得了他们所在的东盟营造工程有限公司上级单位——中交二公局“2010 年度青年创新、创效、优秀成果奖”。

笑到最后的才是最终的胜者。竣工剪彩的日子日益临近，期待 35 标的年轻人以豪迈的英姿第一个冲向胜利的终点。

铁汉柔情

——记十天高速公路汉中西段路基 36 标中铁二十局二公司姬拥军

■作者　李俊兰

路基 36 标项目经理姬拥军（右）

从十天高速汉中西项目管理处质量安全科唐春科长口中，我初闻姬拥军大名。那一天，“唐科”逐个介绍 25 个路基标段的施工任务及进度，“缕”到 36 标时，话题一转说的是“项目部旁边就是小学校，项目经理姬拥军看到山里娃可怜,提议娃娃们每天到项目部吃饭。”

一周后，我们来到山城略阳，与时任略阳工作组组长的高武林灯下长谈。聊到最后，我们请他推荐项目经理的采访人选，高组长脱口而出的第一个名字便是：姬拥军。

又一周，去西安“跑贷款”的姬拥军出现在我们面前，铁塔似的身躯，粗壮、魁梧，黑红面庞上挂着笑容，一个典型的关中大汉，透出实在、憨厚的气息 。

“山里娃可怜咧！让娃们到项目部吃饭，咱每人省一口就够他们吃！”

山中三月，春阳如金，正午的阳光里走来几个小学生，排成一队向 36 标项目部走去。在饭厅前，被一位炊事员阿姨迎进门。

四男两女六个娃在饭桌前坐下，桌上已摆好两荤两素，一个汤盆放在正当中，炊事员阿姨张罗着将一碗碗米饭递到孩子手中。几个娃都怯生生的，兴奋中又带着拘谨，只是低头扒拉着碗里的白米饭。炊事员阿姨招呼着：“别光吃饭呀，往碗里夹菜！”

此时，36 标项目经理姬拥军正在从工地返回项目部的路上。一进门他顾不上饥肠辘辘，先去和孩子们打招呼：“吃饱了吗？饭菜够不够？不够就给阿姨说！”几个娃还是不吭声，只是腼腆地点点头，痴痴地笑。

正是这位“姬总”两个月前的一个建议，今天娃娃们中午也能吃上热乎乎的饭菜了！

这是 2010 年 3 月 16 日，发生在大山深处——略阳县白石沟乡磨坝村一件看似不起眼的小事，但却在汉中西全线传为佳话。

2009 年 6 月，正在襄渝铁路二线承担施工任务的中铁二十局二公司总经理助理姬拥军，接到通知出任十天线汉中西工程 36 标项目经理。他带着测量班星夜兼程转战略阳山区，36 标工程任务 7.34 公里，其中特大桥、大桥、中桥 16 座，隧道 6 座，涵洞 1 道，与以往工程相比可谓“大标”，特别是 4.3 公里长的才子隧道是块“硬骨头”，而山大沟深、工作面狭窄更是一个新挑战。工程“铺摊”阶段，他和十几个同事挤在一个临时帐篷里，租用的一间砖房让给女同志住。修建施工便道在八渡河上架起一座钢桥；由于山地狭小，光预制梁场就建了3个。工程铺开的同时，两层木板房的项目部也在山谷中安营扎寨，恰与小学校比邻而居。

转眼到了2010年1月，姬总说：“吃完午饭，我喜欢在附近转转”，他“溜达”到一墙之隔的小学校。所谓的小学校实际上只是一间教室，门口一块黄色标牌：“白石沟乡磨坝村完全小学”。虽然山上林木茂盛，但刷着一层浅黄色油漆的课桌椅却是劣质木料，桌面开裂，油漆已经斑驳脱落。6个学生三个年级，坐在细窄的条凳上“混读”。一位山区从教已经三十多年的黄老师，“全能”地教授三个年级的数学、语文、美术和音乐课程。

“我喜欢和娃们逗，翻他们的书包看装了啥好东西，中饭怎么吃？”他没想到，好几个人的午饭竟然是啃干馍就咸菜，再喝几口白开水。家境稍好些的，能买袋方便面什么的。

他向黄老师了解情况：学生中住的最远的在天池山上，来上学要翻几座山，早上六点钟起床，六点半出发，八点钟到校；放学回家时间要更长一些，因为学校在沟底，回家要爬坡。“山里娃可怜！每天走那么远的山路，上下午的课程，午饭就啃几口干馍，娃们正是长身体的时候。自己也是农村出来的，心里很不是滋味。”

这件事被他“搁在心里”。于是在项目部的班子会上，他提出捐资助学的想法：“咱来施工，势必会给村里老百姓带来一些不便，应该帮老百姓做些事。现在希望小学就在咱跟前，咱能帮多少就帮多少。让娃们来咱项目部吃饭，咱六十多人每人省一口，就够娃们吃的。”

受路基36标项目部资助的相邻小学

班子成员表态：“咱吃啥、娃吃啥，好着咧！”会后，项目部为山里娃“集钱”：100元、50元、30元……捐款共计2140元。

2010年1月31日，寒假在即。36标党支部书记张志贵、办公室主任吴晓红将从县城买来的新书包、铅笔刀、童话书等，一一分送到学生手中。

随后就是寒假、春节，3月份开学后，让娃娃们来项目部吃饭的事进入落实阶段。

那天放学前，黄老师跟学生们说，回去跟家里说一声：从明天开始去36标项目部吃午饭。6个娃都没有吭气，黄老师说：“他们不吭声以为会收钱，我明确告诉他们不收钱，是免费午餐。”

第二天，6个娃有些忐忑、也有些兴奋地开始了“免费午餐”。为不影响职工正常用餐，黄老师和项目部约定：娃们每天提前15分钟开饭。后来，办公室又专门为他们买来自助餐小托盘、小汤碗，这样吃起来更自在一些。

山里来了筑路人，娃娃们的视野从此不同。而山里娃的坚强，同样感染筑路人

姬拥军喜欢那个叫齐平的8岁男娃，一双清澈、明亮的大眼睛，而更令他印象深刻的，是孩子求学的艰难和“可怜”。

初来乍到时，他开车去天池山勘察，路上见到一个男娃在蜿蜒的山路上偶偶独行。待他在天池山上转了一圈回程下山时，又碰到那男娃，还在沿着上山的路爬坡回家。后来，在教室里他一眼就认出这个男娃，他就是齐平。无论风霜雨雪，日复一日、年复一年地跋涉在艰难的求学之路，他不由感叹：“真是苦了孩子！”

磨坝村的山沟里散居着一千多农户，很多人家都住在山顶。据说这里曾是茶马古道，民国时还有马帮商队往来。山间空气清新，有山风吹、有百鸟唱，有野花和溪水，但是这崇山峻岭也会遮挡人的视野、制约孩子们的认知能力。

黄老师说，讲“赵州桥”这一节课文时，他问学生：“说出你见过的最大的桥是哪一座？”回答是：“吴家营大桥”。黄老师哭笑不得：“那八渡河上的吴家营大桥不过3米多宽、80米长，是孩子被父母领着去县城时路过的桥。前几年山里没有电视时更闭塞，你给学生讲立交桥，他们根本不知那是啥东西。”

于是，当项目经理姬拥军带领施工队伍架设第一片桥梁时，黄老师特意将他的6个学生带到教室外，带到一处山坡“观景点”。黄老师注意到，几个娃一句话都不说，瞪大两只眼睛，看预制梁怎样一点点被架设到桥墩上。

上品德课，黄老师结合高速公路建设，讲测量班的辛苦，讲隧道打通、深山筑路的意义，把教材和修路给学生的感触结合起来。

穿山越岭、气势雄伟的高速公路让孩子们惊奇。桥梁装上了，路通了，山里娃的心扉被打开了。黄老师说：“孩子们眼界大开。”

面对大山，姬总也在观察和思考。在项目部的“点名会”上，他提出：内业人员不能只坐在办公室里看报表和统计数字。他建议：请小齐平做向导，办公室和内业人员就按照他每天上下学的路线走一趟。他希望项目部的年轻人能够欣赏天池山上的绝佳风景，能体会山区民众生活的艰辛不易。

为当地百姓分忧，患难时见百姓真情。修一条好路，留下好名声

与外表的粗犷形成反差：姬拥军心思细腻，他爱读书，擅长写作，欣赏李清照、席慕容等“才女”诗句，精读南怀瑾大师著述。闲暇时涉猎中医理论，偶尔会给同事好友把把脉，而他自己多年偏头痛，问诊第四军医大学，结论是压力大导致的神经性头痛。

姬拥军还很“时尚”，纵使身处万山丛中，电脑写博客、手机上微博，始终跟着潮流走。

他曾将磨坝村完全小学的照片、介绍文字通过“博客”挂到互联网上，很快就得到反馈：一位博友自上海宝山寄来60本书、7套彩笔和20个笔记本。

教室前原本是土操场，项目部将其“硬化”成水泥地面，并装上篮球架，娃娃们上体育课有了好操场；课间愉快地跳绳、做游戏；项目部的年轻人，休息时间也过来和孩子们一起打篮球……学生家长的感激难以言表：“你们来修路，还为小娃子操心，山沟里住了几十年，从没遇到过这样的事！”

6个娃在36标项目部的免费午餐，在学期末，随着农村中小学“撤并”而结束——黄老师和他的6个学生一

起合并到十几公里外可以住宿、有电教设备的吴家营中心小学。

但是，2010 年春天的那一份温暖与关爱，势必在孩子的心灵留下长久印记。

而磨坝村的山水，则见证了 36 标一段又一段佳话。

因高速公路征地，村里 23 户农民成为拆迁户，补偿政策由“县协调办”逐家落实。但是，姬拥军经理强调“咱是央企，应该承担社会责任”，于是调动机械帮助他们平整重新分到的山坡宅基地。2009 年 10 月，项目部邀请征迁户座谈，了解他们的实际困难，每家送上一袋米、一桶油。真心换来群众的理解，36 标房屋征迁在十天线略阳段第一家完成，为顺利施工创造了宝贵的工作面。

村里原有的土路狭窄得只能通过摩托车，下雨泥泞难行，项目部在施工机械紧张的情况下，义务为村里新修了 10 公里水泥路。

善因得善果。2010 年夏天，略阳沿江路遭遇两场大水，“7・23”特大暴雨导致八渡河水暴涨，100 多万元建造的钢便桥被冲垮，项目部院子翻涌着一米深的洪水，从工地查看险情归来，姬总被挖掘机的“斗子”伸臂送进院子里。随后山上的通信塔断电，手机信号全无，与外界失去联系。断水断电断路长达两天，此时粮草“告急”，几乎“断炊”。山上的乡亲们闻讯，主动给项目部送来豆角、土豆、小白菜和大米，话语透着纯朴：“项目部给我们当地做了不少好事，现在你们碰到难处，我们送点菜是应该的。”

2010 年 5 月 3 日，鞭炮声中，36 标最后一片箱梁成功浇筑，完成了汉中西管理处下达的节点任务，获得工程奖 10 万元。

自 1996 年参加工作以来，姬拥军获得过多项荣誉。他从工地打混凝土、焊钢筋等基础工作做起，一步步成长起来。他曾被评为陕西省国资委“四有模范职工”、全省建筑业优秀项目经理、中铁二十局集团“六好共产党员标兵”、十天线汉中西管理处“2010 年度优秀项目经理”的称号。

施工后期，因金融政策调整信贷从紧，姬拥军被工程拖欠款困扰，苦不堪言。但他积极应对、四处筹措，他坚信总会有走出困境那一天。9 月 22 日，36 标的重点工程才子隧道右洞胜利贯通，该隧道曾因资金不到位被外界断言“停工、搁浅”。

工程还在继续，姬拥军表示：“36 标不绝望、不放弃！”

纵横自有凌云笔

——记十天高速 43 标中铁十七局二公司

■作者　杨晓梅

路基 43 标时任项目经理王林俊（左一）和项目书记倪昔海（右二）

“铁军”的名号在当今中国交通建设行业中，那是响当当的。十堰至天水高速公路的建设大军里，中铁十七局二公司跻身其中。随着采访的日渐深入，我们走进了秦巴山的深处，结识了一群不畏艰难，默默奉献着青春、智慧、血汗的“铁道兵”。

走近他们，你会发现铁军精神映照着不屈、无畏、坚韧、奉献……

刀剑锋自磨砺出——王林俊

王林俊，山西省宁武县人，39 岁，高级工程师、长沙铁道学院铁道工程专业毕业，中铁十七局二公司副总经理兼新建兰新铁路项目经理及十天高速 7 标、17 标、43 标项目经理。用身经百战来形容王林俊一点也不为过，说起他所干过的工程和他所获得的大大小小的荣誉，王林俊自己都说“记不清楚了，让我想想”。

2009 年是他的艰苦之年，也是他的荣誉之年。

2009 年，H-C43 标项目部被业主评为特别优秀项目经理部；在业主组织的劳动竞赛活动中，七次获得全线第一名，所获奖励七百多万元；他本人获得优秀项目经理；团队囊括十天高速公路优秀项目总工、优秀技术干部、优秀项目书记等殊荣。

十天高速公路汉中至略阳段 H-C43 合同段位于大巴山北麓、秦岭南麓山地之间略阳县城郊。这是一个特殊的标段，全长 18.698km，由略阳连接线北段、东段、西段和略阳连接线北段与东、西段连接匝道以及略阳连接东、西线与略观路连接匝道组成，相当于略阳县城的绕城线，被誉为汉中市略阳县 20 万人口的“生命线”。这近 19 公里的道路对略阳县的意义十分重大，可是对于它的建设者来讲，建设难度更是巨大。且不说秦巴山复杂的地质构造带来的难处，仅仅拆迁工作一项，就让这个标段的建设者面临巨大的困难。

陕甘川三省交界处的略阳县位于嘉陵江上游，秦岭西段南坡，是汉中市的西大门，占地面积 2831 平方公里，21 万人口。因其地属秦蜀要冲、陕甘纽带，千百年来一直被视为兵家必争和商旅辐辏之所，素有“襟喉”、“锁钥”之誉。县城地处秦巴山深处，城区面积狭小，且被嘉陵江、玉带河、八渡河三水分隔，“人多地少”是这里的突出境况。可以想象，土地对于世代生活在这里的人们来讲，那可真是命之所系。可是，靠近城区 12 公里的道路建设需拆迁 797 户、搬迁 526 户、拆迁其他附属物涉及 116 户，占用土地面积 5412.438 亩（361 公顷）。沿线需占土地包括“5·12”地震之后略阳县城市居民新建的一万户房屋、略阳钢铁厂部分厂区、幼儿园、医院等等。在十天线有这样一句话：“谁接手 43 标，谁就得掉几层皮！”因为谁都知道，43 标是十天线征地拆迁难度最大的标段，

路基 43 标时任项目经理王林俊（左四）现场指导工作

而王林俊就是这个标段的领头羊。

2009 年 6 月，进场之初，工程处于施工准备阶段，一切从零开始。王林俊不等不靠，他坚持以“快”保进度。王林俊常说的一句话是：“凡事预则立，只要我们把一切忧虑变为事前缜密的思考和周密的计划，就没有完不成的任务！”就这样，项目部在无办公和生活设施的条件下，克服了重重困难，在不到两个月时间内，完成了驻地建设、拌和站建设和两个梁场的建设，创下了全线隧道首家进洞的施工纪录，以最快的速度迎来了施工大干阶段。

施工中，王林俊根据 43 标工程协调难度大、地质构造复杂的特点，定期召开工程例会，及时解决影响施工进度的环境、图纸、设备、材料、技术方案等方面的问题，对可能影响工程整体进度的重大问题和阶段工作提前安排。王林俊的管理可谓独树一帜，为在保证质量的前提下加快工程进度，项目部积极响应汉中西管理处的号召，大力开展劳动竞赛，创造性地在队与队、班与班、墩与墩之间掀起了比安全、比质量、比进度、比节能降耗，管理创先、技术创新、质量创优、效益创佳的“四比四创”劳动竞赛活动，将安全、质量、管理、进度、效益和现场文明施工等指标层层分解，落实到每个作业班组、每个岗位、每个人，实行责任连锁，严格考核，奖罚兑现。劳动竞赛激发了员工的工作激情，加快了施工进度，提高了工程质量。在他的带领下，项目部全体人员不敢丝毫懈怠，重点、难点工程在方案预控、项目标准化管理上下工夫，施工生产稳步推进。科学管理、井然有序、文明施工是 H-C43 标的突出特点。

王林俊是一个用诚信、用关爱感动和感染别人的人。诚信、关爱的结果就是，施工承包方在施工中遇到问题，会自己先积极想办法，工期上决不推延，质量上决不马虎；员工在工作中遇到问题，会想尽一切办法解决，整个队伍和谐、团结、友爱、文明。

陕南的二季度和三季度，天气常常是阴雨绵绵，施工大受影响。王林俊意识到只有抓住冬季施工的良机才能保证顺利完工。可是冬季施工有很多限制条件，不解决这些问题，工程质量就得不到保障。“困难再大，也要想办法克服，我坚信一句话，办法总比困难多。”每遇到困难，他就拿这话来鼓励自己鼓舞他人，他和项目人员一起研究，制订了详细的冬季施工质量保证措施，合理调配基础灌注桩混凝土配合比，以确保工程质量；采用蒸汽养护和棉被包裹等方法对墩柱和梁体进行养护，保证混凝土外观质量。这些施工方法不仅保证了冬施质量，而且得到了上级单位的赞扬。

H-C43 标项目的地质是全线最复杂的一段，因此 43 标项目是全线的重点难点工程，加上雨季持续时间长，使得施工难上加难。面对困难，王俊林不等不靠，积极组织人员优化施工方案，合理安排施工工序，大力开展“大干一百天”等劳动竞赛，保安全、保质量、抢进度，在业主组织的 16 次全线劳动竞赛考核评比中，7 次获得全线第一名，4 次第三名，获得奖金 706 万元。2009 年底，项目部被陕西省交通运输厅评为“特别优秀项目经理部”，他本人被评为“优秀项目经理”。

春风化雨润无声——倪昔海

倪昔海，四川人，48 岁，铁建公安局第十七公安处二分处派出所所长、刑警大队长，兼十天项目 H-C43 标党工委书记。他主要分管项目对外协调、企业文化建设等工作，多次被评为公司优秀民警、先进个人、先进生产者、优秀协调员等荣誉称号。

采访中，倪昔海反复说的一句话是“不等不靠”，不管遇到什么困难，既定的目标、任务一定要完成。

“征迁”，上对政府下对百姓，是个敏感的工作。怎样将征迁中的矛盾化小，达到互利共赢，换位思考很重要。倪昔海说，无论做企业还是做人，都要讲诚信，与人方便才能与已方便。

面对 H-C43 标段受地方干扰因素多、征地拆迁难度大、任务量大、工期紧等诸多困难，为了不影响本已十分紧张的工期，倪昔海和项目部负责环境征迁的人员，拿着图纸与汉中西管理处略阳工作组的同志一道奔赴一线，量地盘、划红线，与居民推心置腹的交流。

“最开始，我们项目部的人分两班，中午一般顾不上吃饭、休息，一天能吃两顿饭就不错了。”接手此项工作，倪昔海就做好了掉几斤肉的准备。环境协调的很多事情需要与当地政府部门合作，为了第一时间找到能够解决问题的人员，倪昔海采取“蹲守”政策。只要有事情需要找政府部门，第二天一大早，他的身影总是第一个出现在有关部门的门口，总是第一个谈，时间久了，倪昔海有了一个外号—“阻门专业户”。不仅如此，他还借助手机短信，增进与政府部门工作人员的沟通：“今天周末，不要太累了！周末愉快！”简简单单的几句话，搭起了心与心之间的桥梁，项目进场不到一个月，征地拆迁工作便赢得了主动权。

略阳县城周边的地价已经水涨船高了，高速公路征地拆迁补偿却还是早前的低标准，加上很多房子是“5·12”地震后新建起来的，有的刚搬进去，有的还没有来得及搬。要拆迁这些房子，难度可想而知。一方面是老百姓的切身利益，一方面是紧了又紧的工期，而高速公路补偿标准又不是施工单位能够左右和改变的，征迁被夹在中间，左右为难……倪昔海说：“铺路修桥，本是造福百姓之事，如果因征拆而与百姓闹不愉快，甚至损害百姓利益，那就违背了修路架桥的初衷。”本着为一方百姓谋利益的真心，倪昔海换来了群众的理解和企业的支持。

村民对自己的利益得失斤斤计较，针对施工时的灰尘、放炮时的噪声等等，他们会成群结队到项目部闹。他和征迁人员总是认真分析群众的利益诉求，符合政策的按照规定给予补偿，不符合政策规定的就反复作解释讲道理，一次不行两次，两次不行三次……“和群众打交道一定要讲明政策，还要有耐心，一碗水端平了，问题就能得到解决。”每一次群众来访，不管对方言语如何不逊，他总是笑脸相迎，和风细雨的作解释。在前期施工中，有一些“钉子户”闹事，有的甚至将施工便道或项目部大门堵住，严重影响施工生产。每次遇到这样的情况，他总是积极出面，联系地方派出所、协调办等部门，共同商讨解决。像这样的矛盾纠纷，有时候一个月有四五起。

一次次的走访、一次次的谈心、一次次将矛盾大事化小，小事化了，一次次地解决了看似不能解决的难题。他的诚心、诚意打动了沿线群众，在后期的施工中，群众闹事明显减少了，有的人还感动地说：“之前是我们不明理，经过倪书记解释，我们明白了，你们是来帮我们家乡搞建设，帮我们修路致富来了，以前阻拦你们，我们惭愧啊。”

小荷渐露尖尖角——白雪峰

能够独当一面的项目常务副经理白雪峰是 80 后，可是在他身上却丝毫看不出 80 后的稚嫩，第一次见面留给人的印象是：憨厚、诚实、精明、能干。

太原科技大学工程机械专业毕业的白雪峰，一上班就跟着王林俊干，俗话说“强将手下无弱兵”，白雪峰就是王林俊一手带出来的一员“大将”。

2009 年 6 月，白雪峰被公司任命为十天高速公路 43 标项目副经理，负责全线的施工管理。由于项目隧道施工围岩差，容易发生涌水、塌方等地质灾害，于是每天会同现场技术人员合理安排工序、优化施工方案便成了他全部的生活。

提起 43 标，白雪峰骄傲之情溢于言表：“我们标段的工程质量和进度那是没得说，全线第一根桩基、第一个承台、第一根墩柱、第一个进洞都是我们标段，表率！” “别看现在说起来很容易，当初那可是扒了大家的一层皮呢。”

当修建连接线的四支施工队伍一开进现场，大家就傻眼了！

43 标承建的略阳东西连接线就在略阳钢厂的后面，施工场地狭小，机械根本没办法开进去，而且在离施工现场不足 20 米的地方，就是一片居民楼，站在施工现场，都能看见对面居民楼的人家炒什么菜。这样短的距离，放炮炸岩石那是根本不可能的，因为火药量一旦控制不好，就有可能炸到居民楼，施工难度可以想象。

没办法，只能采取风镐，一镐一镐地开凿岩石，再由人工慢慢将碎渣抬下去。施工的问题解决了，可是开挖出来的碎渣往哪里倒又成了一个大问题，施工场地是略阳城郊，对于“五山加三江”的狭窄小县城来讲，寸土寸金，没有地方建弃渣场，怎么办？白雪峰就和现场技术干部一次次地勘察，想尽各种办法，最后，他们认为略阳是属于山区，多雨季节容易从山上滚下山石和碎渣土，安全隐患较大。于是他采取将弃渣做成防护挡墙的方法，既挡住了多雨季节从山上滚下的山石和碎渣，又有效地解决了项目弃渣的问题，他的做法得到了项目部及上级单位的肯定。

弃渣的问题解决了，钢筋运输又成了一个制约工程进度的头疼事。施工中需要的钢筋数量很多，项目地处略阳山区，机械根本派不上用场，只能用板车将钢筋拉到离施工场地 2 公里的地方，工人再一根根地抬到工地。就是在这样的条件下，他通过采取合理的奖罚措施及关心关爱职工的生活，极大地调动了职工的积极心，仅仅用了 3 个月时间，就完成了全部任务，受到了项目部的好评。

一代又一代“痴狂”的铁建人前赴后继，移山填海，在祖国锦绣山河织出了铁路、公路、经济腾飞的交通大网。

路基 43 标项目经理白雪峰（左一）

决战嘉陵江篇

THE DECISIVE BATTLE OF CHIA –LING RIVER

“山是苦难的合订本”。千百年来，欲想走出秦岭这宇宙杰作的先民们，以超常的智慧再加愚公精神，劈山开石、断垭修栈，终于在绵亘崔嵬的崇山峻岭中，开辟了一条沟通三秦大地、连接川蜀甘陇的陆路通道和嘉陵江水道。这条穿越秦岭的南北陆路通道称为蜀道，也叫故道。这条嘉陵江水道，就是当时沟通我国西部与西南地区的水上交通大动脉。

江河奔流，沧桑变迁。今天，虽然蜀道不再难于上青天，但狭窄、低等级的路况，仍与当今的时代不匹配，更束缚了陕南人民疾行向前的脚步。

时间的指针指向公元 2009 年 7 月 23 日，百万筑路大军开进山里，打破了昔日的宁静，让尘封的历史苏醒……

位于陕西略阳西北部的马蹄湾村，地处嘉陵江流域，祖祖辈辈与山川为邻，过着平静而有些清贫的日子。村里成长起来的年轻人总是压抑不住内心对山外的向往，梦想有一天村口崎岖的羊肠小道能够变成一条康庄大道，连接起家与外面的世界。随着十天线高速公路建设的启动，他们的梦想就要实现了。但随着开通日期的临近，他们的心却因为与筑路人难舍的情义而无法平静。

人·路·情

——记十天高速公路汉中西段路基37标中铁十八局

■作者　杨玉梅

路基37标项目经理李瑛

一封表扬信

2010年，汉中电视台收到了一封来自马蹄湾村老百姓的信，朴实无华的文字讲述了他们对十天线37标项目部难掩的感激之情。

故事回溯至2009年，项目经理李瑛和总工徐海带领15人坐着小船进住到马蹄湾村，当时江里的水很深，小船是村民、牲畜出山进山常用的交通工具。山里除了一条羊肠小道，基本上没有其他能称得上路的地方。于是，摩托车成了村民唯一的机动工具。

每年庄稼成熟季节是村民们最忙碌也是最紧张的时候，尤其田地在江对岸的村民更是揪心。交通的不便让他们无法利用便利的现代化收割机械，不得不采用肩挑背扛的原始农耕方法。河对岸的庄稼只能靠小船运送，但若遇涨水，就将是一件危险的事情。

37标进驻项目部后，第一件事就是用10天的时间，抢修出了造价为60万元的漫水桥。不久后，为进一步改善村里的交通情况，他们又自掏腰包为老百姓修了一条5公里长的碎石路，而今他们为了进一步保证村民出行的安全，又投入80万修了跨江的钢便桥代替进场时修的临时漫水桥。

又到一年秋收时，马蹄湾乡庙坪村的村民再也不用担心涨水时如何运输对岸收割的庄稼，因为路和桥修好后，他们可以开着拖拉机自由来往于河两岸，肩挑背扛的日子已经过去了。

鱼水情深

人心换人心，老百姓将37标建设者们对他们的好处牢牢记在心上。

2010年8月12日，一场突如其来的大水将桥梁冲毁，山路冲断，外界进不去，里面的人出不来。当时，山里有500多名施工人员被困山中，与外界失去了联系。马蹄湾村的老百姓得知消息后，顾不得危险，踩着泥泞的山路，甚至爬下陡峭的山坡给受困人员送去馒头和青菜。与此同时，项目部的管理人员也在积极寻求着营救措施。项目书记亲自带领项目部管理人员手拉手往山上爬，5公里的路程竟走了三四个小时。当他们赶到山上见到失去联系一天多的战友时，泪花模糊了眼睛。再看看老百姓送的菜和粮食，泪水夺眶而出。当项目部人员要给老百姓钱表示感谢时，他们说啥也不要。

“你们来了，为我们修了路，搭了桥，你们有难，我们能不管吗？粮食，我们有的是，我们就是爬也要给你们送来。只是蔬菜不能保证，因为我们也出不去山了，没法买菜给你们送来。”老百姓口中“出不去山”这个词刺痛了 37 标在场的每一个人，在他们心中，快速优质地建设十天线，已经不仅是一份任务，更是一份责任。

不辱使命

2011 年 6 月 12 日，记者伴着小雨与驾驶员一同前往 37 标所在地。车子沿着嘉陵江的狭窄山道前行，大家都在为随时可能遇上的滑坡塌方而不安。车颠簸着走过一个个大坑，溅起的污水多次弄花了挡风玻璃，路上的红色黏土雨后成了烂泥巴。从眼前的情景，不难想象 37 标段施工的难度。

经过几十分钟的颠簸，记者到了 37 标的驻地—— 一块半山腰上的平地。项目部非常干净，青山绿水间显得非常幽静。在项目驻地，记者见到了总工徐海。徐海是山东潍坊人，没有一点山东人的高大威猛，倒显得有些清瘦，略带几分文气。早就听说，他是全线出名的“好总工”，连续几个春节没有回家了，自打西安交大毕业，至今未离开过陕西，黄延高速、安界高速等都留下了他征战的足迹，十天线汉中西段的 37 标是他参战的第 5 个项目。艰苦的磨炼催其快速成长，不几年就成了项目上的顶梁柱。“5·12”汶川大地震，宁琪高速公路上的隧道也受到了影响，为了防止出现意外，陕西省交通运输厅要求十天汉中西项目处紧急选派精兵强将奔赴宁琪高速公路隧道抢险，徐海带了十几名业务骨干于大年三十赶到抢险地点，抓住春节放假车流量少的有利条件，紧急抢险施工 。最忙的时候连续吃了三天的方便面，终于在正月十五赶回十天线汉中西段来。

37 标要修建一条 4.3 公里长的特长隧道——才子隧道，与 36 标两头对打。还有一个两公里长的堡子梁隧道。他们的隧道在全线第一家实现“零开挖”。隧道施工的难题是地质复杂、岩层多变，有时一个断面出现板岩、碳质板岩、钙质板岩、千枚岩等多种围岩，诸岩中，尤以千枚岩最难缠，见风就软，见水就是泥。2010 年 5 月，随着掌子面的推进，从断面上看还不错，可后面就是碳质板岩，正当工人们准备用水泥将开挖出来的掌子面固定支撑住，带班的技术队长林孔云突然发现上面有碎石落下，而且出现裂隙，紧接着越来越大，多年打隧道的经验让林队长大喊一声“不好，要塌方，快撤！”说时迟那时快，工人们闻声迅速往外跑，后面紧接着传来哗啦啦的垮塌之声，隧道里顿时浓烟四起，工具、车辆都被埋在了里面。大家情绪稳定后做了片刻修整，又迅速开始了对作业面的清理。施工的台车没了，工人们两天两夜没休息焊接了一个新台车。

徐海说“我们做工程搞施工要把质量安全放在首位，坚决杜绝偷工减料和违规作业。百年大计质量第一，终身保修负责到底。”

不惜成本

37 标的隧道在全线第一家实现“零开挖”。因为要保证尽量少破坏山体，“零开挖”比正常开挖要慢十几天。虽然成本加大了，但他们觉得为了“让青山常青，让绿水常绿，修出一条生态路，值！”项目经理李瑛凭着精湛的专业技能和丰富的管理经验，大胆采用多项国内先进技术。在隧道施工中，若是按照常规切斜面施工，对生态环境的破坏是巨大的。他坚持亲自到现场查看地形，和测量队一起在现场对隧道周边环境进行反复测量、查看，和技术人员一起研究方案，终于把“零开挖”施工技术做成了全线的典范。2009 年，管理处的领导、隧道施工的项目经理齐聚在这里开了现场会，37 标的经验成了大家的模板。

早在 2009 年 6 月初，刚刚接到中标通知时，项目经理李瑛立即组织人员对工程进行现场踏勘。踏勘过程中，李经理发现 37 标工程施工便道必须跨越嘉陵江，必须修筑施工便桥，施工机械、原材料才能进场。当时已进入汛期，修筑跨江便桥已来不及，李经理力排众议，决定加大投入，先修筑临时管涵便桥，保证前期工程机械设备、原材料进场，然后再利用冬季枯水期修筑钢结构施工便桥，并立即实施。

在各级领导的大力支持下，项目部全体参建人员众志成城，逐一克服了图纸下发晚、电力供应不到位、施工场地狭窄、雨水繁多等诸多困难，保证了工程的安全、优质、高效，在业主组织的劳动竞赛中，37 标段多次名列前茅，37 标项目经理部也连续两年被汉中西管理处评为年度“优秀项目经理部”。

秦巴山中架桥人

——记十天高速公路汉中西段路基 38 标中铁一局

■作者　刘林科

路基 38 标项目经理石全海

打响“第一枪”

十天高速公路汉中至略阳段地处秦巴腹地，自古便是秦蜀陇“咽喉要冲”。在此修路必须穿山越岭、跨江过河，工程之难显而易见。该段的难中之难是 H-C38 标，H-C38 标主要工程为“两桥一道”，两桥指的是嘉陵江 1 号大桥和马蹄湾大桥，全长 3626.61 米（左右幅总计）。一道为龙王沟隧道，全长 1928.43 米。中铁一局桥梁公司凭借骄人的业绩和良好的信誉，通过竞标一举拿下这个全线的重难点控制性工程。

揽下“瓷器活”，必须要找好“金刚钻”。中铁一局桥梁公司高层领导精挑细选，调兵遣将，最后组建了以项目经理师全海、项目书记李建民、总工程师陈慧等 6 人组成的项目部领导班子。公司上下对他们的评价是：点子多，干劲大，懂技术，会管理，善协调，敢于打硬仗恶仗。

果然，这个班子一出场便身手不凡。2009 年 6 月，一支队伍迅速开进，在秦岭山下安营扎寨。短短十多天，项目领导和各个部门的员工全部进驻新办公大楼，工程组织设计，验桩、交桩和加密桩、征地拆迁等工作随即展开，有条不紊。挖掘机、铲车、吊车、拌和站等各种施工机械物资设备按序进场，施工便道很快开通。临建快、建设好、投入大、标准高，得到了业主和监理单位的一致好评，在十天线汉中西所有项目中打响了“第一枪”。

啃下“硬骨头”

嘉陵江 1 号大桥、马蹄湾大桥是全线独有的两座刚构桥，无疑是两块“硬骨头”。这对于修过跨越长江、黄河多座桥梁，啃惯“硬骨头”的中铁一局桥梁公司不算难题，难的是有“骨头”不让“啃”。

原来，业主为了优化设计，考虑后期运营，对线路设计进行了调整，施工图纸晚到了 5 个月。项目部接到正式图纸时已是 11 月初，冬季寒冷，不利施工，人员组织也困难。项目经理师全海身经百战，对工作要求‘紧、严、细’，永争第一是他工作追求的目标。为保证合同工期按时完成，他多次找设计院和业主，对重点控制性工程如何组织施工、存在的问题如何解决进行了专题演示，得到了设计部门和业主方的一致认可。项目书记李建民发挥老政工优势，不等不靠，主动与当地乡镇、村委和当地居民接触，走街串巷，田间地头，晓之以情，动之以理，使拆迁征地这项棘手的工作进展顺利。

为了把耽误的时间抢回来，项目部设立了嘉陵江 1 号特大桥、马蹄湾特大桥两个工点，实行区域化管理，领导班子成员分片包干抓管理，采取多开工作面的办法，提高施工生产进度。项目部掀起了冬季大干的热潮，调集所有人员、物资、机械设备，放弃节假日，实行“三班倒”，人歇机不停。桥梁作业队队长、共产党员王观斌是一个不知疲倦的铁人，始终把质量和安全放在第一位，对桥梁施工的每道工序都了如指掌，一道程序甚至一个小细节不合格就必须返工，较起真来没有不怕他的，人送外号“黑脸包公”。经过几个月的奋战，2010 年 4 月 15 日，嘉陵江 1 号大桥重点工程的深水基础和承台提前 7 天首先告捷。

天有不测风云，马蹄湾大桥的施工出现了问题。 2010 年 7 月，江里发大水，施工用的便桥被一条采砂船撞塌了，材料运不过去，抢修便道花了一个半月。在时间比黄金还珍贵的施工期，40 多天意味着什么? 水退了，便桥修好了，冬天又到了。更难的事情接连发生。修便桥时，补进来一批民工，干了几天不行，许多活儿达不到技术要求。项目部当机立断，把这拨人全换了……

“硬骨头”中最硬的一块就是龙王沟隧道了，这个 1928.43 米的隧道，虽然在同类隧道中不算长，但是洞口离地面 58 米，要想施工必须先修盘山的便道。虽是便道，说起来轻巧修起来不易。山坡上都是红黏土，天晴时像刀，能把车的轮胎轧破；下雨时像胶，又把车的轮胎黏住。最好干的时候是阴天，湿度大，刀似的泥土柔软些。那些日子，项目部的人特别关心天气预报。管理处给大家统一定制了天气预报短信，项目经理、书记、总工、各部门负责人，每天能准时收到未来 3 天的当地天气预报短信，以便及时安排施工。隧道施工对生态环境要求极为严格，只能实施“零开挖”。2009 年 10 月，隧道正式开挖。为了尽量减少对周围植被环境的影响，项目部总工陈慧，这个毕业于中国矿业大学学结构力学的高材生，亲自盯在现场技术把关，起初每天按半米、1米的速度掘进，随时观测对山体的影响。一切正常后，才按一天 4 米的速度施工。2010 年 9 月龙王沟隧道正式打通了，庆功现场会大家都流下了喜悦的泪水。

铸造“精品路”

铸造精品，用实力赢得信誉，是中铁一局桥梁公司始终不变的承诺。在 H-C38 标施工中，项目部以建设一条绿色、低碳、环保型高速公路为目标，在项目经理师全海的带领下先后突破了土壤含水率偏大的难关，破解了改良土变 AB 料的难题，改进了大跨度连续梁高墩工艺，提高了大体积混凝土外观质量控制……通过科学试验，攻坚克难，顽强拼搏，他们把十天汉中西重难点控制性工程干成了全线的亮点工程，业主多次组织施工、监理单位到项目部进行观摩参观，学习先进的施工经验。

针对高墩、跨河、跨铁路施工的难点和安全风险大的情况，在施工过程中，项目部以创建中铁股份公司安全标准工地为目标，执行三标一体管理体系，认真落实安全生产法律法规，坚持组织、责任、激励、处罚四个到位。专职安全员郑峰在安全管理上突出“三勤”：勤检查、勤指导、勤走动，经常深入到工班组给他们讲安全工作的重要性，对高墩、悬臂梁等高危险作业阶段，基本上哪里有施工，哪里就能看到他的身影，也正因如此，郑峰连续 6 年被公司评为优秀共产党员。正是有一批像郑峰一样的安全员严格把关，用行动筑起安全的防线，才把安全隐患消除在萌芽状态，顺利实现了零事故的目标。

项目部党工委始终把促进施工生产作为衡量工作实效的标尺。牢固树立以人为本，建优秀企业文化的思想，把施工生产与项目文化建设结合起来，不断丰富“诚信创新、永争一流”的企业精神内涵，学习发扬窦铁成的五种精神和抗震抢险的七种精神，并以多种形式开展了“高扬党旗建十天、标准高效创一流”的主题活动，将党建工作融入施工生产的全过程，引导员工爱岗敬业，树立企业的良好形象。

干一项工程留一片美名。中铁一局桥梁公司汉中西 H-C38 项目部先后荣获了略阳县爆破物品管理“规范单位”称号、汉中西“先进施工单位”、中铁一局“三工建设示范点”、桥梁公司“先进党支部”、中铁一局“模范职工之家”、中铁一局“安全样板工地”等多项荣誉，先后多次受到汉中西管理处嘉奖，累计奖励金额高达231.86 万元。两项 QC 成果分别荣获省部级奖励和国优奖励殊荣。

这正是：九州之险秦岭山，华夏文明龙脉源。秦风雅颂架桥人，攻难克险为梦圆。高山仰止秦淮路，中铁一局美名传。

铁军意志的再锤炼

——记十天高速公路汉中西段路基39标中铁十五局七公司

■作者　佟小鲲 杨玉梅

路基39标项目经理王洪东

说起在建的何家村大桥、何家村隧道、嘉陵江2号特大桥，中铁十五局七公司十天高速公路39标，人人都是一肚子苦水。他们2009年6月就进场，10月20日才拿到一改再改的施工图，赶工期却遭遇泥石流、塌方、洪水、油料危机……纵然久经沙场，可如此接踵而至的倒霉事势必打击39标铁汉们的情绪。面对天灾，项目经理王洪东虽然常常一脸无奈，但是他和他的“战友”们却从没有屈服过。

频发的地质灾害

越野车在泥泞的施工便道上打了几次滑，终于“吼叫”着“爬”到一座大山的半山腰上停下来。王洪东指着眼前被坍塌的山体埋得几乎看不见的一个弧形洞口说：“这就是何家村隧道”。

王经理开始讲述他们的“不幸遭遇”：39标开始就是从这里掘进的，工人白天黑夜加紧干，终于挖了18米，支护也一并做好了，一切看起来顺利推进。可是，意想不到的情况出现了，因为山体破碎，何家村隧道所处地带出现了整体位移的滑塌现象。原来是从出口进洞施工，现在改成了从入口进洞。

“这个隧道可是把我们折腾惨了，你们现在还可以看到这里有许多大的裂缝。洞口要不是当初打上了抗滑桩支护，恐怕现在被埋得一点痕迹都没了。”说到这里，王经理一脸的无奈。

说起他们在建的何家村大桥、何家村隧道、嘉陵江2号特大桥，中铁十五局七公司十天高速公路39标项目部，人人都是一肚子苦水。

当初项目招投标时，没有何家村隧道，只是100多万立方米的挖方工程。当项目部2009年6月进场后不久，业主和设计方因考虑高边坡带来的安全隐患比较大，将原设计方案变更为何家村隧道。这次变更增加了工程量，也对技术提出了更高的要求。

开门就是一个“下马威”。当隧道右洞掘进4米、左洞掘进18米时，他们在山顶观察到地表有一条长20米、宽1厘米的裂缝。凭着多年打隧洞的经验，他们立刻警觉起来，马上报主管单位。经有关人员现场勘察，决定停止左线开挖，右线照常施工，并对地表随时进行观测。到2010年元月时，右线已掘进了8米，发现洞顶地表裂缝长度增加到了60米，右洞洞内也发现了裂缝，于是施工停止。

通过近半年多的观测，发现山体裂缝和洞内裂缝不断加大，只得重新修改设计方案。大家只能在兄弟单位热火朝天的施工中焦急等待复工的日期。左盼右盼终于等来了变更后的设计图，正当鼓足了劲儿的39标项目人员决定

大干一场时，新的问题又出现了。

新设计方案，决定换方向从入口施工进洞，但是由于场地狭小，很难大规模施工。39 标紧靠 38 标的嘉陵江 1 号特大桥，两标段共用一条便道。一进入雨季，红黏土都变成了烂泥，从山下往上送材料的车辆像船一样在施工便道上“漂移”。双方都在一个便道上行走，虽然都“夹着胳膊”走路，但彼此不是擦肩而过就是碰翻在一起。

不能甩开膀子怎么大干？于是 39 标准备“另起炉灶”。他们从山底修建了一条“之”字形的施工便道至半山腰上的施工作业点。两个月后，这条属于自己的“专用路”建成通车。

本以为换了方向，能带来好运，谁知破碎的山体在雨后还是经常出现大面积的滑坡。掘进了 10 多米后，泥土从山顶上整个滑下来，设备、钢筋、材料、变压器、空压机都给埋在里面了，活儿又一次停了。

王经理说：“这一带处在‘5·12’地震断裂带上，山体都给震‘酥’了，怎么换方向干活儿都是一样的难。”虽然他们明知道当初在出口方向掘进的 10 多米“劳动成果”可能已化作乌有，但还是心存侥幸，跑到对面山上一看，已做好支护打进的 10 多米隧道全部垮塌，洞口被掩埋得只剩下一点痕迹。经理、总工、技术人员等所有参与过隧道建设的人心里都酸酸的，自己用心血、汗水换来的劳动成果就这样被这无情的大山、破碎的山体吞噬了。

39 标开门就不顺，本想寄希望于其他承建的项目会有好运，没想到也全都是“绊马索”，接下来的困难更是一个接一个。

突如其来的洪水

2010 年，对于 39 标的参建者来说那真是刻骨铭心。3 月份，王家滩 1 号隧道右洞贯通后，山体整体下沉，把隧道的拱压变形了，造成净空不够。原本想通过换拱、凿掉下沉的部分，再重新支起来，可原来的施工队伍看到不安全已经全跑了。

困难还没有得到完全解决，该标段又遭遇了一场突如其来的大洪水。这一年的夏季，该项目工地遭遇了多次强降雨和洪水的袭击，工地遭受了巨大的损失。

至今王洪东还清楚地记得 7 月 23 日，那个雷雨交加的日子。那天，项目部拌和站变成水乡泽国，凶猛的洪水就像发了疯的猛兽一样将施工便桥吞噬掉了，将预制梁场淹没了，存梁区的几片梁也被洪水吞掉了。滑坡、塌方随处可见，形势十分危急。拌和站以及梁场的施工驻地陷入危险，几百号人的生命也受到威胁。王洪东带着项目部领导班子成员和部分青壮年员工冒着沿江路山上的滑坡和飞石徒步奔向工地现场。看着眼前的一片汪洋和脚下肆虐的洪水，他们来不及悲伤就投入到了抢险工作中。

“喂，赵站长吗？拌和站的情况咋样啊？人员和机械设备都撤到高处了吗？”尽管王经理的声音已经提到了最高，但还是只能听见对方不停地喊着“喂……喂……”

一波洪水还没完全退去。7月26日、8月12日，39标又连遭两次大洪水的侵袭。其中，8月12日这次最严重。这次洪水来得急，来势猛，江面上漂浮物特别多，不到一个小时江水就暴涨了三四米。一时间，拌和站告急！施工便桥告急！

“喂……喂……王经理，现在施工便桥和拌和站告急……请指示。”时任项目总工江峰第一时间将情况通报给了在外地出差的项目部经理王洪东。

“一定要疏散人员，将人员撤离到安全地带，确保人员安全”，王洪东在电话那头喊道。

接完电话，江峰迅速召集项目部领导班子成员和青壮年员工赶赴现场指挥人员和物资撤离。在项目部员工和施工队的共同努力下，终于在短时间内将所有人员撤离至安全地带，确保了人员安全。

连续三次大洪水给39标造成了巨大的经济损失。沿江路多处被冲毁，有些地段的施工便桥更是被冲得都不见了，施工便道多处大面积滑坡和塌方，八片预制箱梁、数十吨的模板被冲毁，电力设施严重受损，供电系统基本处于瘫痪状态，许多施工现场的机械设备被埋。与此同时，由于山体滑坡导致何家村大桥的桩基出现位移，一下子报废了几十根桩，直接经济损失近一千万元。

没等洪水完全退去，大家便迅速从洪水的阴影中走了出来。项目部于8月15日召开恢复生产动员大会，恢复生产的一个重要问题就是重新修筑冲毁的便桥。为了节约时间，他们一边在原来的便桥处修一座新的钢构贝雷桥，一边在王家滩2号隧道洞口边修建一个新的临时拌和站。

桥断了，设备运不进来，他们就从临近的40标临时租设备恢复生产。经过一周多的方案制订和各方协调，施工便桥于8月24日开始正式恢复施工，施工电力系统于8月27日恢复。

没完没了的困难

随着2010年9月28日施工便桥恢复通车，大干高潮也随之拉开了序幕。为了抓住冬季施工的大好时机，将汛期耽误的时间夺回来，实现春节前全部完成嘉陵江2号特大桥下部结构的目标，参建者们没日没夜地追赶工期。

短短的三个月时间，嘉陵江2号特大桥的几十根墩柱拔地而起。

短短三个月时间里，他们创造出了近一个亿的产值。

腊月二十八，最后一根墩柱完成，嘉陵江2号特大桥下部结构全部完成。

来不及欣喜，新的问题又摆在了面前。“似乎老天爷在故意捉弄我们”，经理王洪东说，“刚刚有了点成绩，又爆发了油料危机” 。

一段时间里，因为油料匮乏，机械停转，部分工点被迫停工。

为了解决“油料危机”，利用冬季施工的绝好时机，王洪东带领着物资部门人员走东家、串西家，到处去要油。功夫不负有心人，半个多月后，要回的几十吨油暂时帮他们渡过了这一难关。

油料问题刚解决，39标又陷入了新问题。他们施工的王家滩2号隧道进入浅埋段，这一段最大埋深只有16米，而且还有大量的渗水，稍有疏忽就有可能发生坍塌事故。何家村隧道施工时给他们留下了深刻的教训，也给他们留下了宝贵的经验。为了生产能够安全稳步推进，王洪东经理要求项目总工江峰迅速召开专题会议，制订施工方案。面对着从未遇见过的技术难题，项目部邀请设计院、总监办等单位和部门的专家现场勘察，最终确定了施工方案。施工过程中，他们严格按照“管超前、短进尺、弱爆破、强支护、勤测量、早封闭”的施工原则，一是加大了监控量测的频率，把原来定的三天一测变成一天一测，务求问题早发现；二是加快初支的速度，加强支护的强度，每开挖1米就初支1米，并提高了支护的强度；三是每天加派一名技术员值守现场，对每一个细节都了如指掌。经过三多月的辛苦努力，终于顺利穿过浅埋段。

风雨后的彩虹

尽管 2010 年对于十天高速公路 39 标的建设者们来说是个坎儿年，但他们还是取得了骄人的成绩——年产值近两个亿。在业主对他们的形象进度、安全、质量等各项指标考核中，39 标在沿江路乃至全线的各个标段中都名列前茅，他们获得了各项奖励两百余万元。项目经理王洪东也被业主评为优秀项目经理人。

当 2010 年的天空还未放晴，2011 年的阴霾就已经随之而来。受国家宏观调控政策影响，业主资金链断裂，导致一个多亿的工程款不能及时下拨。因为没钱，材料商不给发货，工人也陆陆续续走了。材料缺乏，工人流失，好多工点被迫停工。一时间，整个工地变得冷冷清清。

看着如此情形，王洪东好几晚无法入眠。“没钱也得干活儿啊，不能干等着啊。”王洪东说：“只要有材料，活儿就能先干着。”一方面项目部和材料商协商，另一方面先稳住工人的情绪，领导班子天天下工地给工人做思想工作，与工人们同吃同住，事态渐趋稳定。

王洪东说：“以前很少遇到这么多不顺，中铁十五局是一支铁军，郁闷之后，得想如何解决问题。”

在接踵而至的困难中，王洪东和 39 标的全体人员以铁一般的意志与困难较量，再次证明了铁军的实力。

“嘉陵江水向西流，乱石惊滩夜未休”，滔滔嘉陵江自古就有着险峻的地势。40 标所在的施工段，人烟稀少，只有山顶上散落着几户人家。这里远离城市，出行的道路经常塌方，生命在怒吼的嘉陵江面前显得那么的脆弱。但自从三航局这群筑路人来到这里，多年不可逾越的天堑正一点点变为通途。他们攻克了工程中各个难点，顺利完成了嘉陵江纵向特大桥的建设，再一次用行动和作品塑造了三航品牌。

跨越嘉陵江

——记十天高速公路汉中西段路基 40 标中交三航局

■作者　佟小鲲 杨玉梅

路基 40 标项目经理刘刚

山洪来袭

在十天线采访，总会听到各种惊险的故事。2011 年 6 月 13 日，记者一行前往 40 标所在地，他们的故事从洪水开始讲起。

40 标项目部地处秦岭深处嘉陵江上，通往项目部的沿江路一侧是满眼青翠、巍峨的高山，一侧是静静流淌、蜿蜒曲折的嘉陵江。汽车在狭窄的沿江路上颠簸着、打滑着前行。刚出发时路宽还能有十几米，越往里走路越窄，最窄处大约也就四五米宽。由于路窄，每次的错车都感觉到脚下就是江水，随时都有掉下去的感觉。沿途随处可见滑落的碎石，望着松软的山体，总在担心会被掉落的碎石砸中。经历了几个小时惊险的旅途，我们来到了中交三航局十天线汉中西 40 标的驻地。站在驻地，嘉陵江水就在眼前悄然流淌，沿石阶而下便可触摸到丝丝凉意的江水。

接待我们的是项目副总工兼工程部部长仝占武，小仝见到记者的第一句话就是“怎么样？感觉我们这里很漂亮吧？”还未等我们回答，他就说开了，“项目部刚开始驻扎在这里时，刚参加工作的大学生看到这青山绿水别提多兴奋了，没到一周他们谁都不愿看了。看来人间仙境的地方实则很艰苦，平常最多也就只能到村里的小卖部买点零食和水。”

说起嘉陵江，小仝是又爱又恨。“别看它平时很温顺，而且水也不深，到处是浅滩，有的地方水浅浅的清澈见底，怎么也想象不到它发怒时会像头暴烈的狮子。”说起嘉陵江在 2010 年 7 月 23 日、8 月 12 日的两次“发飙”，仝占武现在还心有余悸。“40 标的主要任务是修建全长 4.3 公里的嘉陵江纵向特大桥，由于施工环境恶劣，给施工组织带来了很大难度。尤其是施工地域狭小，又不能破坏山体植被，我们就在浅滩上填筑起一个梁场。2010 年的 7

月 23 日，梁场几乎被洗劫一空。”

2010 年 7 月，40 标所在地经历了一次罕见的大洪水。得知水位上涨后，经理刘刚、书记曹延民以及总工杨艳丰立刻组织疏导，将小型发电机、油罐、吊车、食堂设备转移到安全的地方。虽然大家争分夺秒抢设备、疏散人员，可不到半个小时，梁场的水就上升了一米，只见树、油桶、牲畜等浩浩荡荡从嘉陵江的远处“迎面扑来”，不到两个小时梁场便被水淹没了，到处都漂浮着杂物。

洪水来时，二工区的一个泵车正打着混凝土，眨眼间这辆新泵车就被洪水席卷而去。在工区里停放的一辆水泥土罐车由于出了点毛病还没来得及修理，也被洪水吞没。发水那天，小仝正在山外办事，经理再三叮嘱他：“路上到处都是塌方，很危险，你就先不要回来了。”但他在外心里老是踏实不下来，下午他就赶到略阳市民政局借了 25 顶帐篷，租了一辆大货车，一路边清理道路边冒着滚落的碎石连夜赶回驻地。第二天洪水渐渐退去，经理刘刚的眼眶也湿了，虽说人员没有伤亡，但财产的损失也太大了：一套房子没了、料场的地材冲走了、400 多米的混凝土挡墙不见了、一辆泵车和一辆水泥罐车没了、钢筋和几百吨的模板都遭受了不同程度的损失。

本来嘉陵江纵向特大桥施工就困难重重，狭窄的沿江路、经常滑坡的山体就给材料运输带来了很大的难度。桩基、承台的施工更是困难重重，由于嘉陵江里鹅卵石渗水量大，挖基坑时要有 20 台抽水机同时工作，如果一两台不工作基坑马上就会被水填满。挖承台时经常出现流沙，沿江路的路基又不能被掏空……一系列的难题都需要刘刚与技术人员共同面对和解决。原本这些困难就让他们的施工进度落后于其他兄弟单位，没想到屋漏又逢连夜雨，山洪让他们不仅遭受了巨大的财产损失，而且也无法正常作业。

一连串的打击，不但没有击垮他们，反而让项目部的全体员工更紧密地凝聚在一起。吃完早饭，大家就不约而同出发了，女同志顶着大太阳清洗锚具、刷油，两脚插在淤泥里一干就是一天；男同志负责维修设备、修建房屋、清理场地。两个月后，生产终于恢复了。

绝地攻坚战

一切从零开始。三航局铁路分公司副总经理颜绍伟来了，不仅给大家送来了温暖，也捎来了董事长的重要指示，鼓舞了大家的士气：钱的事不用担心，但前提是必须保证安全，进度、质量要赶上去！

于是，三航人开始了忘我的追赶。冬天，是嘉陵江冬季的枯水期，也正是桩基施工的高峰期。倘若在嘉陵江水位上涨之际，桩基还没打完，将严重影响工程进度。那个冬季，40 标项目部的员工冒着零下十几度的低温，在嘉陵江刺骨的江水中打下了一根又一根桩基，终于在春季水位上涨之前将全线所有桩基全部浇筑完成，为项目部的按期完工打下了坚实的基础。此外，一个冬天打了 150 多片梁，为了加快进度又不影响质量，他们采取蒸汽养护，屋里的温度跟夏天一样。几个月后，他们的进度不仅赶上来了，还超额完成了业主规定的任务。

嘉陵江纵向特大桥，建设难度非常之大，由于沿江路狭窄，江水的冲击早已将路基掏空，所有的桩基都建在河床上，即使在浅滩施工也要筑起 3 米高的平台。承台施工经常会遇到流沙地段，他们就采用沉井护壁，提供作业面。

项目总工杨艳丰和工程部部长仝占武在保证质量、按期完成节点任务的前提下优化施工组织，提高了效率，降低了成本。

在嘉陵江畔的箱梁预制场，现场技术人员结合梁场实际情况和施工人员安排，对固定绑扎、立模板、顶板钢筋绑扎、浇筑混凝土、张拉预应力钢绞线的施工人员进行组合，形成人有专责、事有专管的流水线作业模式，节约了施工装护栏的钢模板。现场的吊车用度非常紧张，桥面系的现场技术人员看在眼里、急在心里。在经验丰富的李忠诚副经理的提示下，施工人员自己动手焊制了数个钢架小车，用于短距离运输护栏钢模板，这样一来，减少了对吊车的依赖，大大加快了护栏的施工进度。

远远看去，初具规模的嘉陵江纵向特大桥巍峨矗立在崇山峻岭之中，1128 根桩基、282 个桥墩、282 个盖梁、1128 片箱梁，20 米的墩身高度，在苍翠的群山和蜿蜒的嘉陵江畔显得尤为壮观。

施工便道

唤醒青泥岭

——记十天高速公路汉中西段路基41标中铁十一局一公司

■作者　佟小鲲

路基41标项目经理王军

“青泥何盘盘，百步九折萦岩峦。扪参历井仰胁息。以手扶膺坐长叹，问君西游何时还？畏途巉岩不可攀，但见悲鸟号古木，雄飞雌从绕林间。又闻子规啼夜月，愁空山。蜀道之难难于上青天，使人听此凋朱颜……”千百年来，人们吟诵的这首《蜀道难》，说的就是盘盘迂曲、百步九折的青泥岭。

时间的指针指向公元2009年7月23日，几十万筑路大军开进山里，沉寂已久的嘉陵故道沸腾起来。李白笔下的青泥岭迎来了中铁十一局一公司的筑路队伍，他们在这“难于上青天”之地安营扎寨，开始向这位伟大诗人发出千古绝唱的地方发起挑战。

沉睡已久的青泥岭被重新唤醒！

这支南征北战的队伍虽历经风雨，但眼前的挑战对他们来说还是开天辟地第一次：汶川地震造成的破碎山体，时常不是滑坡塌方，就是山石滚落；进山的沿江路最窄处只有两米多宽，人徒步行进都要紧贴绝壁，因为害怕山石滚落而胆战心惊，硕大的工程机械、货车进出怎是一个难字了得；看似温顺的嘉陵江时常“发飙”，涨起水来像个脱缰的野马把你所有的人工雕琢全部荡平！

“蜀道之难难于上青天”，这次，他们终于有机会和伟大的诗人一起共吟千古佳句，并细细品咂其中的滋味。

王军历险记

中铁十一局所在的41标，位于略阳县的白水江镇境内，途经梁家湾、封家坝、小河三个村。这里因为山高、路险，村民出山艰难，去趟略阳县城，基本上都是先赴白水江镇，再搭乘宝鸡开往广元的火车，第二天搭乘广元开往宝鸡的火车才能返回。以前，这一带进出的大多是“要钱不要命”的开矿人，或是嘉陵江淘金者。为了方便，一些村民出山经常搭开矿人的顺风车，但危险也时常伴随着他们。有个小伙子赶去略阳结婚，搭上了一辆运矿车，一路上都在哼着小曲，憧憬着甜蜜的未来。刚穿过西白路的一个小洞口，就被上面突然滚落的山石砸中头部，一个年轻的生命就此陨灭了。

这条路上，如果你有时间倾听，耳边是各式各样的悲情故事。

这条路上，洒满了血与泪。

不便的交通也同样摆在41标全体参建者面前。项目部驻扎在封家坝——一个闭塞的小山村。这里的村民们没有要事从不出山，获得外面的信息主要靠网络，遇上暴雨、洪水，没有了信号也就与世隔绝。从封家坝到略阳县城虽然只有40公里，但开车要花近两小时。出山、冒险的事基本上都是项目经理王军一人扛，因为作为项目经理，他经常要去项目组开会、汇报工作，有些事顺便就办了。不到万不得已，其他人谁都不愿出去。当王军回忆起他的历险，至今还在胆颤。

2010年7月23日下午，他和总工冒雨赶到略阳开会，听取项目管理处布置抗洪工作。开完会已是半夜，天不停地下雨，驾驶员害怕开车回工地路上不安全，只有等到天明再走。第二天凌晨，他心急火燎地坐车回驻地，因为连续降雨，本来就破碎的山体更加酥软，王军乘坐的汽车一路颠簸着疾行，突然"哗啦啦"一声巨响，驾驶员大喊："不好，滑坡了！"驾驶员猛踩油门一下子冲过去，还未来得及庆幸，前面又"哗啦啦……"泥土夹着石头从高处滚落下来，挡住了他们的去路，好在驾驶员反应敏捷，迅速后退。此刻，车后又传来了碎石滚落的声音。怎么办？前后夹击动弹不得，左边是悬崖绝壁，右边是滚滚的嘉陵江水。王军立刻冷静下来，迅速拿起手机拨通项目部办公室的电话："赶快来车接我们！"这时，嘉陵江水已漫到路上四五十厘米深，他心急如焚，心想必须马上回去布置工作，洪水就要来了，家里人还在等着我们呢！刻不容缓，他和总工弃车徒步，半路与前来接应的人会合上才得以赶到驻地。

2009年9月的一天，王军上午从驻地到勉县项目管理处开会回来，为了赶时间，走了路面稍好一些的略徽路，但略徽路山高、坡陡，九曲十八弯，脚下就是万丈悬崖。连续走了十几公里的下坡路，驾驶员突然发现没了刹车，王军脑子顿时一片空白，这时一辆拉货的大车出现在他们眼前，小汽车像离弦的箭一下子冲过去，撞到车身后又反弹到一侧的石头上才停了下来。驾驶员和王军都惊出一身冷汗，再一看大货车，小半个车头都探出路外，如果运气差一点，大货车和小汽车也许都坠落悬崖粉身碎骨了。他对前来接他的同事说："是货车救了我们的命，货车驾驶员开口要多少，只要基本合理，就赔多少。"回到驻地后，他与同事大碗的喝酒，庆幸自己阎王殿门口转了一圈又回来了。第二天，太阳升起，他好像忘记了昨天的一切，只有一个信念——舍生忘死修好出山路，给更多的人带来平安吉祥。

狭窄的施工便道

不接的订单

"对于材料商来说，施工单位就是爷，我们到哪里，材料商就追到哪里。可在这个项目上，人家是爷，我们是孙子。"现任41标项目总工曾理飞说。由于交通极为不便，大部分材料供货商来过一次就再也见不到人了，有胆大再次进山者，到最后也是不见踪迹。曾理飞说："也不怪人家，必定命比钱重要。"

运送水泥罐时都是先切割成两段，用绳子拖进来，到地点后再将水泥罐焊接上，这样还要靠走水路、陆路进山。由于大水泥罐车怎么折腾也进不来，他们就换成20吨的小水泥罐车，尽管如此，也要见山劈山才能到达。2009年9月，有个送模板的厂家派一个女孩来押车，在沿江路上一堵就是六七天，到达后女孩哭着说"我再也不来了！"不仅是女孩，驾驶员也吓得再也没敢进来。对方老板说："就送这一次，不怕欠款，你们的模板我不供了。"

2010年的7月23日，有个运送水泥的小伙子，拉了满满一罐车的水泥走到40标时，由于对路不熟，驶到被洪水泡软的路基上，车子不断地下沉，在水泥罐车即将翻到水里的一刹那，他吓得弃车而逃，抱到了一根在水中漂浮的木头才幸免于难。这已经是41标更换的第三家供货商了，不用说，有了这次惊心动魄的经历，他们哪里还有胆量敢再来！如今走在沿江路上的人至今还能看到这个水泥罐车撅着"屁股"静静地扎在嘉陵江里！

41标有1500米的特大桥两座，400多米的大桥四座，1000多米的隧道两座，加上沿河挡墙，仅水泥需要量就要7万多吨，能产生上百万的利润。挂起来的肥肉，看起来让人垂涎三尺，可只要尝过一口的人，全都无奈地摇头走掉。美味虽好，但命更好。也有"胆大"、"心善"、不忍拒绝项目部再三恳求之人，但表示"可以来，但必须涨价"。平常每吨350元的水泥，涨了几次后到每吨近600元。虽然一再涨价，但原来业主考察后圈定的材料厂家，大部分都不再给41标供货，原因是找不到送料的驾驶员。目前水泥供货商已换了四家。

为了方便运输，41标也在不断整修施工便道，但嘉陵江的分支——许多平素叫不出名字的小河沟，随时都会翻脸不认人，在一小时内水就能涨到两三米高，修好的便桥、便道眨眼之间就给你全部摧毁。曾理飞说："我们的便桥、便道是修了毁、毁了修，反反复复，每次都要花费上百万元。这里每年从4月开始，到10月份结束，半年的时间都在不停地涨水，我们要随时提防，说不准什么时候就把你的一切毁于一旦。"

挑战高边坡

41标施工段有全线最大的收费站——陕甘主线收费站。收费站5进13出设计，线路最宽达136米，最高填方

路基41标项目部

达 15 米，最大挖方边坡高度达 107 米。要在河滩上垫出一块 7 万平方米的场地，需要大量的挖填方。本来不需要复杂的工艺和多高的科技含量，对长期施工土石方的中铁十一局一公司来说应该算是“小菜一碟”。但挖方区岩石基本为强风化板岩，岩体破碎、裂隙大，极易在大雨、大风天气下出现大面积自然滑塌、掉石。这里的土质以砂土为主，因为疏松，在正常天气也会产生自然滑塌。大量的挖方需要将附近的山头削去一半，如此带来的 107 米的高边坡如何加固才不致滑塌，让 41 标的人着实费了一番脑筋。

为了战胜高边坡，经理王军开始调兵遣将，组织精干队伍，采取领导分块包干的责任制，施工中严格遵守开挖一级、防护一级的方法。大会战中，他们土洋结合，机械、人工全上。具体施工中，他们首先用装载机机械施工运送到二级坡，再用卷扬机拉着“爬山虎斗车”从二级坡往上分级倒运，一直倒运到七级坡。由于作业面狭小，到七级后再往上走，浆砌片石、水泥都得靠人工扛上去。每个斗车一次只能装 0.3 立方米左右，这样的速度，每天只能干 20 立方米。做锚杆框架梁时，爬山虎没有了作用，他们考察了地方挖“鸡窝矿”运送机具、矿料的索道。于是，他们请当地百姓做老师，每隔 100 米做了 5 组索道，用于运输零散材料。框架梁混凝土浇筑时既要保障混凝土时效性，又要确保浇筑连续性，这样打出来的框架梁才内实外美，于是他们不惜花大价钱，从公司调来高压输送泵，将混凝土从地表直接打到立好的模板里面去，确保一次浇筑完成，既加快了施工速度，又使得浇筑出来的框架梁混凝土棱角分明、线形顺直、表面光滑。付出总有回报，主线收费站框架梁成为沿江标段亮点工程。

由于以前有人在嘉陵江边淘过金，这里出现许多大的卵石，做钢围岩时钢板桩打不下去。有人灵机一动想起过去淘金人的办法，先铺彩条布，再铺黏土，几十台水泵也在同时抽水。农业时代的做法，又被捡回来了，不仅实用、而且效果也很好。

王军说：“这个收费站位于甘陕交界，代表着陕西的形象，不能因为我们的原因给陕西抹黑、给十天路抹黑。我们十一局人干出的活儿要给他们添彩。”

如今矗立在收费站附近的高边坡威严耸立，虽然当初给他们带来了不尽的麻烦，但胜利报捷的 41 标全体员工内心充满了征服后的喜悦。他们还在等待时间的检验，等待着风雨的冲刷，最后让时间证明这是一个不朽的杰作，他们对此充满信心！

铁建人战十天

——记十天高速公路汉中西段路基42标中铁二十局一公司

■作者　佟小鲲 杨玉梅

路基42标项目经理付西鹏（左一）向陕西高速集团时任副总经理栾自胜汇报工作

没有去过，你永远无法了解山坳里的那种艰辛；没有体验过，你永远无法感知那种离乡背井的孤寂；没有经历过，你永远无法体会这700多个日日夜夜里他们顶严寒、冒酷暑、战洪水、开山修路的钢铁般意志。

当越野车载着一行人穿过五龙洞，沿着八渡河一路颠簸着前行，来到十天全线最远的标段42标时，常年采访施工单位的记者也被他们的故事深深感动。

长征

十天高速公路汉中西段H-C42标的项目部坐落在略阳县白水江镇甘溪沟村，距离施工现场还有4公里多，要想赶到施工现场还必须要跨过嘉陵江，然后再沿着江边便道才能到达。在2010年5月份之前，横跨嘉陵江的天津援建彩虹大桥尚未架通，几乎所有的材料运输以及过往车辆都要经过嘉陵江上架设的便桥，嘉陵江的水就像是孩子的脸喜怒无常，一不高兴就把这条给养线冲得七零八落、面目全非。这可愁坏了项目经理付西鹏，材料、人员进不去，工程进度赶不上来，怎么办？项目经理付西鹏当机立断，不管难度有多大，水患多频繁，一定要保证给养线的畅通！修筑给养线期间，30多岁的他两鬓硬生生地熬出了丝丝白发，人仿佛一下老了很多，但唯一不变的就是那坚毅的眼神。

人们至今还记得他第一次赶往施工作业现场时的情景：那天他扛着一床棉被带领大家翻山越岭，行走在只有一条两个巴掌宽的羊肠小道上。一边是大山，一边是悬崖，下面是滚滚的嘉陵江水。听当地老百姓介绍这条小路是当年红军长征时走过的，现在几乎没有人走了。听到这还是一条“长征路”，他顿时来了精神。他说：“再困难、再危险也要闯过去，前辈们能过去，我们就一定能过去，哪怕是爬也得爬过去，与奋战在一线的工人吃在一起、住在一起。”这一席话，深深地打动了大家的心。从那以后，更多的参建人员都是通过这条长征路一步一步地赶往施工现场的。不仅没有一个人叫苦喊累，反而都为今生有幸能有机会走在这条“长征路”上而感到无比的光荣。

思念

连绵的青山，奔腾的河水，星星点点的人家，幽静的村庄……初见此景，你会想起“世外桃源”这个词。42标段就处于这样的环境里：巴掌大的天，望不见头的翠绿让刚从城里来的人感到无比的惬意，但这种感觉很快就会因无尽的孤寂感而消失殆尽。对于年轻人来讲，这种体会更为深刻。

接待我们的是项目经理付西鹏，一看他就是个能干少言的人。30 多岁的他，由于常年在外奔波劳碌，直到 2010 年才有了自己的孩子。妻子生孩子时，他连家都没回，如果不是因为工作实在太忙了，他早就飞回家看看自己盼望已久的小宝贝了。现在孩子都快一岁了，他只能在夜晚通过电话听听孩子的声音。说到这里，这个铁铮铮的汉子半天说不出话来，记者从他发红的眼眶里感受到了一种难掩的心痛。

记者知道，在十天线还有无数个像付西鹏这样抛家舍亲的人，还有无数个这样的“思念”。

年青的技术科长周笔剑，文质彬彬的他最爱不释手的是自己的电脑。一方面，这是他了解山外世界最便利的工具，另一方面，在电脑里还存有他最心爱的东西——新婚妻子的照片。

雪白的婚纱映着甜美的笑容，一双乌黑的美瞳闪烁着新娘的幸福，这便是周笔剑心中最思念的妻子。但是，自结婚到现在，他们在一起的时间却屈指可数。

前段时间，周笔剑的爱人因为太思念他，特意从外地赶到项目部。但是，忙于工作的周笔剑没有太多时间陪伴爱人，两人在一起待了一周后，他的爱人离开了项目部。“她想生个孩子，因为我不在的时候家里能有人陪她说说话。”周笔剑哽咽着说，“她就这点愿望，也因为我工作太忙的原因一直未能实现。这些年来，她为我放弃了大学教师的工作，陪我到处漂泊。她为我付出了太多，而我给她的却太少。”深深的愧疚让周笔剑再已无法抑制自己的情绪，一时哽咽起来。

这种愧疚之情，同样也是无数个筑路人心中的痛。

隧道求生

如果说情感的孤寂是对 42 标建设者心理的一大挑战，那么艰险的工作环境则是对他们身心的双重考验。

说起 2010 年 8 月 12 日嘉陵江的那场大水，42 标的人们仍心有余悸。那天中午下着大雨，白水镇政府紧急通知上游要泄洪了，项目总工程师王建斌、安全部长接到消息立即赶往施工现场，立刻让大家紧急疏散。

说时迟，那时快！紧急疏散的命令一下达，“轰轰隆隆”的水声由远及近，七八米高的浪头夹着木头、牲畜等漂浮物向施工现场拍打而来，波涛汹涌的洪水很快淹没了场区。正在 2 号隧道施工的二三十人来不及转移，被围困

在了隧道里。

五天，整整五天！被围困的人员经历了生死一刻！没有东西吃，他们便捞起洪水中冲下来的死鸡烤着吃；没有水喝，他们便想办法过滤洞里的水；没有睡觉用的东西，他们便将水泥养生布当褥子用。

外面，以付西鹏为代表的项目部领导焦急万分！他们不顾险情，在第一时间赶到了距离围困地最近的地方——洛石碑，并用绳子与滑轮搭起了一条生命供给线。路被封了，在项目部领导的带领下，大家采用人背肩扛的方法，将大米、土豆、方便面及矿泉水扛到洛石碑，做熟了后，用篮子通过“供给线”送到被困人的手里。

5天后，在挖掘机和装载机的开路下，徒步带队进山的崔文社处长拿着慰问金出现在项目驻地，项目部的领导和刚刚被解救出来的被困人员在大难过后第一时间见到亲人，没有更多的话语，只剩下了热泪。

责任的力量

“在这山坳呆久了，脑袋都木了，跟不上外面的快节奏了。虽然每一分钟都想离开，每一分钟都在挣扎，但是每一分钟都要肩负起历史给予我们的责任。谁让我们是筑路人呢！”付西鹏向记者这样描述这几年的感受。

常年采访施工的记者能够体会一线施工人员的这种苦闷。走的是山路，凿的是山洞，修的是山道……除了每天定点到来的小火车，眼里的一切除了山还是山。他们的坚持或许就来源于筑路人那神圣的使命感——让天堑变通途。

由于工作的艰辛，平时没有时间去医院进行系统的检查和治疗，42标项目总工程师王建斌由于胆结石复发，疼痛难忍，需要住院进行手术治疗。2010年11月的一天，在水路与沿江路中颠簸了5个多小时后，王建斌来到医院做胆囊摘除手术。术后只休息了一个星期，王建斌又回到了42标，因为他知道肩上的责任，如果路不修通，以后山里的人出去看病还得经受同样的折磨。

经过两年多的奋战，在项目经理付西鹏的带领下，42标全体人员经受了各种考验，圆满完成了任务。2010年3月18日，42标率先贯通十天高速汉中西段第一条隧道——洛石碑1号隧道。2010年8月12日，在特大山洪泥石流灾害中，项目部指挥得当，无一人伤亡。灾后迅速恢复生产，把灾害损失降到了最低。同年，42标项目经理付西鹏被汉中西管理处评为十天高速汉中西段“优秀项目经理”。

秦巴山水间

路面篇

ROAD SURFACE

路面是路最终示人的表象，也是路的本质。

2010年7月31日，陕西汉中宗营镇来了个身背行囊的陌生人，他叫王锡明，是公司派出准备接手十天线汉中西段路面1标的项目经理。投标结果还没公示，打前站的就先到了。为什么？什么都不为，就为了按期把路面做好。还有路面2标，1992年朱镕基总理题词致敬的中铁十八局“老虎团”，再现“老虎团发威十天线”之英勇；路面3标，讲的是标准化管理精细化施工，那是他们制胜的法宝。

艰难之中出英豪 华彩篇章铸丰碑

——记十天高速公路汉中西段路面 1 标陕西路桥公司

■作者 王 蕊

路面一标项目经理王锡明

2010 年 7 月，陕西汉中宗营镇来了一位背着行囊的陌生人，他叫王锡明，是陕西路桥集团有限公司（简称陕西路桥）派出接手十天高速汉中西段路面 1 标的项目经理，王锡明悄悄地来，为这个项目打起了前阵。王锡明深知自己身上肩负的重担，一方面由于种种原因曾在陕西乃至全国公路市场堪称王牌军的陕西路桥，近些年来一直行走在爬坡的路上。这次在家门口修路，公司要打一场翻身仗，重树陕西路桥之品牌；另一方面压力源于这些年王锡明虽干过不少工程，也从办公室主任到项目副经理再到项目书记一路走来，但这是他第一次单独负责一项工程的总体建设，成败在此一举。于是，当他到达宗营镇后，便开始对工程所在地的地形进行实地考察，了解当地的民风民情。一个月后，全部情况摸查清楚，他开始紧锣密鼓地进行前期筹备。

社会势力恶阻工 巧妙化解显胆识

对于路面施工单位来说，拌和站建设至关重要，地理位置、占地面积、施工等因素都需要统筹考虑。最终，王锡明将拌和站的选址定在宗营镇，很多人对此持反对意见，主要原因是这里是汉中地区社会势力的盘距地，各种关系错综复杂。王锡明告诉记者：“选在这里，意味着当地的社会势力会控制项目部的原材料、成品混合料的进场和出场，一旦被他们控制，施工就由不得我了。”可预见的风险就摆在眼前，公司领导也劝王锡明，如果坚持将拌和站建在这里，将受制于人，后患无穷。然而，经验告诉他，他所选择建拌和站的地点是汉中职业技术学院的三期待建土地，属于临时租用企业用地，不需要跟当地村民有过多接触。从交通便利方面考虑，这里紧临 316 国道，离在建高速公路只有 300 米，是最理想也是最合适的地方。到底在这里建不建拌和站，王锡明内心纠结着，直到深夜两点多，他还在思考着自己的决定是否正确以及将如何应对可能发生的种种事件。

最担心的事情果然发生了。当地有名的社会势力为了阻止项目部将原料拉进拌和站，他们将拌和站进口围挡起来。然而，这并没有吓倒王锡明，他早已准备好了应对之策。第一天，项目部组织了 60 辆运输车，排队等候进入拌和站，而且是非进不可，双方先是对峙，接着坐下来谈判。正是这种凛然正气，一下将这股恶势力的嚣张气焰打压下去。没过几天，他们又带着一班人马来到项目部，没见到王锡明，扬言第二天还要来。工作人员担心王锡明的安危，都劝他出去躲一躲，可王锡明却坚定地说：“从明天开始，这里的门为他们敞开，我随时接待。”第二天，他们再次带人冲进王锡明的办公室，目的就是要挟项目部将拌和站的业务分一部分给他们做，王锡明毫不惧怕，告诉他们："这是国家任务、政府工程，你们从没干过，给你也干不了，为了保证工程质量，正常的施工是不可能让你们参与的。项目前期临建用的沙石料，你们可以参与一些运输。你们弟兄几个关系比较好，由谁来干你们自己协商。"犀利的言语，在不影响大局的前提下，既告诉他们无理的要求不可能实现，又给了他们挣点"小钱"的机会。看到了王锡明的坚决，这些人再没来过项目部闹事。关键时刻，王锡明挺身而出，用他的胆识和智慧，化解了危机，既为项目的顺利进行扫清障碍，又给他的团队鼓舞了士气。

抢先进场狂备料 貌似吃亏实智勇

施工过程中，困难接踵而来。

路面施工须等路基完工后才能进场，然而当路基标工程进入到尾声时，工程进展明显放慢，无法提供可供路面施工的作业面。王锡明和项目部其他领导成员看到眼里，急在心上。大批设备和大量人员大规模调动过来，窝工 1 天，仅设备费用就损失 40 万元。于是，在王锡明的带领下，项目部不等不靠，积极与路基施工单位沟通、协调，决定无偿帮助路基建设单位完成路基工程的收尾。项目部派人派车派设备，帮助兄弟单位完成了 11 公里的精平路基任务，既为路面施工提供了充足的作业面，也节省了时间、加快了进度。

即将进入路面施工高潮时，汉中西管理处下达了大规模备料任务。对于路面施工、备料，相当于开战之前准备弹药。然而，要在短时间内大规模进料，组织协调难度非常大，对项目部是个艰巨的考验。

总监办开会回来的路上，王锡明不停地联系各个料厂老板，申明如果一周时间拉来两万立方米料，就奖励一万元。为了能按时完成备料任务，虽然总监办承诺给项目部奖励，但王锡明并没打算把这笔钱列入项目收益，而是提高了进料价格，调动料厂的积极性，力保备料任务的完成。回想起当时备料厂轰轰烈烈大干时的情景，王锡明说："3 个月时间，我们一天最多的时候备料一万多立方米，150 ~ 200 辆车，拉了 800 多车次，可以说是有点疯狂。我的员工说，王经理，干了这么多年，还真没见过这么大的阵势。"只有想不到，没有做不到，这支骁勇善战的团队，以实际行动，证明了他们攻无不克、战无不胜的英勇和力量。

管理力行精细化，细节之处显责任

根据业主的要求，为把汉中西路段建成山区高速公路的样板路，生态、人文和环保路，项目部采取了一系列标

准化施工、精细化管理的措施。

在水稳施工上，项目部采用钢模板支撑、灌注水泥浆，保障水稳碎石铺设时道路边部无塌落，这样铺出来的道路边缘是直的。经过对以前操作方式的研究和改进，项目部制定了包括灌注量、灌注时间在内的严格操作规范。为保证两层水稳之间紧密连接，技术人员专门研发并制作了水泥浆洒布车，车上配有发电机、搅拌器，加压后将水泥浆喷洒到路面上，从而有效地提高洒布的均匀性。试验室所做的芯样采集显示，三层水稳紧密粘接，有效保障了路面工程质量。

沥青施工中，为了保障摊铺的油温，技术人员制作了200米的挡风墙，用帆布把两侧全部遮挡住，防止摊铺过程中温度降低过快。为了在运料过程中减少沥青热量散失，运输车的四周用铁皮包裹，铁皮内设有一层棉壁，卸料时不揭掉覆盖篷布，而是从车厢尾部打开直接卸料，这样可以保证沥青混凝土在适合的温度范围内碾压，压实效果好、无缝隙，不会出现进水后路面松散、出现车辙等多种病害。为了让摊铺机保持合理、均匀的行进速度，每台摊铺机上都安有限速器，避免操作人员为赶进度人为提高摊铺机速度，导致压实度不够。

技术人员对路面伸缩缝的处理，几近苛求完美。总工赵亮告诉记者："我们以前做的项目对伸缩缝没有这么高的要求，以往都是用木板填充，摊铺机走在上面不但走不平，而且压着压着就露料了。为了保证路面平整度，现在我们用沥青热料填，填平后专门配备人员、压路机完成这项工作，这在以前是没有过的。"

此外，项目部在主线施工以外的地方，如桥梁两侧的搭板便道、所有上下路口、料厂便道、路基施工便道口等地方，用水稳混合料和沥青混合料硬化。如不硬化，雨后路过的车辆带起的泥浆会污染路面，容易造成质量问题。为此，项目部增加投入，每个水稳工班都配备了专业清扫车和清扫队。

值得一提的是，在路面1标的料厂，你会看到这样的情景：烈日炎炎下，20多名工作人员，头戴草帽，蹲在巨大的沙石堆旁，用手将不合格的石头一块块挑拣出来。那一刻，记者被感动了，这是怎样一种细致入微、认真而严格的工作态度啊！身旁的项目经理王锡明告诉记者："母岩开采下来之后，先要把软岩、杂石进行一次剔除，因为送过来的料难免会混有软岩杂石，如果直接进行破碎，一方面，有些石头就破碎掉了；另一方面，含有软岩和杂石的不合格石头经过破碎产生的高温，失去强度，一旦铺到路面上，遇水就会变成泥，严重影响工程质量。我们进场以后，专门安排机翻人拣。即使有些太小或不易分辨的拣不出来，也大大减少了不合格石料的比例。"人们不禁会想，如果我们每一个工程的建设者都有这样高度负责的态度，那么，何来豆腐渣工程？又何来那些坍塌造成的悲剧？

在对路面 1 标采访的过程中，记者无时无刻不被感动着，这样一位带头人，这样一个团结协作的集体，这样一个同志加兄弟情谊凝聚在一起奋发向上的团队，就是这样一群舍小家顾大家可亲可敬的公路建设者，他们将热情与青春尽情挥洒，他们描绘出跨越秦巴天府的那条美丽玉带，他们奉献给陕南百姓一条幸福之路、安全之路，他们也再一次用行动铸就了陕西路桥人不朽的丰碑。

老虎团再建精品工程

——记十天高速公路汉中西段路面2标中国铁建十八局五公司

■作者　王　蕊

路面二标项目经理赵建平

中国铁建十八局集团有限公司，是由原中铁第十八工程局整体改制组建。其前身是铁道兵第八师，始建于1958年10月，1984年1月集体转业并入铁道部，改称为铁道部第十八工程局，1999年9月更名为中铁第十八工程局，2001年4月18日改制为中铁十八局集团有限公司。这家国字号的施工企业，不论是在我国公路还是铁路建设中，都有着骄人的业绩。在五十多年的施工历程中，曾承担成昆、襄渝、大秦、南昆、京九、西康、内昆、秦沈、西合、渝怀、青藏、温福、武广、京津等30多项国家大型铁路工程建设；成渝、京沈、太旧、京福、铜黄等60多项高速公路工程建设；1992年8月18日，在引滦入津的工程建设中，原中共中央政治局常委、国务院总理朱镕基在视察神朔铁路蛇口峁隧道工地现场时亲笔题词："向铁道部第十八工程局第五工程处'老虎团'致敬"。

获得如此高度评价的中国铁建十八局五公司的"老虎团"此次在十天高速公路项目中再次发威，以大企业的风范、铁军的严格以及崇高的社会责任感，在十天高速公路上书写了新的辉煌篇章。

"不留遗憾、不当罪人，创建精品工程"，这是记者驱车行驶在尚未开通的十天高速公路上记忆最深刻的一句标语，这简单的一句话，是一种承诺，一种责任，更是一种豪迈。的确，在中国铁建十八局五公司承建的十天高速公路第2标段的路面工程建设中，他们以实际行动兑现着自己的承诺。

2010年9月进场，中国铁建十八局五公司开始了39.44公里的十天高速路面施工建设，从设备的大规模投入，到原料的严格把关，以及施工过程的严密组织管理，细节之处彰显企业的规范化管理和敬业精神，多次受到了业主单位的表彰。

进场之初，项目部就选配了最先进的施工设备，如宝马压路机、悍马的震荡压路设备等，这样大手笔的投入，不是一般施工企业可以承受的。但是，项目经理赵建平给记者算了一笔账，尽管设备投入资金大，但是他们选用的都是质量有保障的品牌产品，这样的设备故障率低，不容易损坏，维修成本就相应降低，而且在施工过程中，时间紧，一旦设备发生故障，所有施工人员都要停下来等，这样反而会增加成本，耽误进度。

根据陕南雨水比较多的情况，路面的水害处理是关键，项目部从路床的基础平整度、压实度以及排水和防水等每个细节入手，不怕反复、不怕繁琐，因为一旦处理不好，造成窝水，虽在刚完工时感觉不到，时间长了，便会出

现各种路面病害，影响工程质量。在沥青作业方面，如沥青和混凝土的结合、防水层的施工，为确保均匀性和清洁度，项目部还专门调用了“山猫车”进行施工面的清扫，这种专业的清扫工具更高效，使得清扫更加彻底。

路面洒铺则使用专业的洒铺车，对洒铺量进行控制，技术人员不断地对前期实验阶段所作的论证数据进行反复测试，在施工中反复进行抽查比对，发现问题及时进行调整。同时，培养使用专业人员，几方面入手确保了洒铺质量。

项目经理赵建平认为，投入好的设备是一方面，但任何事都是人的问题，人的思想是最主要的。在施工人员管理方面，项目部经常对施工人员进行培训，采取工程质量终身制，此外制定程序化的作业标准，同时注重解决因常年单调、枯燥的工作给施工人员造成的思想麻痹、情绪烦躁等压力，利用工闲时间组织一些旅游、文体娱乐活动。

施工过程中，为严格控制工程质量，首先要开三级技术交底会，其次是现场检测。工地上设有现场实验室，从原材料开始就进行实验检测，以数据说话。比如压实度、对压实的遍数、压路机开车的速度等进行要求，严把质量关。常常一个工作面上，仅现场压路机手等施工人员就有 100 多人。项目经理赵建平说：“为保证工程的质量和进度，根据工程的特性，整体项目的作业不是一个人能完成的，需要大家的配合，不光是个人干的好坏的问题。比如压路机手，虽然自己的操作水平很高，独立作业的能力很强，但如果他与其他的压路机手或操作手配合不利，大家各自按自己的标准操作，没有一个统一的操作规范和质量标准，那么完成的整个作业面质量就不可能高。”

在施工管理中，项目部凝聚团队的精神，充分调动人员的积极性，采取综合管理体系，从进度、质量、文明施工、安全施工等各个方面进行综合考核，上下一致，奖罚分明。比如项目部值班人员，可以发放加班费、奖金，但在值班期间，如出现质量、返工、安全隐患等问题，就会严格进行处罚，包括与出现问题相关的所有人员。项目部一方面对于影响工程质量的违规行为铁面无私，严厉处罚，另一方面在生活中，又对员工们融入了浓浓的温情。沥青路面作业温度比较高，项目部不仅发放防暑降温补助，还在作业现场采取降温措施，及时为施工人员提供纯净水、淡盐水、绿豆汤等，并在生活上提高饭菜标准，避免凉饭凉菜，保证做好食品安全。

“不留遗憾，不当罪人，创建精品”。在谈到这个话题时，项目经理赵建平有些感慨激动地说：“这些工程都

路面 2 标项目部班子成员

是百年大计的工程，国家花了那么多的钱，我们也花了那么多的钱，别人怎么想我不知道，但每次走在我参与建设的道路时有一种自豪感，想起当时自己受了那么多苦，受了那么多累，流了那多汗与泪，心里有一种成就感，这条路是我修的。有时候我们还经常到自己修过的路去跑一趟，也没什么事，就是到路上跑一下，感受一下，回忆一下当时沥青搅拌站在哪，哪里出现过阻工，哪个项目结束后大家在一起喝多了时的场景……在西安干了十几年，基本上干的都是桥梁，经常路过时都要围着桥转一转，抚摸一下桥栏杆，就像看到自己抚养长大的孩子一样，以往的经历一幕一幕在脑海里浮现出来。”

标准化管理　精细化施工　细节决定成败

——记十天高速公路汉中西项目路面 3 标中国路桥集团西安实业发展有限公司

■作者　王　蕊

路面三标项目经理徐建新

走进路面 3 标坐落在黑河坝村陕西煎茶岭矿业公司院内的项目经理部，两层小楼，虽然是项目部临时租用的办公地点，却是干净整洁，从楼道墙面上装饰着蓝色标准化的企业标志，到办公室内悬挂的项目人员管理质量体系、安全体系的职责内容，记者感受到这里处处彰显着企业精细化、标准化管理的细节。在施工中，这样的管理方式，对中国路桥集团西安实业发展有限公司能够顺利、高效地完成十天线汉中西路面 3 标的铺筑任务起到了决定性作用。

路面 3 标负责承建的路线主线全长 43.3 公里，其中路基长度 11.2 公里，共 58 段， 11 个隧道，总体长度为 8.6 公里 ，桥梁 53 座，总体长度 23.5 公里。自 2010 年 10 月 15 日开工，到 2011 年 6 月 14 日主线已全部完成。

由于建设区域内桥梁、隧道多，形成断点较多，主线又不通，只能采取分段施工，需要来回绕道转场，人员、设备、原材料需要多次倒料，导致施工组织难度增大。负责组织施工管理工作的项目副经理袁宏海告诉记者：“由于是山区，在前期主线不通，部分地区无法修便道，我们只好从主线下到地方路绕到下一个作业路段，大部分地区都存在绕路的问题，有的路段光绕道的距离就增加了 8 ~ 10 公里，最长的运输距离达到 20 多公里，这就给料车的运力带来了困难，平时正常的运力只要 20 辆，但为确保材料到场的连续性，就得增加到 30 多辆。还有就是摊铺机，在干完一个路段转到下一个路段时，必须用拖车把它拖过去，每次拖运时还存在摊铺机和一些设备的拆装，这给施工单位增加了很大的负担和成本投入。”

由于是山区作业，环境恶劣，没有好的作业条件，项目对施工组织、质量控制等方面做了全面调整，施工组织上采取见缝插针的办法，哪里能干活就到那里去，同时加大投入力度，增加运输车辆、增加施工人手、增加新的设备等来保证质量和进度。

为了确保按期完成施工任务，公司前期投入的管理、技术人员和施工人员达到了 400 多人。在工程质量控制上，配置了大量的专业工程技术人员、路面工程师、机械工程师等配套的管理人员。建立了质量控制、安全控制、环保控制等几个质保体系，明确各部门的管理组织机构和负责人，保证质量控制体系的正常运转。在施工流程上，则通过熟悉图纸，技术交底，并坚持在现场实施过程中的自检自查，发现问题后的整改，工程完成后的总结，再组织新的生产，通过一个循环上升的过程，确保按图纸施工，有效实现质量的严格控制。

为贯彻落实管理处提出的标准化管理、精细化施工的理念，并力争把这个项目做成山区特殊地质条件的样板工程，在具体的施工过程中，项目部还通过多种方式对工程质量进行控制。例如，从碎石、沥青、水泥等主要原材料

的选取上，由项目管理处、专家组进行现场取样勘察，合格后在当地建厂，项目部派专业人员进驻现场抽检，对各种指标进行检测把关，保证从料场运出合格的材料。在原材料进场时，根据规范的要求，现场也有专人对材料进行把关，合格的原材料才允许进场。材料拌和作业时，同样由专业的技术人员对关键指标现场进行严格把关，实验工程师一直跟随施工生产的每一道工序，各项技术指标必须达到规范要求才能继续作业。在材料运输过程中，施工人员在车厢上加了保温层和覆盖物，保证材料到场的质量，保证沥青温度不散失；料车在运料过程中难免会抛洒到路面上一些遗料，施工人员都做到及时清扫回收并把施工中的废料也一起拉回到废料厂集中堆放，不产生污染。摊铺过程中，施工人员在摊铺前，先对路基进行前期处理，如高低检测、找平等，还要由项目部的测量队进行详细测量，制订出具体方案，摊铺前严格放样，确保平面、高程准确无误。支设模板时，要求施工人员按放样点拉线，确保线形准确、顺畅，项目部进一步加强了模板支设牢固度的检查，每根模板采用3点固定，并至少支设两根斜支撑，两根模板之间采用两根钢盘连接牢固，要求现场技术人员必须逐块模板进行检查，确保模板在施工过程中不跑模、不胀模、不变形，杜绝塌边、线形不顺、支设不到位等问题。在摊铺过程中，严格按照规范要求控制摊铺速度，速度始终控制在1～1.5米/分钟，确保摊铺质量和足够的碾压时间，防止由于当时气温高来不及碾压等问题。

记者在看到路面3标的《路面标准化管理精细化实施细节》的报告时，深感有了这样细致的施工作业标准和要求，才能真正确保在施工过程中对各个环节的监控，也才能保证工程的施工质量，细节决定成败，这不仅是企业的利益所在，更是企业的良心所在。

家就在陕西的项目部人员，虽然就在家门口修路，但是他们已经很久没有回过家了，他们笑称，搞公路建设的，一年半载见不到家人都很正常，他们已经习惯了。这笑容背后，怎能没有对亲人的惦念，对家庭的眷恋，为了工程建设，他们牺牲了太多，奉献了太多，相信当十天高速公路建成通车的那一天，这份心酸将会化成幸福的欣慰和成功的骄傲。

第七章
The Seventh Chapter

附属工程
ACCESSORIAL WORKS

巍巍秦岭，茫茫群山，驱车行驶在即将通车的十天线上，两边树木连绵，汉江静静流淌，整齐如画的边坡，鲜艳美丽的花草，简明醒目的指示路标，都在诉说着交安、机电、房建、绿化施工之精细以及将近完成，让人感受到十天高速公路的壮美和妩媚——

绿衣相伴奔未来

——记十天高速公路汉中西段绿化工作组

■作者　曾遂全

阳春三月，乍暖还寒，大片的油菜花开始泛黄，十堰至天水高速公路（以下简称十天线）汉中西段也正忙着播撒绿色。生机勃勃的绿草、青翠挺拔的雪松，开车行进在其中，荡来一股春天的气息。

十天线汉中西段综合工作组组长赵军告诉记者，十天线汉中西段绿化投资9000多万，在“生态环保”的总思路指引下，坚持因地制宜、适地适树的原则，打造出了一条工程结构长久稳定与生态美观相统一的绿色生态示范公路。

小破坏　大绿化

作为国家高速公路网规划中的一条横向联络线，十天线东起湖北省十堰市，西至甘肃省天水市，自东向西连接福银、包茂、京昆和连霍四条国家高速公路；途经湖北、陕西、甘肃三省，全线规划总里程约750公里，在陕西省境内规划里程约480公里，属陕西省规划的“三纵四横五辐射”高速公路网中的东西横向线之一，是陕西省南部地区线路最长、联系城镇最多的重要经济干线，也是陕西安康、汉中两个城市东进西出的主动脉。其中，汉中西段的主体工程起点汉中东上元观，接十天线安康至汉中段高速公路，终点在陕甘两省交界的大石碑，全长151.06千米。

十天线汉中西段地处景色秀丽的秦巴腹地，森林覆盖率48%，植被覆盖率56%，活立木蓄积量8781立方米，野生植物达3000多种，其中药用植物1300多种，有“天然药库”之称。

此次绿化工作涉及上边坡生物面积63万平方米，74处隧道洞顶绿化，9处互通式立交，5条连接线，4处隧道广场，主线绿化设计草种6种共164万平方米，乔木18种141568株，灌木21种1591962株，攀援植物两种8508株。

为了保证绿化工作的实施，陕西省交通运输厅曾多次召开专家评审会，对包括中交二院在内的三个设计单位做出的设计进行修改，最终在反复评审和考察后，拿出了方案。

十天线汉中西段管理处专门成立了绿化工作组，负责相关的协调工作。“我们的理念就是以最小的破坏，做到最大恢复。”赵军告诉记者：“可破坏可不破坏的地方，原则上不挖，哪怕施工难度大一点，尽量保持原有植被，同时在恢复过程中与当地的自然景观要协调一致。”

陕南雨季较长，降雨量大，加上膨胀土的治理难度较大，边坡垮塌事件时有发生。所以，为了保持水土和稳固路基，及时恢复自然生态，陕西高速集团制定了“防护一级绿化一级”的原则，生物防护单位于2010年5月开始进场。进场之后与路基单位一道顶着汉中的雨季和膨胀土难题，一块一块地进行着防护工作。

进入2011年春天，整个绿化工作进入关键期，为了加快进度，整个工作组开始加班加点，穿行于各个标段的工地之间。赵军告诉记者，“通常工作人员一早出去，要晚上11点以后才能回来。”

工作组中高级工程师白志宁与技术员韩小兵原来同在一组，进入4月之后，为了提高进度，两人开始分头行动：由年长的白工跑平原标段，小韩则跑山区标段，工作车辆也从原来的一辆增加到了两辆。在整个综合工作组中，这也是首例。小韩说，这体现了领导对绿化的重视。

环保绿化

此次汉中西段的绿化设计的总体思路，是在工程技术的基础上结合园林、生态学原理，利用地形地貌造景，利用公路两旁的自然植物群落，结合公路环境中人工植物群落的建立，采用障景、借景等造景手法，多层次、大手笔地创造景观。通过植被的分割变化来衬托道路的植被轮廓线，从而形成一条绿色风景线。

同时，为了体现生态效益，陕西高速集团在绿地植物的选择上充分考虑沿线的气候、土壤，坚持适地适树的原则。

“比如隧道洞顶周围杨树多，我们在恢复时就设计栽种红叶杨；如果周围是常绿植物，我们就选择一些常绿的品种。”白工说，这一方面恢复了当初的环境，同时也起到绿化美观作用。

与此同时，“为了防止水土流失，我们也根据不同地段、地质，选择不同的植被”。白工介绍说，整个汉中西段既有平原也有山区，在平原区黄泥路段较多，通常宜栽种刺槐，也叫洋槐，这是一种20世纪70年代从外国引进的治沙树种；而在风化岩路段，主要是用防沙、治沙的紫水槐，它更耐旱，只要年降水量在200毫米的情况下就能正常生长。

针对边坡绿化，主要采用生态袋的方式，在里面种草、栽苗。白工介绍，在整个63万平方米的生物防护中，每个平方米都有24颗苗子，天天都需要浇水。“主要是让他们在雨季来临之前能够很好地生长，起到稳固土壤的作用。”

为了避免给自然生态造成不必要的破坏，整个绿化工作总是把破坏压缩在最小范围之内。“原来一些施工为了方便，计划10平方米，实际施工破坏面临可能要达到15平方米，没有顾及到山体景观，植被等问题。而这一次，我们宁愿施工难度大，也要把破坏降低到最小。比如在隧道施工当中，就采取了‘零开挖进洞’的方案，尽量减少对山体以及植被的破坏。”白工如是说。

安全绿化

交通绿化除了美观，还有一个作用就是保证驾驶安全。

以立交区为例，它在设计上结合立交自身特点以及周围自然、社会环境，使立交内部形成错落有致的环境效果，乔灌木选择上采用香樟、杨树、杜英、油松、刺槐、连翘等进行合理搭配，构成了一个层次分明、四季常绿的自然环境。

此外，立交绿化布置还要服从立体交叉的交通功能，使驾驶员有足够的安全视线。在弯道内侧要留出一定的视距，

栽植一些低于驾驶员视线的灌木、绿篱、草坪、花卉等，在弯道外侧种植成行的高大乔木，以便引导驾驶员的行车方向，使驾驶员有安全感。

而在一处隧道广场，也能见到一排排雪松挺立在隧道洞口，白工说，这些高达5米的雪松主要起到防眩作用。

类似的保证驾驶的例子还有很多，比如在碎落台、行道树的栽植中，“我们以缓冲驾乘人员视觉为前提，以常绿树种为主，按照当地经济林木的特色，每2～3公里变换一个能够代表地方特点的品种。”如在汉中的“柑橘林带”区栽植橘树；在“汉中万亩花卉”基地栽植樱花和红花紫薇。

美丽绿化

2010年冬天，绿化工作组还在22标段开了一个试验段。

通过这个试验段，绿化工作摸索出一条节省养护成本的好办法。“比如冬季可以在土丘周围铺塑料纸，以起到保湿保温的作用，同时为了防止平原段春季风大给树苗带来的影响，可以采取对树干进行捆扎、固定的方法，这样既提高了苗木成活率，也节省养护成本。”赵军说，财务出身的他，更懂得如何用有限的资金实现最好的绿化效果。为了更大范围地降低成本，赵军在观摩会上也要求各单位对此方法进行学习和推广。

此外，在试验段，赵军尝试了在省内其他高速上还很少用到的独干红叶石楠。这种常绿小乔木，一年四季呈现出三红一绿的奇妙颜色，用来做行道树，其杆立如火把；做绿篱，其状卧如火龙。对于略显灰暗的冬季来说，红叶石楠确实给冬季的十天线抹上一缕色彩。

实际上，整个绿化设计考虑的远远不仅是冬季的绿化颜色，而是在全线的绿化品种选择上都以反映季相为前提。比如春季开花的紫叶李、樱花、白玉兰、紫玉兰、紫荆、红花继木、旱莲；夏季开花的广玉兰、黄刺玫、大叶女贞、红叶石楠；秋季开花的红花紫薇；冬季开花的有茶梅。

此外，在碎落台上种植的枇杷、白三叶，路肩外的行道树大叶女贞，护坡道上种植的香樟，冬季不落叶，而且能四季常绿。

另外，为了增加色彩搭配，在设计中还选择了红叶石楠、金叶女贞、紫叶李、红叶杨等品种。特别是红叶杨，它是园林彩叶树种中成景速度最快的良种，三年即成大规格苗木，是营造速生丰产林的好树种。而且叶面颜色三季四变，分别呈现出玫瑰红、紫绿、暗绿、金黄的颜色，观赏价值颇高。

赵军告诉记者，目前在省内各高速路绿化中，这种红叶杨运用还很少，而汉中西段在下边坡护坡道、隧道洞顶、隧道广场、立交区等地则广泛栽植。

与此同时，为了充分突显路域特色，在褒城立交和“三国文化圣地”的勉县立交分别点缀了作为汉中市“市花”的旱莲。这个别名喜树的植物，每年5月开始长花蕾，经过夏、秋、冬三个季节，十个月的孕育，第二年3月份开花，盛开时花满枝头、花朵红、白相间，花蕊略呈粉红色，酷似莲花，叶同莲叶，形色似藕。目前，在汉中市勉县武侯祠内，仍然生长着世界上唯一的一棵古旱莲，它是百姓为了纪念著名的军事家诸葛亮而栽种的，迄今为止已有400多岁。

汽车奔驰在十天高速公路上，放眼望去，一片片“朴实而不喧哗”的春色扑面而来。路边新绿正在孕育，这种充满希望的颜色将伴着难于上青天的秦巴山成为历史，也将伴着汉中人民奔向美好和幸福的明天。

高速穿秦巴 古道绿意浓 ——绿化篇

■作者 杨晓梅 刘立仁

秦巴山汉江水，环绕相伴。山是陪伴诸葛亮呕心沥血之地秦岭巴山，水是养育了大汉民族的汉江水，从古到今，生生不息。

2008 年 7 月，静寂的秦巴山汉江水迎来了一群开山架桥的人，开进机械、拉进钢筋——他们就是十天高速公路汉中西段的筑路人。

如今，三年的时间过去了，一条穿山越岭的大道将深山和都市连接在了一起，将山珍和市场连在了一起，将大山和富裕连在了一起。筑路工程完工了，绿化工程开始了。汉中西项目管理处担负绿化重任的赵军说："我们做的是锦上添花的工作"。

近些年，随着经济的发展，绿化已成为高速公路建设的一项重要内容。"乡土种、易成活、抗性强、品种多、树形美、色彩艳"是高速公路绿化的基本原则。由赵军任组长，白志宁、韩小兵、张璇为组员的十天绿化四人组担负起了为这条路"美容"重任。别看赵军憨厚、不言语，但说起绿化工程组，倒好像有说不完的话。在充分调研的基础上，首先制定了"美观大方、因地制宜、适地适树"的思路，力求锦上添花，决不添堵添乱。

绿化四人组从汉中西项目沿线的秦巴山地形地貌特色出发，从陕南当地的植物品种生物学、生态学特性入手，

通过对植物多品种的选择，合理布局，科学配置，点、线、面相结合，使高速公路绿化既反映当地森林景观特色、时代风貌、现代化气息，又满足了高速公路绿化稳定边坡、遮光防眩、诱导视线、改善环境功能的需要。

赵军说，绿化的目的是通过选择多种植物、进行合理科学的配置，使公路主体和周围环境充分协调，创造一个“车在画中行”的行车环境。因此，绿化既要结合公路的特点和功能要求、服从于公路功能景观需要，又要尽快恢复植被、保持和发展园林绿化特色，与周围环境构成优美的自然画面，因此，不同区位绿化树种选择显得尤为关键。

四人组根据路两边的实际情况，抓住上边坡绿化、立交区绿化、隧道洞顶及隧道广场绿化四个重点，尽量做到工程结构的长久稳定与周边生态的美观统一。

满足功能、合理搭配、疏密有致

1. 合理搭配、缓冲视觉。在碎落台、行道树的栽植中，以缓冲驾乘人员视觉为前提，以常绿树种为主，按照当地经济林木的特色，每 2-3 公里变换一个能够代表地方特点的品种。例如：在“汉中万亩花卉”基地 K362+920-K391+010 段主要栽植樱花、红花紫薇；在褒城、勉县立交区片植 300 株汉中市市花“旱莲”，做到品种合理搭配，疏密有致。

2. 疏密有致、稳固边坡，起到固土防冲刷作用。下边坡草坪主要是黑麦草 + 紫花苜蓿和黑麦草 + 小冠花，绿化单位进场后，经过现场优化，在靠近省道和地方道路旁将下边坡草坪改为栽植紫穗槐，起到了稳固边坡、生态环保作用。

3. 降低噪声、吸收有害气体。结合以往高速路经验，路肩外行道树选择的大叶女贞，四季常绿、树冠圆整优美，长成一定冠型后，对降低噪声、吸收汽车尾气将起到良好作用。

因地制宜，适地适树

为突显路域特色，在立交区主要选择的品种有：水杉（316 国道褒河段行道树）、银杏、香樟、红花紫薇、樱花、橘树等，在“汉中万亩花卉”基地的褒城立交和“三国文化圣地”的勉县立交分别点缀了地方有名的“旱莲”（汉中市市花），其综合单价与紫玉兰招标价一致，不增加投资。

与路域植被和谐一致

全线绿化在品种选择上以反映季相为前提，春季开花的品种有紫叶李、樱花、白玉兰、紫玉兰、紫荆、红花继木、连翘及当地的名贵品种旱莲；夏季开花的品种有广玉兰、黄刺玫、大叶女贞、红叶石楠；秋季开花的品种有红花紫薇；冬季开花的品种有茶梅。在碎落台上种植的枇杷、白三叶，路肩外的行道树大叶女贞，护坡道上种植的香樟，冬季不落叶，四季常绿。

另外，在设计中还考虑与当地植被相结合的原则，例如：在汉中的“柑橘林带”区 K351+385-K353+176 段栽植橘树，在五郎坪立交区及附近路堑平台栽植了油松等。

赵军和他的组员们几乎每天都在各个苗圃、边坡、道路上来回奔波，不断调整优化方案，以求做到标准化、精细化。

参与绿化工程的各家单位都是园林绿化方面的行家里手，在建设中，由于工期紧、任务重，参与建设的施工单位加班加点，夜以继日是常态，却没有一家单位有怨言微词，他们说：“人的一生，能够参与这种大工程的机会并不多，所以一定要干好，一定要用自己的手给这方水土增加绚烂的一笔。”

绿化 1 标（HL-L01）——陕西绿艺生态研究有限公司

共负责 5.7 公里的绿化种植任务。主要工程量为：路侧绿化 5.7 公里、铺设互通立交区景观绿化工程。绿化 1 标在施工过程中大胆采用新工艺、新技术，不断创新，精心施工。在公司领导的高度重视和项目管理人员的认真负责下，按时并较好地完成了工程任务。

绿化 2 标（HL-L02）——陕西巨门景观有限公司

共负责 14.3 公里的绿化种植任务。主要工程量为：路侧绿化 14.3 公里、汉中北互通立交区景观绿化工程、汉中北服务区中分带景观绿化工程等。绿化 2 标自项目部成立以来，公司领导高度重视，对施工队严格要求，每一项绿化任务认真落实，较好的实现了对工程整体质量及进度的控制。

绿化 3 标——陕西叶青园林有限公司

共负责 14.01 公里的绿化种植任务。全标段中心位置位于汉中市汉台区褒河镇，主要绿化工程包含路侧行道树及下边坡草皮种植，以及独有特色褒城互通立交区绿化景观施工。在 2011 年 7-8 月份汉中多次暴雨冲毁边坡树木和草皮的极为恶劣情况下，该标段积极组织人力、物力、财力，进行了多次绿化补栽、补种工作，为十天线打造绿色通道做出了艰苦的努力。

绿化 4 标（HL-L04）——陕西保利园林建设有限公司

共负责 12.15 公里的绿化种植任务。主要工程量为 : 主线两侧行道树栽植及下边坡植草，新街子互通立交区景观绿化及老道寺停车区中分带景观绿化等工程。绿化 4 标根据自身实际，成立了由公司副总督导的项目经理部，在工程施工中强化工序控制，落实质量责任制度，较好地实现了工程质量控制。

绿化 5 标（HL-L05）——西安方正园林有限公司

共负责 7.25 公里的绿化种植任务，其中包括主线路侧绿化、勉县立交区景观绿化和勉县连接线绿化。绿化 5 标根据多年景观绿化施工经验，结合项目所在地的地质、人文和气候情况，积极调配人力、机械、材料等施工资源，严格按照施工进度、安全和质量控制体系组织施工，优质、高效的完成了所承担的绿化种植工作，为汉中西项目“生态十天，绿色典范”建设目标贡献了力量。

绿化 6 标（HL–L06）——陕西明辉实业有限责任公司

共负责 39.64 公里的绿化种植任务。主要工程量为：五郎坪互通立交区景观绿化，9 处分离式路基中分带景观绿化，10 处隧道广场景观绿化及填方段行道树，下边坡植草等绿化工程，是全线绿化任务最重的一个标段。从 2010 年 12 月进场，至 2011 年 11 月底全部完工。经过一年的艰辛施工和半年的细心养护，树木成活率达到 99%，草坪覆盖率达到 98%，树木长势健壮，草坪郁郁葱葱。

绿化 7 标（HL–L07）——陕西省肖柯园林工程有限公司

共负责 57.896 公里的绿化种植任务，主要工程量为：略阳互通立交区景观绿化、白水江互通立交区景观绿化、分离式路基中分带、隧道广场、下边坡行道树及植草等绿化工程；其中栽植乔木 6173 株，栽植灌木 62609 株，回填土 49990 立方米，挂网喷播 15000 平方米，码砌塑编袋 13500 平方米，撒播白三叶 120653 立方米，撒播黑麦草紫花苜蓿 17291 立方米等，已完成了通车段内 21.8 公里的绿化种植任务。施工过程中，以项目经理为第一责任人，经验丰富的高级工程师为技术负责人，选用经验丰富的施工队，严抓施工质量、进度，严控施工工艺，全面落实工程质量和工程进度。

传承远古 承接未来——房建篇

■作者 杨晓梅 刘立仁

文化背景

汉中，简称“汉”，被誉为“汉家发祥地，中华聚宝盆”。位于陕西省西南部，北倚秦岭、南屏大巴山，中部是汉中盆地。

汉中以两汉三国文化为底蕴，加之自然风光独特秀丽，有“秦巴天府”之称。自公元前 312 年秦惠文王首置汉中郡，为秦三十六郡之一，迄今已有 2300 多年的历史。公元前 206 年，汉王刘邦以汉中为发祥地，筑坛拜韩信为大将，明修栈道，暗度陈仓，逐鹿中原，平定三秦，统一天下，成就了汉室天下四百多年。自此，汉朝、汉人、汉族、汉语、汉文化等称谓就一脉相承至今。

十天高速公路就穿行在这汉家发祥地、美丽、富饶的秦巴山中。

2009 年 7 月 23 日，一声号令，十天高速汉中西项目拉开了建设大幕。

近三年的时间过去了，如今驾车行驶在十天高速公路汉中西段，沿途穿越一座又一座风景秀丽的文化名山，一处又一处闻名遐迩的文化遗址。走在这条路上，这些源自三国、两汉时期一个又一个耳熟能详的人物典故会让你感受到无处不在的历史文化氛围。

设计特征

在十天高速公路建设初期，对沿线服务区、主线、辅线收费站的设计就明确以凸显三国文化、传承两汉文明、凝聚文化底蕴为宗旨，紧紧围绕当地的历史、人文、绿色、自然的宗旨，在强调优美环境的同时，更注重以人为本的理念，打造出了一条具有历史文化特色的高速公路，让更多人了解陕西是具有浓厚历史文化积淀的大省，是这条路建设者的设计初衷。

十天高速公路汉中西项目是由干过很多大项目的老将张怀德亲自挂帅，率兵建设的。用张怀德的话来说，汉中西项目房建工程的特点不外乎这二十个字：设计合理、外观协调、功能齐全、绿色环保、质量上乘。

十天高速公路汉中—略阳段，全长 150 多公里，为营建服务的房建项目共有 3 个服务区、3 个停车场、2 个管理所、8 个收费站，共有大小建筑 80 栋，总建筑面积 62316.68 平方米，总投资约 3.926 亿元，计划工期 13 个月。

特点详解

第一、节能环保，打造绿色低碳十天路

十天高速路工程建设立足于绿色环保、资源节约、以人为本、精细化、标准化的宗旨，房建系统的施工当然也要体现这一设计和建筑理念。

十天高速公路的房建工程，则充分结合了现代的环保理念和传统的历史印记。它们利用秦巴山地的山丘起伏自然地形，合理组织建筑；利用台阶、坡道等作为合理过度，尽量减少对山体的挖填，达到对自然环境的保护和减少工程投资的目的。

房建工程建筑材料选用节能环保无污染的新型材料。填充墙采用轻质保温隔热的加气混凝土砌块。供水采用自备深井，各站区均对污水进行处理，完全达标排放。

第二、建筑风格秉承陕南建筑之风

搞建筑，首先要考虑的是建筑设计。建筑的外观设计要与使用功能的要求相一致，诸如结构设计、采暖、通风、

用电、灯光、通信、上下水、内装饰、停车、绿化等。设计除了要体现当地的风土人情、历史文化以外，还要充分考虑当地的地形、地貌，要与周围的山川、河流、湖泊等自然景观有机地结合起来。

在建筑外观造型上，十天路房建工程采用白墙灰瓦、坡屋面、檐饰、格窗等古建符号，以达到建筑与环境的统一协调，让驾乘人员在旅途中既享受凝固音乐的建筑美，又能感受到历史的空谷回音，达到愉快旅行，消除疲劳，增长知识的目的。

十天高速公路经过的汉中一带，是刘邦成就帝业的风水宝地，也是三国时期蜀丞相诸葛亮苦心经营的军事后方，历代名人雅士层出不穷。古汉台、饮马池、拜将台、定军山、武侯祠、武侯墓……一个个名胜古迹星罗棋布，十天高速公路房建工程，自然也要尽量的体现汉中在历史长河中发展的这些印记。历代伟人层出不穷，古有张骞等英杰，今有陈浅伦、何挺颖等中华优秀儿女。文同“胸有成竹”，陆游“铁马秋风大散关”无不与汉中相关。在房建工程

上也尽量的体现汉中在历史长河中发展的一些印记。白墙灰瓦、封檐、御檐、格窗等古建元素符合在建筑上有体现，勉县是诸葛亮长眠之地，服务区即是以“武侯”命名，也是对一代名相的纪念。

第三、以人为本，细微之处显真情

十天高速公路房建工程建筑细节构造，充分体现以人为本的理念。用水器具、阀门采用电磁感应阀，节水卫生；所有站区、公共服务区道路均采用无障碍设计，有坡道、盲道、残疾人专用扶手及盲文指文。所有绿化工程均采用秦巴山地宜生常绿树种，既美化了环境又提升了服务功能。

十天路房建工程追求外观上的协调，各区所均认真做了二次优化设计，按照设计图纸进行精心施工，用料考究搭配自然。基础色采用灰色，总体以三种颜色为准。而且建筑体型比例采用“黄金分隔”比例，视觉感官养眼，总体平面布置功能区合理，动静分区，内外分区，工作生活分区，人车流分区。

十天高速公路房建工程全线，每一站、区、所均承担各自独特的功能作用。如收费站既要有收费的功能，又要满足全体人员吃、住、工作的需求。因而功能上要体现四个一，即一个优美的工作环境，一个干净卫生的职工食堂，一个方便的洗浴间，一个安静的电子阅览室。

新技术新材料的使用

节能方面：加气混凝土砌块墙体，双玻中空玻璃。

环保绿色：绿标涂料，水处理设备。

新技术：热融供水管，塑料波纹增强排水管。普遍采用商品混凝土，减少噪声和现拌混凝土对环境的污染。

十天高速公路房建项目承建单位

十天高速公路房建项目分别由安徽建工、安徽三建、陕西八建、四川雷诺等单位承建。

汉中北服务区由安徽建工集团承建，该单位为国家一级建筑安装施工企业，以管理精细，注重质量，善打硬仗而著称。

汉中北管理所及铺镇收费站由安徽三建工程公司承建，该单位为国家一级企业，施工经验丰富、工程进度很快。

褒城收费站、老道寺停车区及勉县收费站由陕西省第八建筑工程公司承建，该单位为建筑安装一级企业，管理规范，质量安全齐抓，工程进展稳健。

十天高速公路的房建工程在满足功能要求之外，也体现了丰富的文化内涵，突出了地方特色，做到了历史与现代、传统与时尚的高度融合。提升了高速公路的文化历史底蕴，增强了高速公路的舒适性、实用性，使高速公路的功能得以扩展延伸。结合项目特点和沿线文化特色，在高速路线型两侧以服务区、停车区、沿线隔音墙为载体，通过房建点点滴滴的艺术形式，充分展示沿线的历史故事、文化名人、自然景观和民情民俗，融工程建设与地域文化特色为一体。十天路上的建设者们用他们的智慧、汗水、辛劳为秦巴山区献上了一条美丽的富民路、幸福路。

厅
STAURANT
汉中北服务区
HAN ZHONG BEI SERVICE AREA
超市
SUPER MARKET
卫生间

高度自动化和细致入微的人文关怀——机电篇

■作者 杨晓梅 刘立仁

汉中西管理处机电组只有四个人，70后组长高昊，80后组员安红军、李元、钟旭辉。别看年纪轻，个个都是精兵强将，听说都是经过“大项目”历练的“小能人”。

采访中，高昊组长在介绍十天线机电项目总体特征时，说了八个字——便捷、安全、舒适、温暖。

那么，什么样的机电工程，才能称得上符合上述八个字呢？有人说，高速公路机电工程是路的眼睛和耳朵。既如此，就让我们走进十天高速公路机电工程，一起来看看这群年轻人联手打造的便捷、安全、舒适、温暖的项目，是如何做好眼睛和耳朵的，这对眼睛和耳朵的质量又如何？

高速公路机电系统主要包括“三大系统”和“隧道机电系统”，其中“三大系统”包括监控系统（收费站及道路监控）、收费系统、通信系统，“隧道机电系统”一般又包括隧道监控系统、隧道通风照明系统、隧道供配电系统及隧道火灾报警系统等。

如今，随着高速公路建设的现代化水平不断提高，机电系统正逐步成为收费、监控、通信、稽查等工作的基础平台，设备的运行状态、寿命长短、维修周期、管理成本都直接关系到高速公路“畅通平安舒适”目标的实现。因此，十天高速公路机电项目就是瞄准这一目标，在建设中，现代化、人文关怀、节能减排等都走在了全国的前列。

建立预控预知机制

在车流量逐年攀升的高速公路上，一起收费设备故障就可能引发站口拥堵。那么，能否在设备发生故障之前就采取维护措施予以排除，而不是等出现故障后再进行抢修？“如何变‘亡羊补牢’为‘未雨绸缪’，这是我们十天高速公路机电组正在做的事情。”十天高速公路机电组组长高昊对记者说。

十天线汉中至略阳(立交)段机电工程，线路长度约118公里，设8处匝道收费站、3处收费所、1个收费分中心、3处服务区、2处停车区，隧道22座，其中主线特长隧道1座，中短隧道17座，略阳过境线长隧道3座，短隧道1座。

机电工程包括全线通信管道、通信、收费、超限检测、道路监控、隧道监控、隧道供配电、照明、通风、消防等系统工程，共有8个施工标段，分别为：HL-D01标，负责全线通信管道工程；HL-D02标，负责全线通信系统及道路监控系统；HL-D03标，负责全线收费系统及广场照明；HL-D04标，负责全线隧道监控系统；HL-D05标～HL-D07标，负责全线隧道供配电、照明、通风系统；HL-D08标，负责全线隧道消防系统及火灾报警系统。共有2个监理标段，分别为：HL-JD01标，负责HL-D01～HL-D03标段内通信系统及管道、收费系统、道路监控系统监理；HL-JD02标，负责HL-D04～HL-D08标段内隧道监控、照明、通风、供配电、电力监控、消防系统监理。有效工期9个月。

便捷、安全、舒适、温暖

十天路汉中西段机电项目在保证其基本用途之外，还有以下四大特点：

第一、机电建设既自成系统、又兼顾周边的路网机电

在完成自身建设的同时，与周边的路网互联互通，将收费、监控信号通过其他路段，传输到陕西省高速公路管理中心，让十天路的收费、监控、通讯系统融入全省高速公路的统一管理中。

第二、温馨优美的场外箱式变电箱，体现路与自然和谐统一

十天路上所有的外场箱式变电站，在外观设计上，贴近周边的自然景观，以树木、蓝天、白云、动物等图案为参照，和周边自然景观相得宜彰、和谐美观。

第三、以人为本，处处充满关怀之情

十天路地处山区，地形地貌复杂，人烟稀少。因此，机电建设突出“以人为本”，注重实现高度自动化控制，对全线中短、长大隧道，实现通风照明、交通信号、信息发布的远程控制。

第四、“节能、减排、低碳”理念贯穿始终

全线30%的外场摄像机采用太阳能供电。在隧道照明设计中，完全遵照陕西省公路隧道照明设计指导意见，采用拱顶侧偏单光布灯，有效节约工程造价和运营能耗，整体造价比预算低20%。

所有隧道照明均采用感应式照明，来车亮灯，车走灯灭，有效节约能源。

第五、机电建设工程与十天路“人文路、景观路、生态路”理念吻合

团结协作的伙伴

机电1标——陕西汉唐计算机有限责任公司

主要负责全线通信管道工程。虽然科技含量不高，但由于地形地貌复杂，施工的难度大；另外，还要和所有土建单位打交道，需要做大量的协调工作。1标项目经理部动员早、投入大，保质保量地完成了施工任务，发挥了良好示范作用。

机电2标——中铁电气化局三公司

主要负责全线通信系统和道路监控系统建设。他们技术力量雄厚，管理规范，工艺和工序精益求精，运用自身的企业文化和质量管理体系，优质高效完成了任务。

机电3标——广州海特高信息系统有限责任公司

主要负责线路上的收费系统建设。全线计有8个收费站、三个管理所。他们要和房建、路面进行交叉施工，时间紧、任务重。他们克服了重重困难，投入了优秀的管理、技术人员，顺利按期开通了全线的收费系统。该单位2000年进入陕西，参与了数条高速公路的建设。

机电 4 标——紫光捷通科技股份有限公司

负责隧道监控系统。他们在机电工程建设方面很有经验，经常主动提出一些好建议。他们标段承担的工程，与隧道通车后的交通安全和及时救援息息相关，这个标的主要任务是为十天路开通一套成熟稳定的隧道监控系统。

机电 5 标——中铁隧道股份有限公司

机电 6 标——中铁一局建筑安装公司

机电 7 标——北京中咨泰克有限公司

机电 5、6、7 三个标段共同负责全线隧道通风、照明、供配电系统。虽然此项工作从技术上讲比较成熟，但是高速公路隧道的通风、照明、供配电系统要求高稳定性、高可靠性。隧道内施工湿度大、烟尘大，但三家施工单位都严格按照国家规范，以极大的责任心，高标准、严要求地完成了这套系统的建设。

机电 8 标——陕西大成科技有限责任公司

主要负责隧道的消防系统建设。这包括隧道内的消防系统、隧道内的火灾报警、自动检测系统、消防设施的安装。这个单位曾经在汉中东项目干过，技术和对秦巴山区道路的了解都是很全面的。他们承建的这套系统建成后有一大特点，有可能一直不用，直到系统老化更新，可是一旦发生事故需要用时，则必须保证高度的可用性、可靠性，确保万无一失。这是这个标段承建项目的突出特征。

新技术 新工艺 横平竖直看交安——交安篇

■作者 杨晓梅 刘立仁

三个人，一条路，交安工程尽显小辈风采。

十天高速公路交安组只有组长冯浩然，组员边志鑫、张阿龙三个人，但他们负责的交安系统工作量却很大：313.8 公里波形梁护栏、102 公里的防眩板、1029 处标志牌、19.94 万平方米标线、187 公里隔离栅封闭。光是这一组数据就看得人眼花，可是这些写在纸上的数据，却需要这三个人用脚步一步步的丈量，一个个的落实。按照冯浩然的话说，平均算下来，一天要开车在路上跑三百公里路。辛劳自不必说，这里面所包含的技术也是不一般的呢。

凡事预则立，作为交安工程的管理者，必须要有思路、有章法、有要求，施工标段才能好干活，干好活。为了把十天高速公路汉中段打造成创建生态环保路、建设山区段高速公路示范工程，这三个“小辈”竭尽所能，白天跑现场，晚上在办公室一起协商安排施工事项，早出晚归、挑灯夜战是常事，可是他们笑着说：“没事，习惯了。”

工期紧、任务重，冯浩然是参加过汉中东项目建设的，他深刻体会到，在这种时候，一线施工的人员最辛苦，加班加点是常事，于是，每次到工地，见到工人师傅加班，工作组的三个人都会默契地给他们发一包烟提提神，别小看这个小举动，这让工人们很感动，知道交安组的管理者心里有他们，干劲足了，工程质量自然也就高了。

工程紧锣密鼓，于是采访冯浩然的约在了一个下雨天，当记者问起十天高速公路交安工程的特征和亮点时，这个说话有点腼腆的组长打开了话匣子。

一、提高防护等级，加强行车安全

在部分山区高边坡地段，工程率先使用了方柱，以替代以往工程中使用的圆柱，同时加大混凝土护栏和三波钢板护栏的布设比例，从而提高护栏立柱的防护等级，以加强行车安全。

二、承古怀今，历史风貌与现代科技完美结合

十天高速公路穿行在美丽的秦巴山中，其间的历史典故、名人事件多如繁星，在这样的地方修筑高速公路，不但要将现代化、高科技的工艺、技术充分应用，以便为出行者提供方便、快捷、温暖的服务，更要体现这条路的历

史厚重性。因此，沿线服务区、停车区的交安标志标牌，不但指明了行车的方向，还对沿途比较知名的历史景观做了专门的指示，承古怀今，将历史风貌与现代科技完美结合，浑然一体。

三、安全与节能并行，处处体现人文关怀

陕南雨季时间较长，道路上常有雾气弥漫，影响行车安全。因此对这些雾气较重、行车视线不良的地段，他们采用节能环保的太阳能警示灯与警示标志，对车辆行驶路线进行明确清楚的标示。

雨水多、雨季时间长给行车带来的危险还表现在山区隧道的洞口，在进洞、出洞的地方常有水，易造成道路湿滑，影响行车安全。于是，他们在每个隧道进出洞口均采用彩色防滑标线，一来加大摩擦，减慢车辆速度，二来这些醒目的颜色会在第一时间提示驾乘人员注意减速慢行，大大提高了安全警示效果，减少事故发生。

在应对交通噪声方面，他们对沿线途经的金丰村、毛寨村、曹寨小学等人口稠密区，结合公路景观美学理念，设置声屏障累计约 4 公里，进行合理降噪，降低对周围居民以及生态的影响。

四、三线水平法，确保交安工程功能与美观完美结合

在防眩设施施工过程中，为达到防眩板安装后“横竖顺畅、线形统一、整齐美观”，参与十天高速公路交安工程建设的施工单位在施工过程中摸索出一套具有很强实际操作性的“三线水平法”。

按照原设计，防眩板是单柱式，一米一根柱子。可是如果按照这样施工，防眩板线形将来有可能是大波浪式的，

达不到工程美观的要求。为此，经过慎重测算，他们将单柱式改为双柱槽钢式防眩板支架，以保证高程的统一，线形的流畅。这种工艺，从支架开始就是一条线。为把误差控制在两毫米内，他们培养了一批年轻的甩绳“把式”，工人们按照“把式”甩的绳子施工；这种办法看起来很土，可实际效果很棒。有人这样形容，现在看十天路的防眩板上端是横平竖直的一条线，看中间的连接螺丝也是横平竖直的一条线，太阳光照射上部，就会清晰地呈现出一条笔直的线。众人拾柴火焰高，十天高速公路交安工程的四个标段在施工建设中，各自发挥了最大的主观能动性，为十天高速公路“打造国优精品工程”增添了一抹靓丽的色彩。

交安 1 标（HL-T01）——江苏兴路交通工程有限公司

共负责 31.11 公里的交安工程建设任务。主要工程量为：护栏 122.7 公里、防眩板 33.7 公里、标志 266 处、标线 4.86 万平方米等。交安 1 标根据自身标段实际情况，成立了由公司副总督导的项目经理部，在工程施工中强化工序控制，落实质量责任制度，较好地实现了对所承担的工程质量控制。

交安 2 标（HL-T02）——陕西金宝迪交通工程建设有限公司

共负责 18.5 公里的交安工程建设任务。主要工程量为：护栏 61.4 公里、防眩板 18.5 公里、标志 220 处、标线 2.95 万平方米等。交安 2 标在工程施工过程中，选用了具有多年施工经验的施工队伍，较好地落实了工程质量要求和工期要求。

交安 3 标（HL-T03）——潍坊东方交通设施工程有限公司

共负责 24.5 公里的交安工程建设任务，主要工程量为：护栏 57.7 公里、防眩板 19.8 公里、标志 167 处、标线 4.08 万平方米等。交安 3 标在工程施工过程中，以公司具有丰富经验的高级工程师为技术责任人，大胆采取先进施工工艺，严格控制施工过程，较好地实现了对工程整体质量及进度的控制。

交安 4 标（HL-T04）——河北龙威交通工程有限公司

共负责 21.28 公里的交安工程建设任务。主要工程量为：护栏 72 公里、防眩板 30 公里、标志 376 处、标线 8.05 万平方米等。交安 4 标以项目经理为第一责任人，在工程施工过程中，强化事先控制管理理念，严格要求施工队，较好地实现了对工程过程质量的控制。

十天线汉中至略阳陕甘界项目建设大事记

2009年 度

2009年2月19日，十堰至天水联络线汉中至略阳（陕甘界）高速公路可行性研究报告通过国家发改委审查。

2009年3月25日，汉中市政府组织召开十天高速公路城固至陕甘界建设环境保障工作会议，此举标志着十天线汉中西段征迁工作正式启动。

2009年3月25-28日，国家环保部环境工程评估中心在西安召开“国家高速公路十堰至天水联络线陕西境汉中至略阳（陕甘界）公路环境影响评价报告书技术评估会”。通过对该项目公路环境、水环境、生态环境、声环境以及噪声控制等方面踏勘评估，认为该项目环评报告可行，并通过技术评估。

2009年5月13日上午，陕西省高速集团与汉中市政府签订十天高速陕西境汉中至陕甘界公路征地拆迁安置及建设环境保障工作实施协议。

2009年5月20日，十天线汉中至陕甘界高速公路施工监理单位进场动员会召开，首批施工监理单位进场。

2009年6月10日，十天线汉中至陕甘界高速公路第二批施工监理单位进场。

2009年6月24日，十天线汉中西管理处在勉县召开了建设动员暨第一次生产调度会议。

2009年7月6日，十天线汉中至略阳（陕甘界）公路施工图设计通过省交通运输厅评审。

2009年7月9日，时任汉中市委书记田杰慰问十天高速公路建设者。

2009年7月9-15日，十天线汉中至略阳（陕甘界）项目25个标段工地实验室及2个中心实验室一次性通过省交通运输厅质监站验收，取得临时资质认证。

2009年7月15日，全线征地拆迁清点丈量工作全面结束，共清点有补偿价格的金额1.4亿元。

2009年7月23日上午，十天线汉中至略阳（陕甘界）项目开工典礼在汉中市汉台区河东镇隆重举行。时任陕西省委常委、副省长洪峰发布开工令，时任汉中市委书记田杰、时任陕西省交通运输厅厅长曹森等为项目开工奠基。

2009年7月23日下午，陕西省交通工会陕西省高速集团“情系十天线炎夏送清凉”慰问演出活动在21标工地举行。陕西省高速集团董事长靳宏利、总经理王登科等与沿线各监理、施工单位代表等500余人共同观看演出。

2009年7月24日，汉中市市委常委、常务副市长杨达才在勉县主持召开十天线汉中至陕甘界项目环境保障工作协调会，解决制约环境保障的工作难题。

2009年8月1日，十天线汉中西项目全线首座隧道——马桑坪隧道进口实现进洞掘进。该隧道位于陕西省地震重灾区略阳县境内的十天高速公路略阳连接线，隧道全长1618米。

2009年8月2日，十天线汉中西项目监理行业新风建设活动动员大会在汉中召开，标志着汉中西段项目“监理企业树品牌、监理人员讲责任”行业新风建设活动正式启动。

2009年8月6日下午，十天线汉中至陕甘界项目首片箱梁在H-C26合同段预制梁场顺利浇筑。

2009年8月10-11日，时任陕西省交通运输厅副厅长冯西宁视察十天线汉中西项目，实地了解工程进展情况，强调要树立精品意识，明确工程目标，强化现场管理，好中求快推进项目建设。

2009 年 8 月 12 日，十天线汉中至陕甘界项目主线特长隧道——三花石隧道右洞出口开始进洞施工。该隧道单洞全长 10858 米，是全线最长的隧道。

2009 年 8 月 15 日 21 时许，十天线汉中至陕甘界项目完成全线首根桥梁墩柱浇筑，该墩柱系 H-C28 标骆家院子白河大桥左幅 1-1 号墩柱。

2009 年 9 月，十天高速公路 H-C27 标引进钻孔灌注桩钢筋笼滚焊机，对钢筋笼进行自动加工，在陕西省公路建设领域尚属首家。

2009 年 10 月 17 日，陕西省交通运输厅在汉中召开十天线安康至陕甘界段第三季度目标考核通报会，胡保存副厅长强调指出，要将十天线建设成为陕南山区优质耐久的精品工程。

2009 年 10 月 27-28 日，陕西省交通运输厅、陕西高速集团公司及有关专家全面排查十天线汉中西段隧道及路基边坡设计方案，对隧道进洞、洞口以及高边坡防护等优化方案进行了研究确定。

2009 年 11 月 2 日，十天线汉中西管理处召开汉中至陕甘界工程建设“大干 90 天”动员大会。

2009 年 11 月 3 日，十天线汉中西管理处与总监办组织开展全线精细化施工现场观摩会。全线施工、监理单位的 120 余名负责人就精细化施工工艺相互切磋、交流经验。

2009 年 11 月 18-19 日，陕西高速集团公司总经理王登科视察十天线汉中西段项目建设，强调要建设经得起车轮和陕南气候考验的优质精品工程。

2009 年 11 月 29 日，十天高速 H-C42 标洛石碑 1 号隧道贯通，成为十天线汉中西段项目首座贯通的隧道。

2009 年 12 月 2-3 日，陕西省交通运输厅副厅长魏培斌在省厅年终考核检查组、陕西高速集团公司副总经理栾自胜等陪同下，深入十天线汉中西段项目施工现场检查指导工作。

2009 年 12 月 18-19 日，陕西高速集团公司董事长靳宏利视察工程建设情况，强调要抓住项目建设的重点，均衡工程进度，确保工程质量，努力把十天线西段项目建成山区高速公路示范工程、国优精品工程。

2009 年 12 月 21-22 日，陕西高速集团公司考核组对汉中西管理处进行 2009 年度目标责任考核。

2009 年 12 月 29 日，开展为期一月的“安全质量月”活动，维护项目建设持续稳定的良好局面。

2010 年 度

2010 年 1 月 27 日，陕西高速集团公司总经理王登科代表集团公司于节前深入施工一线视察慰问。

2010 年 1 月 29 日，十天线汉中西管理处召开 2010 年工作会议。号召全体参建人员紧急行动起来，扎扎实实把今年的各项工作任务落到实处，全面打响 2010 年汉中西项目建设攻坚战。

2010 年 2 月 9 日，汉中市委书记张会民、市长胡润泽赴汉中西项目施工一线视察慰问。

2010 年 3 月 9 日，汉中市政府召开环境保障专题协调会，研究解决汉中西段项目制约工程进展的环境保障难题和遗留问题。

2010 年 3 月 21 日，汉中西管理处召开工程建设暨专项治理工作专题会议。

2010 年 3 月 21 日，汉中西管理处启动治超“春雷行动”，对项目施工运料车辆超限运输行为进行全面整治。

2010 年 4 月 8-9 日，陕西省交通运输厅副巡视员白宗孝带领调研组赴汉中西项目调研指导工作。强调要带好员工队伍，建设精品高速，树好汉中西品牌。

2010 年 4 月 15-16 日，开展全线施工现场观摩暨经验交流会。为汉中西项目建设搭建了迈向科学化、标准化、精细化管理的平台。100 余名参建人员对全线 22 个施工单位管理亮点进行了现场观摩和交流学习。

2010 年 4 月 21 日，管理处组织全体职工为玉树地震灾区捐款近万元，表达对灾区人民的关切和祝福。

2010 年 4 月 23 日，十天线汉中段项目全体管理人员参加了汉中十天高速公路建设预防职务犯罪警示教育活动。

2010年4月23日，汉中市政府对荣获汉中市劳动模范称号的汉中西管理处办公室主任何兆法、汉中西段H-C26标项目经理陈定祥两位同志进行了表彰。

2010年4月30日，十天高速H-C19标跨汉江主河道15号～37号水中墩施工全部结束。

2010年7月1日，与各施工监理单位签订了《路基桥隧关键项目节点目标责任书》，并严格考核兑现，确保工程均衡推进。

2010年7月18日，十天高速汉中西段嘉陵江1号大桥1号主墩墩身顺利封顶，为该桥2011年4月中旬主桥顺利合龙奠定了基础。

2010年7月16日和25日，陕南遭遇50年一遇的强降雨天气，给十天高速汉中西项目造成1.33亿元损失，全线紧锣密鼓开展抗洪自救、恢复生产。

2010年7月31日-8月1日，陕西高速集团董事长靳宏利检查指导十天线汉中西段项目抗洪自救和灾后恢复生产工作。强调要坚定信念，加大投入，开足马力，扎实推进灾后恢复生产工作，争取在最短时间内恢复灾前大干局面。

2010年8月8日，十天高速汉中西段项目因洪灾受损单位已有19家恢复生产，达到76%，全线80%的受灾作业面恢复正常施工。

2010年8月10-12日，陕西省交通运输厅督查组组长万振江对汉中西项目灾后恢复生产和工程建设进展情况进行检查指导。强调要树立工程质量"零遗憾、零缺陷"意识，倾力打造震不跨、冲不坏的"生命线"工程。

2010年8月18日，十天高速汉中至陕甘界项目路面施工监理单位进场，标志着汉中西项目的施工进展到了一个新的阶段。

2010年8月18日，十天高速汉中西项目机电、房建施工监理以及绿化施工招标资审文件发售工作启动。

2010年8月24日，十天高速汉中西项目水土保持监测、监理单位进场，启动创建"生态十天、绿色典范"工程活动。

2010年9月5日，十天高速汉中西项目反腐倡廉三方联动工作会议召开，48家建设、施工、监理单位集体签订了《十天高速汉中至略阳（陕甘界）项目反腐倡廉三方联动工作机制承诺书》，做出合同期内廉洁从业承诺。

2010年9月7日，十天高速汉中西项目H-C42标在全线率先完成全部现浇梁单项工程施工任务。

2010年9月15日，陕西省交通运输厅厅长冯西宁视察指导汉中西项目建设，高度评价现场精细化管理和施工工艺水平，要求在全线推广。

2010年9月24日，十天高速H-C38标嘉陵江1号刚构大桥2号主墩身顺利封顶。

2010年11月1日，十天线汉中西项目"冬季大干90天"动员大会召开，陕西高速集团公司栾自胜副总经理出席会议，并作重要讲话。

2010年11月4日，十天高速汉中西项目嘉陵江1号刚构大桥首个0号块成功浇筑，拉开了桥梁上部连续刚构箱梁施工的序幕。

2010年11月10日，十天线汉中西管理处拥有1000册图书的职工书屋建成。

2010年11月10日，十天高速汉中西项目汉江特大桥全幅贯通。

2010年12月3-4日，陕西省交通运输厅年度检查考核组全面检查考核汉中西项目路基、路面、桥梁、隧道工程建设情况和内业资料管理工作。

2010年12月21日，汉中市市委常委、副市长杨达才现场办公，解决十天高速略阳段环境保障工作相关遗留问题。

2011 年 度

2011 年 2 月 13 日，陕西高速集团公司在汉中市召开汉中西项目 2011 年建设动员大会，安排部署了 2011 年项目建设各项工作任务。

2011 年 4 月 22 日，陕西高速集团在十天高速汉中西项目开展标准化施工暨精细化管理现场观摩交流会，在集团公司各建设项目之间搭建了互动交流平台。

2011 年 4 月 22 日，嘉陵江 2 号特大桥全幅架通，桥梁主体施工完美收官，标志着汉中西项目续建段工程施工取得了重大进展。

2011 年 5 月 8 日，谢家营至老道寺段主线水稳层全幅贯通，标志着汉中西项目路面施工取得了阶段性胜利，为汉中西项目汉中至略阳段年内建成通车奠定了坚实基础。

2011 年 6 月 23 日，重点控制性工程三花石特长隧道右幅安全贯通，单洞提前贯通为剩余工程创造了良好的作业条件，标志着汉中西项目攻坚阶段决战时刻的到来。

2011 年 6 月 28 日，十天线汉中西项目召开隧道及跨线桥装修施工单位进场见面会。

2011 年 7 月 19 日，陕西省委常委、副省长江泽林一行深入十天高速公路汉中西项目施工一线，视察重点项目建设情况，对汉中西项目建设成绩给予了充分肯定。

2011 年 7 月 29 日，陕西高速集团在十天线汉中西管理处驻地召开汉中西项目“大干 100 天”建设动员大会，安排部署了剩余工程建设任务。

2011 年 8 月 2 日，十天高速公路控制性工程三花石特长隧道左线实现按期贯通，为十天高速公路今年年内全线通车奠定了坚实基础。

2011 年 8 月 22 日，汉中西项目陈家沟大桥右幅和七里沟隧道右幅出洞接头处完成施工，标志着十天高速公路汉中西项目通车路段路基工程实现了全幅贯通目标。

2011 年 8 月 29 日，HL—M01 合同段承建的谢家营至褒城段在全线率先实现沥青上面层双幅贯通目标，提前完成路面工程主体任务，标志着汉中西项目收官战取得了又一重大胜利。

2011 年 9 月 15 日，陕西高速集团董事长靳宏利对十天线汉中西项目通车段进行了全面检查，要求参建各方顶住压力、攻坚克难，打好汉中西项目建设收官战役，确保汉中至略阳段按期建成通车。

2011 年 9 月 22 日，由陕西省物价局副巡视员熊经肇带队，省物价局经营性收费处、省财政厅综合处、省高速公路收费中心、省高速集团组成的调研组，赴十天高速汉中西项目就车辆通行费费率标准等进行实地考察调研。

2011 年 9 月 22 日，交通运输部公路局局长李华一行赴十天高速汉中至略阳（陕甘界）项目调研标准化施工开展情况。

2011 年 9 月 22 日，交通运输部安全隐患排查治理互查组由四川省交通运输厅副厅长黄英权带队深入十天高速公路汉中西项目，进行安全隐患排查治理检查，对汉中西项目在安全组织协调保障以及精细化管理方面的创新亮点予以充分肯定。

2011 年 10 月 11 日，陕西高速集团在汉中西管理处举办岗位廉政教育座谈会，为建设单位和运营单位提供了一次很好的交流学习机会，为下一步岗位廉政教育活动的顺利开展奠定了坚实基础。

2011 年 10 月 13 日，陕西高速集团副总经理王琪在文明办主任高波等陪同下，实地调研了十天高速公路汉中西项目服务区文化景观建设，并提出指导性意见。

2011 年 10 月 28–29 日，国家水利部长江水土保持局监督处副处长胡玉法一行在省、市、县水土保持部门的陪同下，对汉中西项目水土保持工作进行了监督检查。

2011年11月2日，十天线汉中西管理处再敲廉洁从业警钟，组织全体职工及全线高级驻地监理130余人到汉中市监狱进行参观，并召开了反腐倡廉警示教育大会。

2011年11月21日，汉中西项目控制性工程三花石隧道路面铺筑顺利完成，标志着该项目主线沥青路面双幅贯通。

2011年11月23日，十天高速公路汉中至陕甘界段车辆通行费标准拟定方案听证会在汉中市召开。陕西省物价局服务业价格处、陕西省高速公路建设集团公司、长安大学专家、汉中市物价局、陕西省政府办公厅、陕西省交通运输厅、陕西省财政厅、新闻媒体、消费者等相关负责同志参加听证会。

2011年11月24日，国家高速十堰至天水线汉中至略阳（陕甘界）公路可行性研究报告通过国家发改委批复。

2011年11月24日，陕西省交通运输厅厅长冯西宁、副厅长冯明怀检查即将通车的十天高速公路汉中至略阳段，要求将汉中西项目建成精细化管理典范工程。

2011年12月8-9日，国家高速公路网十堰至天水联络线（G7011）陕西境汉中至陕甘界高速公路顺利交工验收。

2011年12月20日，国家高速公路网十堰至天水联络线（G7011）陕西境汉中至陕甘界高速公路建成通车。

十天路上夺“第一”

十天高速公路陕西省境内勉县至略阳段在建期间，汉中西管理处以科学化、标准化、精细化要求工程施工及其质量和进度。因此，参建单位纷纷将安全放在首位，把质量举上天。在保证质量安全的前提下，力保工程进度，在秦巴山中演奏出高速路建设史上的华丽乐章。

工程在建期间，各标段从质量、进度、安全等方面你追我赶，形成了施工全线一道亮丽风景。下面所记的，只是整个工程建设中具有标志性意义的一些事件。

——记者题记

路基单位：

2009 年 6 月 22 日 8 点 40 分，H-C19 标灌注完成主线第一根桩基，隶属汉江特大桥。

2009 年 8 月 6 日，H-C26 标完成了第一片 20 米箱梁的预制，隶属长湾沟大桥。

2009 年 8 月 12 日，H-C33 标三花石特长隧道右线出口第一个主线隧道开始进洞。

2009 年 7 月 31 日，H-C43 标马桑坪隧道进口，全线第一个隧道进洞。

2009 年 9 月 30 日，H-C43 标大地沟中桥完成 20 米空心板梁的架设。

2009 年 8 月 20 日，H-C21 标褒城互通 M 匝道跨线桥完成 20 米箱梁的架设。

2010 年 2 月 10 日 16 点 36 分，H-C30 标完成全线第一座桥梁架设，隶属金家梁大桥。

2010 年 1 月 28 日 8 点 11 分，H-C34 标 D 匝道桥第一个开始现浇梁施工。

2010 年 3 月 21 日，H-C21 标褒城互通 M 匝道跨线桥第一个完成跨线桥的架设。

2010 年 10 月 22 日 16 点 50 分，H-C19 标 K331+890.908-K332+040 完成第一段路基交验。

2009 年 11 月 29 日 8 点 28 分，H-C42 标洛石碑 1 号隧道左线第一个贯通。

路面单位：

路面所有的试验段都是 H L － M 01 标段做的，即陕西路桥集团有限公司。

以下是试验段的完成时间：

2010 年 10 月 30 日　底基层完成试验段。

2010 年 11 月 08 日　基层完成试验段。

2011 年 03 月 01 日　下面层 ATB-30 完成试验段。

2011 年 05 月 25 日　中面层 AC-20 完成试验段。

2011 年 07 月 16 日　上面层 SMA-13 完成试验段。

十天光荣榜

2009年7月23日上午，一群热血男儿、柔情女子聚首十天线汉中至略阳（陕甘界）项目开工典礼，那天的汉中市汉台区河东镇喧嚣、热闹！从那天开始至今两年多以来，这群男儿、女子，在这里拼搏、奉献，一大批表现优异、成绩突出的集体和个人犹如天空中的璀璨繁星，在秦巴天空下闪耀，为这寂静的山区带来了生机和活力，也为中国的高速公路网建设添上了浓墨重彩的一笔。

下文中记载的，仅是这个大集体中优秀人物和优秀集体的代表。还有那些不知名的、没有在这里出现的人，他们默默流汗、流泪甚至流血，那就让大山和长路记住他们的名字吧。

2009年度工作中受表彰的先进集体和个人

一、受陕西省交通运输厅和陕西高速集团表彰的先进集体和个人

- 在陕西高速集团“关于表彰2009年度先进集体和个人的决定”中，汉中西项目管理处被评为先进集体，熊鹏、何兆法、雷平被评为先进个人。
- 在陕西高速集团“关于表彰先进基层党组织优秀共产党员和优秀党务工作者的决定”中，何兆法被评为优秀党员。
- 在陕西省劳动竞赛委员会和陕西省交通运输厅联合举办的“关于表彰2009年度陕西省重点公路工程建设劳动竞赛先进单位先进集体和先进个人的决定”中，十天线汉中西项目管理处略阳工作组荣获先进集体称号，中铁十七局二公司十天高速公路路基43标项目经理王林俊获得先进个人称号。
- 在陕西高速集团“关于表彰治超‘春雷行动’先进单位集体和个人的决定”中，十天线汉中西管理处环境保障科副科长马超荣获先进个人称号。
- 在陕西高速集团“关于2009年度质量管理小组获奖单位进行保障奖励的通知”中，十天线汉中西管理处《提高钢筋笼自动加工质量》QC课题荣获集团公司质量管理奖。
- 在陕西高速集团“关于2009年度目标责任考核表彰奖励”中，汉中西管理处荣获优秀单位和部门荣誉。
- 在陕西高速集团“关于表彰2009年度政务信息工作先进单位、先进个人和好信息的决定”中，十天线汉中西管理处综合办公室副主任王小明荣获优秀信息编辑称号，由其撰写的《工地变“车间”汉中西段钢筋笼加工有新招》获得好信息二等奖。
- 在陕西高速集团“关于表彰‘微笑服务’、‘文明执法’、‘科学养护’、‘温馨驿站’四大服务品牌先进集体和个人的决定”中，十天高速公路汉中西管理处H-C25标（中铁五局四公司）获得文明工地先进单位称号。
- 在陕西高速集团“关于表彰先进团组织、优秀团员和优秀团干部的决定”中，李萍被评为优秀团员。
- 在汉中市“关于表彰汉中市劳动模范、先进工作者和先进集体的决定”中，办公室主任何兆法、路基26标项目经理程定祥被评为汉中市劳动模范。

二、受汉中西管理处表彰的先进集体和个人

- **先进集体**

综合办公室 工程管理科 勉县工作组 环境保障科

- **先进工作者**

高武林 宋宝明 马 超 张晓辉 郭文山
何 玄 谭学敏 李王军 熊 鹏 何兆法
雷 平 李 萍

- **红旗车驾驶员**

韩喜莉 李明强 李 辉

三、施工单位

- **特别优秀项目经理部**

中交二局三公司 H-C28 标项目经理部
中铁十七局二公司 H-C43 标项目经理部

- **优秀项目经理部**

中铁十七局三公司 H-C19 标项目经理部
东盟营造 H-C24 标项目经理部
中铁十七局四公司 H-C29 标项目经理部
中交一公局 H-C34 标项目经理部
东盟营造 H-C35 标项目经理部
中铁十八局 H-C37 标项目经理部

- **优秀项目经理**

20 标项目经理秦州
21 标项目经理严友春
24 标项目经理李建强
25 标项目经理余小林
35 标项目经理陈世轩
37 标项目经理李瑛
40 标项目经理刘刚
43 标项目经理王林俊

- **环境保障工作先进个人**

22 标项目经理部书记武光军
27 标项目经理部书记陈江
34 标项目经理部书记王建立
43 标项目经理部书记倪昔海

- **优秀总工程师**

21 标总工程师辛强辉
23 标总工程师邵海瑞
34 标总工程师王震雄
37 标总工程师徐海
43 标总工程师梁军峰

- **优秀技术员**

崔明和 张治伟 张括军 李永平 呼 炜
杨 志 方雨田 杜治碧 胡秀峰 高 飞
吴新文 李玉宁 祝河清 寇昀亮 吴帅峰
郭军峰 邵长飞 任 武 何 澎 陈 慧
许申放 魏 瑞 肖志军 糜 祥 白高亮

四、监理单位

- **特别优秀监理单位**

陕西高速公路工程咨询有限公司 H-JZ02 总监办

- **优秀监理单位**

山东格瑞特监理咨询有限公司 H-JC09 驻地办
陕西高速公路工程咨询有限公司 H-JC11 驻地办
广东翔飞公路工程监理有限公司 H-JC15 驻地办
山东潍坊华潍公路工程监理处 H-JC17 驻地办

- **优秀高级驻地**

H-JC10 驻地办马振海
H-JC12 驻地办王爱军
H-JC14 驻地办罗青松
H-S02 中心试验室张乾功

- **优秀监理**

王文选 余升虎 王思童 孟庆国 王 勇
雷 强 穆兆良 陈本勇 张 美 文定玉
张苍虎 盖春辉 惠永宁 孟光军

五、设计单位优秀驻地代表

中交一院：乔新宇
中交二院：邓志力
省设计院：党 祺

2010年各项工作中成绩突出的先进集体和个人

一、受陕西省交通运输厅和陕西高速集团表彰的先进集体和个人

- 在陕西高速集团“关于表彰2010年度先进集体和先进个人的决定”中，汉中西管理处工程科被评为先进集体，何兆法、高武林、谭学敏被评为先进个人。
- 在陕西省劳动竞赛委员会和陕西省交通运输厅联合举办的“关于表彰2010年度陕西省重点公路工程建设劳动竞赛先进单位先进集体和先进个人的决定”中，十天线汉中西项目管理处被评为先进单位，汉中西管理处综合办公室被评为先进集体，崔文社、熊鹏被评为先进个人。
- 在陕西高速集团“关于表彰先进基层党组织优秀共产党员和优秀党务工作者的决定”中，何兆法、高武林被评为优秀党员，王小明被评为优秀党务工作者。
- 在中国共产党陕西高速集团委员会“关于表彰先进基层党组织、优秀共产党员和优秀党务工作者的决定”中，十天高速公路汉中西管理处高武林、何兆法荣获先进共产党员称号，王小明获得优秀党务工作者称号。
- 在陕西高速集团安全委员会“关于表彰2010年度安全生产先进单位和集体及先进个人的决定”中，王超、唐春被评为安全生产先进个人。
- 在陕西省交通工会“关于表彰2010年度工会先进集体和个人的决定”中，汉中西管理处工会被评为先进集体。
- 在陕西高速集团“关于表彰2010年度集团公司档案工作先进集体和先进个人的决定”中，唐春被评为先进个人。
- 在共青团陕西高速集团委员会“关于表彰五四红旗团组织优秀团干部优秀团员的决定”中，张璇被评为优秀团员。

二、受汉中西管理处表彰的先进集体和个人

- **先进集体**

略阳工作组 勉县工作组 综合工作组 质量安全科

- **先进工作者**

综合办公室：洪蕴春 李 萍
财 务 科：王长青
工程管理科：孙文娟 罗 振
质量安全科：杜小平 侯园园
环境保障科：田智中
勉县工作组：郭文山 张晓辉 纪金刚 汪晓勇
略阳工作组：舒洪涛 任高科 罗 兴 索 巍
综合工作组：赵 军 李 理 韩小兵 李 元

- 优秀驾驶员

王广辉 翟西局 张立军 郝巨涝 李建安 徐继诚

三、施工单位

- 优秀项目经理部

中铁十七局三公司 H-C19 标项目经理部

陕西路桥集团有限公司 H-C21 标项目经理部

中铁十一局二公司 H-C26 标项目经理部

西安萌兴高等级公路工程股份有限公司 H-C31 标项目经理部

中铁十八局五公司 H-C33 标项目经理部

中铁十八局 H-C37 标项目经理部

- 优秀项目经理

H-C20 标项目经理秦州

H-C25 标项目经理余小林

H-C27 标项目经理吕长德

H-C28 标项目经理李克刚

H-C29 标项目经理马瑞忠

H-C34 标项目经理赖庆招

H-C35 标项目经理陈世轩

H-C36 标项目经理姬拥军

H-C39 标项目经理王洪东

H-C40 标项目经理刘刚

H-C42 标项目经理付西鹏

HL-M01 标项目经理郭海鱼

- 优秀总工程师

H-C26 标总工程师于洋

H-C30 标总工程师刘强

H-C37 标总工程师徐海

H-C41 标总工程师曾理飞

- 优秀协调人员

H-C19 标书记徐德富

H-C28 标书记何洪海

H-C36 标书记张志贵

H-C43 标财务部部长邓付云

- 优秀技术员

尹寿富 周　勇 田成军 刘　振 汪　惺

陈　鹏 高　舰 赵　卓 仲福增 张　军

曹洛阳 孙耀国 邬美刚 李　强 张　莽

邵长飞 陈　超 何　彭 梁卫亮 李　洋

肖　胜 肖志军 冯贺杰 郑　楠 卢　旋

吴　涛 郑进科

四、监理单位

- 特别优秀监理单位

陕西高速公路工程咨询有限公司 H-JZ02 总监办

- 优秀监理单位

山东格瑞特监理咨询有限公司 H-JC09 驻地办

广东翔飞公路工程监理有限公司 H-JC15 驻地办

潍坊市华潍公路工程监理处 H-JC17 驻地办

西安公路研究所 H-S02 中心实验室

- 优秀高级驻地

H-JC09 驻地办张吉刚

H-JC10 驻地办马震海

H-JC17 驻地办信波

H-JC18 驻地办王永辛

H-S02 中心实验室张乾功

- 优秀监理

杨伟东 惠永宁 王彦峰 王思童 林少淼

王　韡 穆　宏 穆兆良 周占岭 张　美

席宏亮 王　彬 孙玉鹏 蔚　江 高　科

马　磊 宋丽丽 王和亮 赵保升

五、优秀设计代表

中交二院：邓志力

省设计院：徐书雷

十天你·我·他

汉中西管理处2010年春游

综合办公室

财务科

工程管理科

质量安全科

庆国庆 迎中秋登山活动

十天高速汉中西管理处工地风采

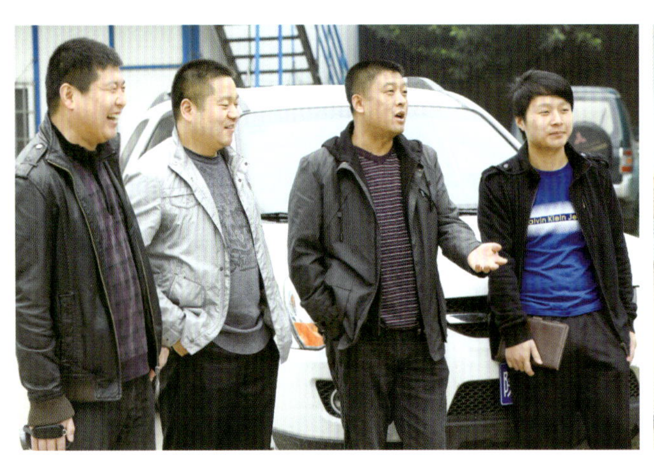

环境保障科

勉县工作组

略阳工作组

勉县工作组 2010 春游合影

绿化组

综合组春游留影

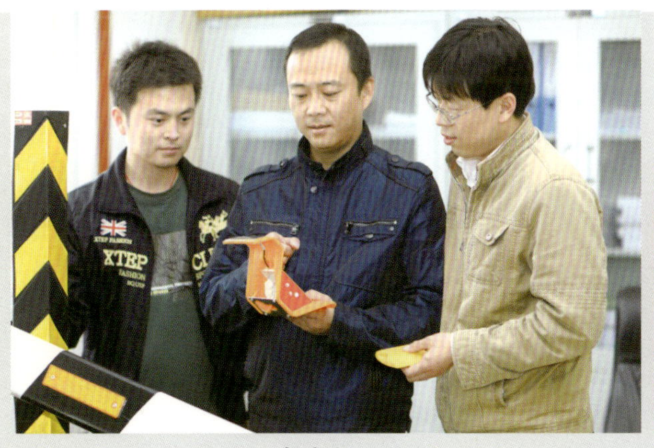

交安组

机电组

Postscript 后记

■作者　杨晓梅

历时半年，由中国交通年鉴社与人民交通出版社联合出版的《秦巴山水间 绿色十天路——十天高速公路汉中西项目工程建设纪实》一书终于画上了圆满的句号。

期间，记者、编辑多次来到汉中，来到这个三国故都、两汉之乡，走近这群血气方刚、侠骨柔情的“男人帮”，走近这些整日与硬邦邦的水泥、冷冰冰的钢筋打交道的“小女子”们。在这群年轻的筑路人身上，记者看到了“英雄含泪离家”的坚毅，看到了为达成一个共同目标不辞辛劳、顽强奋战的无悔付出，至此方知“天下风云出我辈”，“谁说女子不如男”。

战暴雨、斗洪水、抢时间、赶进度，攻克人称“筑路癌症”的膨胀土，征服极易滑坡的破碎山体，逢山开路、遇水架桥……这一幕幕感天动地的壮举，不禁让人感慨“沧海可填山可移，男儿志气当如斯”。

在我们的生活中，最让人感动的，总是那些一心一意为了一个目标而奋斗的人们，哪怕是为了一个很小目标而奋斗，也是值得我们崇敬的，因为无数个小的累积，成就的可能就是一个伟大。在对十天高速公路汉中西项目的采访中，几乎每个人都在说：“不要写我，我只是一个小人物，写写其他人，他们比我付出得更多！”其实，参与这条路建设的每一位筑路人都是一个“小人物”，可是，这逶迤前行、穿山越岭、崭新的四车道高速路恣意地向前延伸、再延伸，仿佛在告诉我们，正是这群“小人物”，却做了一件“伟大的事”，伟岸、壮观、磅礴、瑰丽、宏大、雄伟……这些词语都难以形容亲自来这条路行走时的所见、所闻、所感。

“古之立大事者，不惟有超世之才，亦必有坚忍不拔之志。”这群优秀的筑路人，注定是要被写进中国筑路史册的，他们所做的，是一份千秋伟业！

感谢十天高速公路汉中西段的筑路人，感谢你们的担当和付出，感谢你们的智慧和心血，感谢你们近三年来的所有奉献。你们那些感人至深的点点滴滴，被收录进了这本书中，但也还有许许多多未被记录，好在“路是躺着的碑，碑是立着的路”，你们连同你们的事迹，必将与这气势磅礴的十天高速公路一起，载入共和国公路建设的史册！

记者与十天线汉中西项目管理处的部分领导进行座谈

记者在施工一线采访

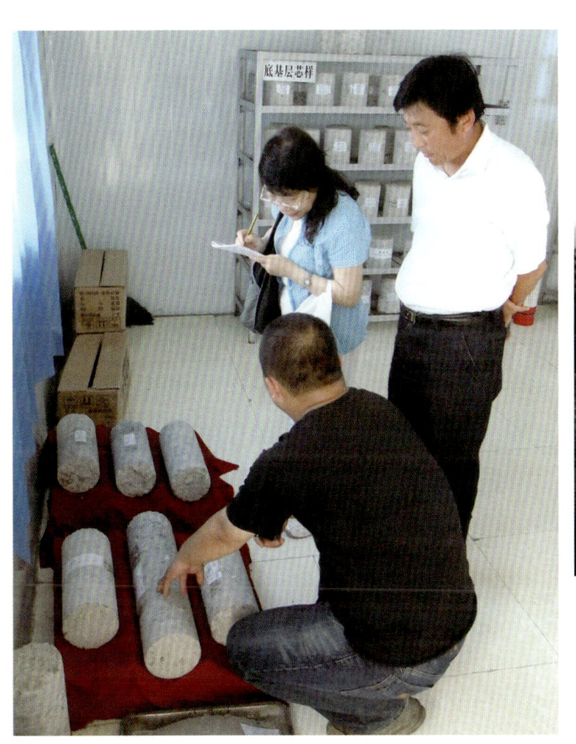

记者采访路面工作组

记者采访程树本专家

内容提要

十天高速公路以著名的“汽车城”湖北省十堰市为起点，途径旬阳、安康、石泉、汉中等陕南要地，一路西进至山城略阳掉头北上，沿嘉陵江畔的深山峡谷，到达陕甘界大石碑，终点为甘肃省天水市，全长750公里，在陕西境内480公里，其中“汉中西”项目工程151公里。

汉中西工程建设者，面对地质结构复杂、常年多雨，膨胀土滑坡、资金告急，攻克一道又一道难关，奉献陕西高速人的热血忠诚，为国家筑造一条山区高速路的样板工程。本书收录了人物专访、纪实报道作品70余篇，作者以大量珍贵的第一手资料和图片，向世人展示了汉中西项目各参建单位逢山开路、遇水架桥的恢弘历史画卷，真实记录了汉中西项目征地拆迁、工程建设、环境保障、廉政建设等方方面面的内容，详细介绍了该项目精细化管理和打造低碳环保路的成功经验，还有管理处、施工监理单位的典型人物和事迹，是极具有可读性和参考价值的报告文献。

图书在版编目（CIP）数据

秦巴山水间　绿色十天路 / 李俊兰等编著 . -- 北京 : 人民交通出版社 , 2011.12

ISBN 978-7-114-09525-2

Ⅰ . ①秦… Ⅱ . ①李… Ⅲ . ①报告文学 – 作品集 – 中国 – 当代 Ⅳ . ① I25

中国版本图书馆 CIP 数据核字 (2011) 第 250795 号

书　　名：秦巴山水间　绿色十天路
著 作 者：李俊兰 佟小鲲 于文岗 等
责任编辑：刘倩
出版发行：人民交通出版社
地　　址：(100011) 北京市朝阳区安定门外外馆斜街 3 号
网　　址：http://www.ccpress.com.cn
销售电话：(010)59757969,59757973
总 经 销：人民交通出版社发行部
经　　销：各地新华书店
印　　刷：中国电影出版社印刷厂
开　　本：880 × 1230　1/16
印　　张：17.5
字　　数：448 千
版　　次：2011 年 12 月第 1 版
印　　次：2011 年 12 月第 1 次印刷
书　　号：ISBN 978-7-114-09525-2
印　　数：0001–2000 册
定　　价：100.00 元
（有印刷、装订质量问题的图书由本社负责调换）